사냥이 끝나고

Драма На Охоте

사냥이 끝나고

Драма На Охоте

안톤 체호프 지음 | **최호정** 옮김

러시아어
완역

키멜리움

일러두기

1. 이 책은 1983년 나우카 출판사가 펴낸 체호프 전집 및 서한집 30권 중 3권에
수록된 판본을 번역했다. А. П. Чехов. Полное собрание сочинений и
писем в 30-ти томах. Сочинения Том 3. Наука, 1983.
2. 각주는 옮긴이의 것이고 미주는 원작의 것이다.
3. 원문에 외국어로 표기된 부분은 발음대로 표기하고 괄호 안에 뜻을 적었다.
4. 러시아어 표기는 국립국어원 외래어 표기법을 참고하되 일부는 원음과 관용
을 따랐다.
5. 문장 부호는 한글 맞춤법을 따랐다.
6. 러시아 화폐 단위는 그대로 쓰고 길이 단위는 미터로 바꿨다.

등장인물

편집장: 카미셰프가 소설을 투고한 신문사 편집장

이반 페트로비치 카미셰프: 전직 예심 판사로서 작가 지망생

카미셰프 소설 속 등장인물

세르게이(애칭 세료자) 페트로비치 지노비예프: 예심 판사이자 소설의 화자

알렉세이 카르네예프: 백작이자 예심 판사 지노비예프의 친구

표트르 예고리치 우르베닌: 백작의 영지 관리인

올가(애칭 올렌카, 올랴) 니콜라예브나 스크보르초바: 백작의 영지 산림 관리인의 딸

니콜라이 예피미치 스크보르초프: 백작의 영지 산림 관리인

티나: 집시 합창단의 가수

카에탄 카지미로비치 프셰호츠키: 카르네예프의 손님인 폴란드인

소쟈 카지미로브나 프셰호츠카야: 프셰호츠키의 여동생

파벨 이바노비치 보즈네센스키: 젊은 의사

니콜라이 이그나티예비치 칼리닌: 치안 판사

나데즈다(애칭 나덴카, 나쟈) 니콜라예브나 칼리니나: 치안 판사 칼리닌의 딸

폴루그라도프: 사건 담당 검사보

쿠지마: 애꾸눈 농민으로 백작의 심부름꾼

이반 오시포프: 농민

폴리카르프: 지노비예프의 하인

미티카: 산림 관리인 스크보르초프의 하인

이반 데미야늬치: 지노비예프의 앵무새

1880년 4월 어느 날 오후, 수위인 안드레이가 내 사무실로 들어와서 편집부에 어떤 신사가 와서는 편집장을 만나게 해달라고 한다는 말을 조심스럽게 전했다.

"모자에 단 배지로 보아 공무원이 틀림없습니다." 안드레이가 덧붙여 말했다.

"다음에 오라고 해주게." 내가 말했다. "오늘은 내가 바빠. 편집장 면담은 토요일만 가능하다고 하게."

"그 사람은 편집장님을 뵈러 사흘째 오고 있습니다. 중요한 일이라고 합니다. 거의 울 것처럼 부탁하더군요. 토요일에는 시간이 없다고…. 들어오라고 하시겠어요?"

나는 한숨을 쉬고 펜을 내려놓은 채 배지를 단 그 신사를 기다리기 시작했다. 편집의 비밀에 문외한인 초보 작가들이나 일반적인 사람들은 '편집부'라는 단어에 떨리는 외경심을 느끼고서 한참을 기다려야 모습을 나타낸다. 그들은 편집장이 "들어오라"라고 한 후에도 한참 기침을 하고, 한참 코를 풀고, 천천히 문을 열고, 그보다 더 천천히 들어오느라 적지 않은 시간을 잡아먹는 것이다. 배지를 단 그 신사는 별로 기다릴 필요가 없었다. 안드레이 뒤로 문이 닫히기도 전에 큰 키에 넓은 어깨의 남자가 한 손에 종이 꾸러미를 들고 다른 손에는 배지가 달린 모자를 든 채 사무실에 들어와 있었다.

이렇게 나와 만나게 된 사람은 내 이야기에서 매우 중요한 역할을 한다. 마땅히 그의 외모를 묘사할 필요가 있다.

내가 이미 말했듯이, 그는 키가 크고 어깨가 넓으며 준마처럼 몸이 탄탄했다. 그의 몸 전체에서 건강한 기운과 힘이 풍겨나고 있었다. 얼굴은 장밋빛이고 손은 크고 가슴은 넓고 근육질이며 머리카락은 건강한 사내아이처럼 무성했다. 나이는 마흔 살 언저리로 보였다. 그는 맞춘 지 얼마 안 된 새 모직 정장을 입고 있었는데 최신 유행을 따른 세련된 옷차림이었다. 가슴에는 장식이 달린 커다란 금줄 목걸이를 걸고 새끼손가락에는 별처럼 반짝이는 작은 다이아몬드들이 박힌 반지를 끼고 있었다. 그러나 무엇보다 중요한 것, 그러니까 장편이나 단편 소설의 조금이라도 반듯한 주인공에게 가장 중요한 것이 있으니, 그것은 그가 굉장히 잘생겼다는 점이다. 나는 여자도, 화가도 아니다. 나는 남성의 아름다움에 별 의미를 부여하는 사람이 아니지만, 모자에 배지를 단 이 신사의 외모는 내게 깊은 인상을 남겼다. 그의 큰 근육형 얼굴은 내 기억 속에 영원히 남아 있다. 진짜 그리스인 같은 매부리코, 얇은 입술, 그리고 아름다운 파란 눈의 그 얼굴은 선한 기운으로 빛이 났고, 뭐라고 이름 붙이기 어려운 또 다른 무언가가 있었다. 이 '무언가'는 작은 동물들이 울적하거나 아픈 상태일 때 그 눈에서 포착할 수 있는 것이었다. 뭔가를 애원하는, 어린아이 같으면서 유순하게 인내하는 그런 무언가가…. 매우 영리하고 교활한 사람들에게는 그런 눈이 깃들지 않는다.

그렇게 단순하고 너르고 순박한 천성과 진실성이 얼굴 전체에서 풍기고 있는 것이었다. 얼굴은 영혼의 거울이라는 말이 거짓이 아니라면, 배지를 단 그 신사를 처음 본 그날, 나는 그가 거짓말을 할 줄 모르는 사람이라고 맹세할 수 있었을 것이다. 내기라도 할 수 있었을 것이다.

내기에서 내가 졌을지 아닐지 독자들은 나중에 알게 될 것이다.

그의 갈색 머리카락과 수염은 비단처럼 굵고 부드러웠다. 부드러운 머리카락은 연약하고 섬세하며 '비단결 같은' 영혼의 징표라고 한다는데…. 범죄자나 사악하고 완고한 인간들은 대부분 머리카락이 뻣뻣한 법이다. 이게 사실인지 아닌지도 독자들은 나중에 알게 될 것이고…. 배지를 단 그 신사의 표정이나 수염이 아무리 부드럽고 섬세하다고 한들 그 어느 것도 크고 육중한 몸의 부드럽고 섬세한 움직임에는 비할 바가 아니었다. 이러한 움직임에는 교양과 경쾌함, 우아함, 심지어 — 이런 표현이 용서된다면 — 어떤 여성스러움이 감지되는 것이었다. 나의 이 주인공은 별로 힘들이지 않고도 말굽을 구부리거나 주먹으로 정어리 상자를 평평하게 만들 수 있을 테지만 그의 움직임에서는 한순간도 그런 육체적 힘이 드러나지 않았다. 문손잡이나 모자를 만지면서 그는 나비처럼 섬세하고 부드럽게, 손가락을 살짝 가져다 대는 것이다. 발걸음은 소리를 내지 않았고 악수하는 손은 힘이 없었다. 그를 보고 있자면 편집부의 안드레이 다섯 명도 들지 못하는 것을 골리앗처럼 한 손으로 들 정도로 그가 힘이 세다는 것을 잊게 된다. 그의 가벼운 움직임을 보고 있으면 그가 튼튼하고 육중하다는 것이 믿기지 않는다. 스펜서[1]라면 그를 품위의 표본이라고 했을 것이다.

그는 사무실에 들어와서 당황스러워했다. 섬세하고 예민한 성격의 그는 아마도 찡그리고 불만 가득한 내 얼굴에 충격을 받았을 것이다.

"이런, 실례합니다!" 그는 부드럽고 풍부한 바리톤으로 말을 시작했다. "적절치 못한 때 불쑥 찾아와서 제게 예외를 베풀어 주십사 하고 있군요. 이렇게 바쁘신데 말이죠! 하지만 연유를 말씀드리자면 말이죠, 편집장님. 저는 내일 아주 중요한 일이 한가지 있어 오데사로 떠나거든요. 이 여행을 토요일까지 미루는 게 가능했다면 제가 예외를 청하지 않았을 겁니다. 저는 질서정연한 걸 좋아하기 때문에 규칙을 따르니까요."

'그렇지만, 어찌 이리 말이 많을까!' 나는 펜을 향해 손을 뻗어 내게 시간이 없다는 것을 보여주며 이렇게 생각했다. (당시에 나는 방문객들에게 이골이 난 상태였다.)

"잠깐이면 됩니다." 나의 주인공은 미안한 말투로 말을 이어갔다. "하지만 먼저 제 소개를 하겠습니다. 저는 전직 예심 판사인 이반 페트로비치 카미셰프라고 합니다. 저는 문단에 소속되는 영예를 누리지는 못했지만, 그럼에도 제가 여기 찾아온 건 순전히 작가를 지망하기 때문입니다. 편집장님 앞에는 마흔이 넘은 나이

[1] 허버트 스펜서(1820-1903). 영국의 사회학자이자 생물학자. 교육에서 다방면에 걸친 전인적 발달을 옹호하며 체육 교육을 특별히 강조했다.

에도 불구하고 초보 작가로 출발해 보려는 사람이 있습니다. 늦더라도 안 하는 것보다는 나으니까요."

"무척 반갑습니다만…. 제가 뭘 도와드릴까요?"

초보가 되기를 원하는 그 사람은 간절한 눈빛으로 바닥을 바라보며 말을 계속했다.

"편집장님의 신문에 싣고 싶은 작은 소설을 가져왔습니다. 솔직히 말씀드리자면, 저는 작가의 명성을 얻으려고, 또 달콤한 소리를 하려고[2] 이 소설을 쓴 것은 아닙니다. 그런 멋진 걸 하기에는 이미 나이가 들었죠. 제가 작가의 길로 나선 동기는 단순히 경제적인 것입니다. 돈을 벌고 싶어서요. 저는 지금 딱히 직업이라고 할 만한 게 없답니다. S현에서 예심 판사로 5년 반 동안 종사했지만, 돈도 모으지 못했고 결백도 지키지 못했단 말이죠."

카미셰프는 선량한 눈빛으로 나를 바라보며 부드럽게 웃었다.

"지루한 직무…. 저는 일하고 또 일했어요. 그리고 손을 내젓고 그만뒀습니다. 지금 저는 직업도 없고, 거의 무일푼입니다. 제 작품의 진가가 어떤지는 차치하고 제 소설을 출판해 준다면 편집장님은 호의를 베푸는 정도가 아니라… 저를 도와주시는 겁니다. 신문사가 자선 기관도 아니고, 양로원도 아니죠. 그건 압니다만… 정말 너무도 좋은 분이시니…."

'거짓말하고 있군!' 나는 생각했다.

---

[2] 알렉산드르 푸쉬킨(1799-1837)의 시 <시인과 군중>(1829)의 마지막 구절 "우리는 영감을 위해, 달콤한 소리와 기도를 위해 태어났다"에서 차용한 말이다.

작은 장신구들과 새끼손가락의 반지는 먹고살기 위해 글을 쓰는 것과는 어울리지 않았다. 게다가 카믜셰프의 얼굴에는 거짓말을 거의 하지 않는 사람들의 얼굴에서만 볼 수 있는, 거의 감지되지 않는 작은 구름이 드리워져 있었는데, 그것은 노련한 눈에나 포착될 것이었다.

"소설의 주제는 어떤 거죠?" 내가 물었다.

"주제라…. 어떻게 말해야 할까요? 새로울 게 없는 주제라서… 사랑, 살인… 그냥 읽어보면 아실 겁니다. <예심 판사의 수기에서>라는 작품인데…."

아마도 나는 인상을 찌푸렸던 모양이다. 카믜셰프가 당황한 듯 눈을 깜박이며 몸을 부르르 떨더니 재빨리 말했기 때문이었다.

"제 소설은 전직 예심 판사들이 쓰는 진부한 양식으로 작성되긴 했지만… 편집장님은 그 속에서 실화를, 진실을 발견하실 겁니다. 그 안에 묘사된 모든 것이, 처음부터 끝까지 모든 것이 제 눈앞에서 일어났던 일입니다. 저는 목격자이자 실제 참여자이기도 했죠."

"진실이 문제가 아니죠. 반드시 봐야만 뭔가를 묘사할 수 있는 건 아니고요. 그런 건 중요하지 않습니다. 문제는 우리의 불쌍한 대중이 가보리오[3]와 쉬클랴례프스키[4]에게 물린 지 이미 오래라는 거죠. 그들은 이 모든 비밀스러운 살인 사건, 형사들의 교

---

[3] 에밀 가보리오(1832-1873). 프랑스 범죄 소설의 창시자이다. 그의 탐정 무슈 르코크는 셜록 홈스의 원형이 되었다.

[4] A. A. 쉬클랴례프스키(1832-1883). '러시아의 가보리오'로 알려진 추리 소설 작가. <예심 판사의 이야기>(1872), <미결 범죄>(1878) 등의 작품을 썼다.

묘함, 놀라운 수사 수완에 지쳐 있습니다. 물론 대중도 대중 나름이지만 저는 우리 신문을 읽는 대중을 말하는 겁니다. 소설 제목은 뭔가요?"

"<사냥이 끝나고>입니다."

"음…. 별로 대단한 건 아니군요. 게다가 솔직히 말씀드리자면 지금 저는 쌓여 있는 일이 산더미여서 새로운 걸 받을 수가 없습니다. 가치 있는 게 확실하다고 해도 말입니다."

"하지만 제 작품은 제발… 받아주십시오. 별로 대단하지 않다고 하시지만… 보지도 않고서 딱지를 붙이는 건 정말 곤란합니다. 그리고 예심 판사도 진지한 글을 쓸 수 있다는 걸 인정하지 못하신단 말인가요?"

이 모든 말을 하면서 카믹셰프는 손가락 사이로 연필을 돌리며 발밑을 내려다보고 있었다. 그는 심하게 쩔쩔매며 눈을 깜박이는 것으로 말을 마쳤다. 나는 그가 정말 안쓰러웠다.

"좋습니다, 두고 가세요." 내가 말했다. "하지만 당신 소설을 이른 시일 안에 읽겠다고 약속하지는 못합니다. 좀 기다리셔야 할 겁니다."

"오래 걸릴까요?"

"모르죠. 한 달 후에 들러보세요. 아니 대략 두 달, 석 달…."

"너무 오래 걸리는군요. 그래도 제가 뭐라고 우기지는 못하겠죠. 알아서 해주십시오."

카믹셰프는 일어나서 모자를 집어 들었다.

"제 얘기를 들어주셔서 감사합니다." 그가 말했다. "이제 집에 가서 희망을 품고 있겠습니다. 3개월의 희망을요! 그건 그렇고, 제가 귀찮게 굴었습니다. 그럼 이만 가보겠습니다!"

"괜찮으시다면 한마디만요." 나는 작은 글씨로 빽빽한 두꺼운 노트를 넘기면서 말했다. "여기 보면 일인칭 시점으로 글을 쓰고 있는데… 예심 판사라고 하는 건 당신 자신을 말하는 건가요?"

"네, 하지만 이름은 다르게 했습니다. 이 소설에서 제 역할은 다소 낯부끄러운 것이어서… 실명을 쓰는 건 좀 어색하죠. 그러니까 3개월 후요?"

"네, 그전에는 좀….”

"그럼, 안녕히 계십시오!"

전직 예심 판사는 정중히 고개를 숙이고는 조심스럽게 문손잡이를 잡았다. 그리고 내 책상 위에 자기 작품을 남겨두고 사라졌다. 나는 노트를 집어 들어 책상 속에 넣었다.

카믹셰프라는 그 잘생긴 남자의 소설은 두 달 동안 내 책상 속에 묻혀 있었다. 어느 날 여름 별장으로 가며 편집부 사무실을 나서다가 나는 그 소설이 머릿속에 떠올라서 가져갔다.

나는 객차에 앉아 그 노트를 펴고 중간부터 읽기 시작했다. 중간 부분이 흥미로웠다. 바로 그날 저녁, 나는 시간적 여유가 별로 없었음에도 자유분방한 필체로 쓰인 그 소설을 처음부터 '끝'이라는 단어에 이르기까지 전부 다 읽어버렸다. 그날 밤 나는 다시 한번 그 소설을 다 읽었다. 새벽이 되자 나는 머릿속에 갑자기 들어온 새롭고 고통스러운 생각을 지워버리고 싶기라도 한 듯 관자놀이를 문지르며 테라스 이 구석 저 구석을 왔다 갔다 했다. 그러나 그 생각은 정말로 고통스럽고 견딜 수 없이 날카로웠다. 예심 판사도 아니고 타고난 심리학자도 아닌 내가 나와는 아무 상관도 없는 한 사람의 끔찍한 비밀을 알아버린 것 같은 느낌이었다. 나는 테라스를 왔다 갔다 하며 내가 발견한 것을 믿지 말자고… 나 자신을 설득했다.

카믜셰프의 소설은 우리 신문에 실리지 못했는데 그 이유는 끝부분에서 독자에게 설명해 놓았다. 독자 여러분과 나는 다시 만나게 될 것이다. 그러나 지금은 한동안 이 지면에서 물러나 있을 것이므로 여러분은 카믜셰프의 소설을 읽어 보기 바란다.

이 소설은 빼어난 작품은 아니다. 장황하게 늘어놓은 부분이 많고 다듬어지지 않은 거친 부분도 적지 않다. 저자는 인상적인 효과를 주는 것에 약하고 힘 있는 문장을 쓰는 데도 약하다. 그는 글을 써 본 경험이 없고 글 쓰는 법을 배우지 못한 채 난생처음 글을 쓰고 있는 것이 분명하다. 하지만 그럼에도 그의 이야기는 쉽게 읽힌다. 줄거리가 있고, 의미도 있으며, 무엇보다 중요한 것은 그의 소설이 독창적이고 매우 특징적이며, 이른바 쉬 제네리스(독특하다)라고 할 만하다는 점이다. 또한 어떤 면에서 문학적인 가치도 있다. 읽어볼 가치가 있는 것이다. 여기 그 이야기가 있다.

사냥이 끝나고

— 어느 예심 판사의 수기에서

1

"남편이 아내를 죽였다! 아, 당신은 정말 멍청해요! 설탕이나 좀 달라고요!"

이렇게 외치는 소리에 나는 잠이 깼다. 몸을 쭉 뻗었더니 온몸이 무겁고 불쾌한 느낌이 들었다. 손과 발이 저릴 수는 있지만 이번에는… 머리부터 발끝까지 온몸이 저리는 것 같았다. 답답하고 건조한 공기 속에서 파리와 모기가 윙윙거리는 소리를 들으며 낮잠을 자니 활력이 생기는 것이 아니라 몸이 더 늘어졌다. 나는 땀에 흠뻑 젖어 지친 상태로 자리에서 일어나서 창문 쪽으로 갔다. 오후 5시가 되어 있었다. 해는 여전히 높았고 세 시간 전과 마찬가지로 불타고 있었다. 해가 지고 선선해지려면 아직 멀었다.

"남편이 아내를 죽였다!"

"허튼소리는 그만, 이반 데미야늬치!" 나는 이반 데미야늬치의 부리를 가볍게 튕기며 말했다. "남편이 아내를 죽이는 건 소설 속에서, 아니면 열정이 끓어오르는 아프리카 열대 지방에서나 있는 일이라고, 이 녀석아. 강도가 들지 않을까, 혹은 타인의 모습으로 살아가는 건 아닐까 하는 생각만으로도 우리의 공포는 이미 차고 넘친다고."

"강도가 들었어." 이반 데미야늬치가 갈고리 같은 부리로 투덜거렸다. "아, 당신은 정말 멍청해요!"

"그렇다고 뭘 어쩌겠어, 이 녀석아? 우리 두뇌에 한계가 있는 게 우리 인간들 책임이겠어? 게다가, 이반 데미야늬치, 이런 기온에서 멍청해지는 건 죄가 아니야. 넌 똑똑한 녀석이지만 더위를 먹어서 머리가 둔해진 것 같아."

나의 앵무새 이름은 앵무라든지 새 이름에 어울리는 다른 어떤 것이 아니라 이반 데미야늬치이다. 이 이름이 생긴 건 순전히 우연이었다. 어느 날 내 하인인 폴리카르프가 녀석의 새장을 청소하다가 문득 어떤 걸 깨닫지 않았다면 내 귀한 새는 지금까지도 앵무로 불렸을 것이다. 그 게으른 작자는 내 앵무새의 부리가 우리 마을의 상점 주인인 이반 데미야늬치의 코와 흡사하다고 밑도 끝도 없이 생각했던 것인데, 그 이후 코가 긴 그 상점 주인의 성과 이름은 영원히 내 앵무새의 차지가 되었다. 폴리카르프가 설쳐대는 바람에 마을 전체가 내 별난 새에게 이반 데미야늬치라는 세례명을 주었다. 새는 폴리카르프 덕분에 사람이 되었지만, 반면 상점 주인은 진짜 자기 이름을 잃어버리고 생을 마칠 때까지 마을 사람들의 입에서 '예심 판사의 앵무새'가 된 것이다.

이반 데미야늬치는 내가 부임하기 얼마 전에 사망한 내 전임 예심 판사 포스펠로프의 어머니에게서 사게 된 새였다. 오래된 오크 가구와 잡다한 부엌 물건들, 그리고 고인이 남긴 세간 일체와 함께였다. 내 벽에는 지금도 여전히 그의 친척 사진들이 장식되어 있으며 내 침대 위에는 여전히 그 주인의 초상 사진이 걸려 있다. 붉은 콧수염을 기르고 아랫입술이 두툼한, 마르고 강단 있는 남자였던 고인은 빛바랜 호두나무 액자 속에 두 눈을 부릅뜨고 앉아서 내가 침대에 누워 있는 내내 내게서 눈을 떼지 않았다. 나는 벽에서 단 한 점의 사진도 떼어내지 않았다. 간단히 말해, 나는 그 집을 인수한 상태 그대로 두었다. 나의 게으름은 나 자신의 안락함조차 추구하지 않을 정도여서 죽은 사람뿐만 아니라 산 사람들도 그들이 원한다면 내 벽에 걸려 있어도 아무 상관이 없는 것이다.[i]

이반 데미야늬치도 숨 막힐 듯 답답한 것은 나와 매한가지였다. 녀석은 깃털을 주름잡고 날개를 펄럭이며 내 전임자 포스펠로프와 폴리카르프에게 배운 어구를 큰 소리로 외치곤 했다. 나는 점심식사 후의 여가 시간을 뭐라도 하며 보내려고 새장 앞에 앉아서 앵무새의 움직임을 관찰하기 시작했다. 녀석은 숨 막히는 더위와 깃털에 서식하는 벌레가 주는 괴로움에서 벗어날 길을 열심히 찾았지만 성공하지는 못했다. 그 가여운 녀석은 무척 불쌍해 보였다.

"그런데 몇 시에 일어나나요?" 누군가의 목소리가 문간에서 내게까지 들려왔다.

"그때그때 다르지!" 대답하는 건 폴리카르프의 목소리였다. "5시에 일어날 때도 있고, 아침까지 잘 때도 있고…. 나야 아무것도 할 수 없다는 걸 잘 알잖아."

"당신은 시종입니까?"

"하인이지. 자, 이제 나를 귀찮게 하지 말고 닥치지. 내가 책 읽는 거 안 보이나?"

나는 문간을 내다봤다. 나의 폴리카르프는 커다란 빨간색 궤짝 위에 누워서 늘 하던 것처럼 책을 읽고 있었다. 그는 졸린 눈을 한 번도 깜박거리지 않은 채 책에 고정하고서 입술을 실룩거리며 얼굴을 찌푸리고 있었다. 키가 크고 수염이 있는 낯선 사내가 궤짝 앞에 서서 쓸데없이 대화를 시도해서 짜증이 난 것이 분명했다. 내가 나타나자 그 남자는 궤짝에서 한 발짝 떨어져서 군인처럼 몸을 쭉 폈다. 폴리카르프는 불만스러운 표정을 지으며 책에서 눈을 떼지 않은 채 약간 몸을 일으켰다.

"무슨 일인가?" 나는 그 사내를 향해 말했다.

"저는 백작께서 보내서 왔습니다, 나리. 백작께서 나리께 인사를 올리라고 하셨고, 지체 없이 와달라고 부탁하신답니다."

"백작이 왔다고?" 나는 깜짝 놀랐다.

"정확히 그렇습니다, 나리. 어젯밤에 오셨습니다. 여기 편지가 있습니다."

"또다시 악마들을 데려왔군요!" 나의 폴리카르프가 말했다. "그가 없어서 두 해 여름을 평온하게 보냈는데 이제 또다시 마을에 돼지우리를 짓겠네요. 또 창피한 일이 그칠 새가 없겠죠."

"입 다물어, 너한테 묻는 게 아니잖아!"

"저한테는 물어볼 필요도 없으시죠. 제가 스스로 말씀드릴 거예요. 또다시 그의 집에서 술에 취해 엉망이 되어 돌아와서는 옷을 다 입은 상태로 호수에서 헤엄칠 거고… 그다음엔 치워야죠! 사흘을 치워도 다 못 한다고요!"

"백작은 지금 뭘 하고 있나?" 나는 사내에게 물었다.

"저를 보내셨을 때는 막 점심을 들고 계셨습니다. 점심 식사 전에는 작은 연못에서 낚시를 하셨고요. 백작께 어떻게 답을 드릴까요?"

나는 봉한 편지를 열어 다음과 같은 내용을 읽었다.

친애하는 나의 르코크[5]! 아직 살아 있고 안녕하다면, 그리고 또 제일 친한 친구를 잊지 않았다면, 잠시도 주저하지 말고 옷을 갈아입고 내게 달려오게. 도착한 게 겨우 어젯밤인데도 벌써 지루해 죽을 지경이야! 자네를 기다리자니 끝없이 조바심이 나네. 내가 직접 가서 자네를 우리 집으로 데려오고 싶었지만, 더위가 내 팔다리를 묶어 놓았네. 한 곳에 앉아서 부채질만 하고 있다네. 그래, 어떻게 지내고 있나? 영리한 이반 데미야늬치는 잘 지내나? 자네의 그 고지식하고 잘난 폴리카르프와는 여전히 싸우고 있나? 얼른 와서 말해주게.

자네의 A. K.

나는 서명을 보지 않고서도 글을 거의 쓰지 않는 내 친구 알렉세이 카르네예프 백작이 술에 취해 쓴 크고 못생긴 글씨를 알아볼 수 있었다. 간단한 편지 내용과 다소 장난스럽고 경쾌한 척하는 것을 보면 멍청한 내 친구가 이 편지를 완성하기 전에 수많은 편지지를 찢었음을 알 수 있다.

편지에는 구절을 이어가는 '~한 무엇, 혹은 누구' 같은 것이 없었고 모든 분사 구문은 어떻게든 피해 갔는데, 백작은 둘 중 어느

---

[5] 각주3에 나온 프랑스 범죄 소설가 에밀 가보리오의 작품 속 탐정 르코크를 말한다. 르코크는 셜록 홈스의 원형이라고 한다.

것도 제대로 한 번 쓸 줄 모를 것이다.

"어떻게 답을 드릴까요?" 사내가 반복해서 물었다.

나는 이 질문에 단박에 대답하지 않았다. 정갈한 성향의 사람이라면 누구라도 내 처지에 있으면 망설였을 것이다. 백작은 나를 아주 좋아했고 친구가 되어 달라고 내게 진심으로 부탁했었다. 그러나 나는 그에게 우정 비슷한 마음도 들지 않았고 심지어 그를 좋아하지도 않았다. 그러므로 그에게 가서 위선적으로 행동하는 것보다는 그의 우정을 단번에 거절하는 것이 더 정직한 일일 터였다. 게다가 백작에게 간다는 것은 나의 폴리카르프가 '돼지우리'라고 칭했던 생활, 2년쯤 전 백작이 상트 페테르부르크로 떠나기 전까지 내내 내 건강을 망치고 내 뇌를 메마르게 했던 그런 생활 속으로 다시 한번 뛰어드는 것을 의미했다. 놀라운 행동들과 술 취한 광기로 가득 찬, 무질서하고 비정상적인 그 생활로 인해 나는 몸이 상하지는 않았지만, 현 전체에 이름이 알려지게 되었다. 나는 유명인이 되었다.

나는 이성적으로는 모든 진실을 알고 있었다. 얼마 지나지 않은 과거에 대한 수치심으로 내 얼굴은 붉게 물들었고, 백작에게 가는 것을 거절할 용기가 없다는 생각에 내 심장은 두려움으로 쪼그라들었다. 하지만 나는 오래 망설이지 않았다. 마음속의 싸움은 1분도 채 지속되지 않았다.

"백작에게 인사를 전해주게." 나는 전령에게 말했다. "그리고 나를 기억해 줘서 감사드린다고. 내가 바쁘다고 말하고 또…. 나는…."

바로 그 순간, "가지 않겠다"라는 결연한 말이 혀에서 떨어져 나오려고 하는 찰나, 나는 갑자기 무거운 감정에 휩싸였다. 운명의 장난으로 외딴 시골에 버려진 젊은이, 생명과 힘, 욕망으로 가득 찬 그 젊은이는 우울하고 외로운 감정에 사로잡혔던 것이다.

나는 시원하고 화려한 온실이 있고 좁고 어둑어둑한 오솔길이 아무렇게나 방치돼 있는 백작의 정원이 떠올랐다. 오래된 참피나무의 얽히고설킨 가지들이 초록색 아치가 되어 햇볕을 막아주는 그 오솔길은 나를 알고 있다. 그 길은 또한 어두컴컴한 곳과 나의 사랑을 찾던 여자들을 알고 있다. 벨벳 소파에서의 달콤한 휴식, 무거운 커튼과 솜털처럼 부드러운 카펫, 건강하고 젊은 짐승들이 그토록 사랑하는 나태함이 있는 호화스러운 응접실이 기억났다. 술에 취해 한계를 모르는 나의 객기가, 그리고 사탄 같은 교만과 삶에 대한 경멸이 떠올랐다. 그러자 잠에 지쳐 있던 나의 큰 몸은 또다시 움직이고 싶어지는 것이었다.

"가겠다고 하게!"

사내는 고개를 숙이고는 나갔다.

"내가 알았다면 저자를 들이지 않았을 텐데, 악마 같으니!" 폴리카르프는 그냥 되는 대로 빠르게 책장을 넘기며 투덜거렸다.

"책은 내려놓고, 가서 조리카에게 안장을 달아줘!" 내가 엄하게 말했다. "당장!"

"당장… 물론, 그래야죠. 자, 이렇게 달려가겠습니다. 일이 있어 가는 거라면 좋겠지만, 안 그러면 그 악마를 요절내 버릴 거야!"

그는 반쯤 속삭이는 소리로 말을 했지만 내가 들으라고 한 말이었다. 나의 하인은 이 무례한 말을 중얼거리면서 내 앞에서 몸을 쭉 폈고 경멸하듯 웃으며 격분에 찬 대답이 나오기를 기다리기 시작했지만 나는 그의 말을 못 들은 척했다. 나의 침묵은 폴리카르프와의 전투에서 가장 훌륭하고 날카로운 무기다. 그의 독설을 한 귀로 흘리며 무시하면 그의 무장은 해제되고 그의 지반은 없어지고 만다. 따귀를 때리거나 질책을 하는 것보다 그게 더 효과적인 형벌인 것이다. 폴리카르프가 조리카에게 안장을 얹으려고 마당으로 나갔을 때 나는 그가 읽고 있다가 나 때문에 읽기를 중단한 책을 들여다봤다. 뒤마의 무시무시한 소설 <몬테크리스토 백작>이었다. 교양 있는 나의 멍청이는 술집 간판에서부터 내가 읽지 않고 버려둔 다른 책들과 함께 궤짝에 들어 있던 오귀스트 콩트에 이르기까지 모든 것을 다 읽는다. 그러나 그 많은 인쇄된 글과 수기로 쓴 글 중에서 그가 인정하는 것은 오직 명문가의 '신사들', 그리고 독극물과 지하 통로가 나오는 박진감 넘치는 끔찍한 소설들뿐이고 나머지 모든 것은 '시시한 것'이라고 낙인찍었다. 그의 독서에 관해서는 나중에 또 말하게 될 것이고, 지금은 가야 한다! 15분 뒤에 조리카의 발굽은 이미 마을에서 백작의 저택으로 가는 길에 먼지를 일으키고 있었다. 해 질 녘에 가까워지고 있었지만, 여전히 숨 막힐 듯한 무더위가 느껴졌다. 엄청나게 큰 호수 기슭을 따라 나 있는 길을 가고 있음에도 달아오른 공기는 움직임도 없이 건조했다. 오른쪽으로는 넘치는 물이 보였고 왼쪽으로는 참나무 숲의 어린 봄 잎사귀가 내 눈을 어루만졌지만 그러는 동안 내 뺨은 사하라 사막을 체험하고 있었다.

'천둥 번개가 치겠어!' 나는 차가운 폭우를 머릿속에 그리며 생각했다.

호수는 고요하게 잠들어 있었다. 나의 조리카가 날아오르는 것을 반겨주는 소리 하나 들리지 않았고 어린 딱따구리의 울음소리만이 움직이지 않는 거인의 무덤 같은 침묵을 깨뜨릴 뿐이었다. 거대한 거울 같은 그 호수 속에 태양이 비치면서 내가 가는 길부터 저 멀리 호숫가까지 일대가 눈부신 빛으로 가득 채워졌다. 눈이 부셨다. 마치 태양이 아니라 호수에서 빛이 나오는 것 같았다.

지독한 더위에 호수와 그 초록빛 호숫가에 넘쳐나는 생명들도 잠에 빠져 있었다. 새들은 몸을 숨겼고 물고기는 튀어 오르지 않았으며 메뚜기와 귀뚜라미는 서늘해질 때를 조용히 기다리고 있었다. 주위는 적막했다. 드물긴 했지만 조리카는 한 번씩 나를 호숫가에 운집한 모기떼 속으로 데려가기도 했다. 호수 저 먼 곳에는 호수 전체의 조업권을 독점한 어부 미헤이 노인의 검은 배 세 척만이 물결에 흔들리고 있을 뿐이었다.

나는 직선이 아니라 원을 그리며 호숫가를 따라 달렸다. 직선으로 가는 것은 배를 타야만 가능했기에 땅으로 이동하는 사람들은 큰 원을 그리며 약 10km를 우회해야 했다. 호수를 바라보며 가는 길 내내 반대편 진흙 기슭이 보였다. 호숫가에는 꽃이 만발한 벚나무 과수원이 하얀 띠처럼 반짝였고 벚나무 너머로 보이는 백작의 헛간 위에는 색색의 비둘기가 흩어져 있었고 백작의 교회 작은 종탑이 하얗게 솟아올라 있었다. 진흙 기슭 옆에는 캔버스를 씌워 놓은 풀장이 있었는데 그 난간에 이불을 널어 말리고 있었다. 이 모든 것이 보이는 까닭에 눈으로 보면 나의 친구인 백작과 나를 갈라놓은 거리는 불과 몇백 미터에 지나지 않았지만 실제로 백작의 영지에 도착하려면 15km를 질주해야 했다.

가는 동안 나는 백작과의 이상한 관계를 생각했다. 이 관계를 어떻게 설명해야 할지, 어떤 식으로 정리해야 할지 흥미로웠다. 하지만 — 아이고! — 불가능한 과제였다. 아무리 생각하고 아무리 해결하려 해도 결국에는 내가 나 자신, 그리고 인간이라는 것 자체를 제대로 알지 못한다는 결론에 도달하지 않을 수 없었다. 나와 백작을 둘 다 아는 사람들은 우리의 관계에 관해 서로 다른 해석을 했다. 한 치 앞도 보지 못하는 편협한 사람들은 고귀한 백작이 '가난하고 미천한' 예심 판사를 좋은 술친구이자 똘마니로 생각한다고 즐겨 말하곤 한다. 그들의 판단으로는 이 글을 쓰는 나는 떡고 물이나 받아먹으려고 백작의 식탁 주위를 굽신거리며 기어 다니고 있는 것이었! 그들의 의견으로는 고귀한 부자이고 S현 전체에서 두려움과 선망의 대상인 백작은 매우 지적이고 자유주의적인 사람이었다. 그렇지 않고서는 가진 것 없는 예심 판사와 친구가 되는 그의 겸허함과 내가 그를 '자네'라고 불러도 아무렇지도 않게 여기는 그 순수한 자유주의가 납득되지 않을 것이었다. 좀 더 현명한 사람들은 우리의 친밀한 관계를 '영적 관심'의 공유로 설명한다. 백작과 나는 동년배이다. 우리는 둘 다 같은 대학을 졸업했고, 둘 다 법조인이며, 둘 다 지식이 별로 없다. 나는 뭐라도 아는 게 있지만 백작은 한때는 알았던 모든 것을 잊고 술에 빠져 있었다. 우리는 둘 다 거만하고, 우리만 아는 어떤 이유로 야만인처럼 사회를 외면하고 있다. 우리는 둘 다 우리에 대한 세상(그러니까, S현)의 견해에 대해 무심하고, 둘 다 부도덕하며, 둘 다 나쁜 최후를 맞이할 것이다. 우리를 묶어주는 '영적 관심'이란 이런 것들이다. 우리를 아는 사람들이 우리에 대해 이 이상 말할 수 있는 것은 아무것도 없다.

물론, 내 친구 백작의 본성이 얼마나 나약하고 부드럽고 유순한지, 내가 얼마나 강하고 단단한지 그들이 알았다면 더 많은 말을 했을 것이다. 이 허약한 인간이 나를 얼마나 좋아했는지, 내가 그를 얼마나 좋아하지 않았는지 알았다면 더 할 말이 많았겠지! 내게 우정을 먼저 제안한 것은 그였는데 '자네'라고 부른 건 내가 먼저였다. 하지만 그 어조는 얼마나 달랐던가! 그는 좋은 감정에 휩싸여 나를 껴안고 소심하게 우정을 청했다. 반면 나는 어느 날 경멸과 혐오감에 겨워서 그에게 말했었다.

"자네의 허튼수작은 인제 그만!"

그런데 그는 이 '자네'라는 말을 우정의 표현으로 받아들여 솔직하고 우애 어린 '자네'라는 말로 내게 화답하며 그렇게 부르기 시작한 것이니….

그렇다, 내가 조리카의 방향을 틀어서 폴리카르프와 이반 데미야늬치에게 돌아갔다면 더 떳떳하고 좋았을 것이다.

그날 저녁에 단호하게 되돌아갈 수 있었다면, 조리카가 미쳐 날뛰어서 그 끔찍하고 넓은 호수에서 나를 멀리 데려갔다면, 내 어깨에서 얼마나 많은 불행을 내려놓을 수 있었을지, 가까운 이들에게 얼마나 좋은 일을 할 수 있었을지! 나중에 나는 그런 생각을 한두 번 한 것이 아니었다. 그랬다면 지금 내 뇌를 억누르는 수많은 고통스러운 기억들 때문에 끊임없이 펜을 내려놓고 손으로 머리를 움켜쥐지는 않았을 텐데! 그러나 나는 뒷이야기로 미리 내

달리지는 않을 것이다. 더구나 괴로움에 처할 순간이 앞으로 더 많이 있으니까 말이다. 지금은 즐거운 일에 관해서….

조리카는 나를 백작의 영지 대문으로 데려다주었다. 문을 지나면서 녀석이 비틀거리는 바람에 나는 등자를 놓쳐 땅에 떨어질 뻔했다.

"나쁜 징조입니다, 나리!" 백작의 기다란 마구간 문 옆에 서 있던 사내가 소리쳤다.

나는 말에서 떨어지면 목이 부러질 수 있다는 건 믿지만, 전조라는 건 믿지 않는다. 나는 그 사내에게 고삐를 건네주고 채찍으로 부츠에 묻은 먼지를 털어내고서 집으로 뛰어 들어갔다. 아무도 나를 맞아주지 않았다. 방들의 창문과 문이 활짝 열려 있었지만 그럼에도 불구하고 공기 중에는 무겁고 이상한 냄새가 났다. 오래도록 방치된, 노쇠한 집의 냄새와 최근에 온실에서 방으로 가져온 온실 식물의 상쾌하면서도 매캐한 마약성 냄새가 섞인 그런 냄새였다. 거실에는 하늘색 실크를 씌운 소파 중 하나에 구겨진 쿠션 두 개가 놓여 있었고 소파 앞 둥근 테이블에는 강한 리가 발삼[6]향이 퍼지는 액체 몇 방울이 담긴 유리잔이 보였다. 이 모든 것이 이 집에 사람이 산다는 것을 말해주고 있었지만, 열한 개의 방을 통과하는 동안 나는 단 한 명의 살아 있는 영혼도 만나지 못했다. 호주 주변에서 느꼈던 것과 똑같은 황량함이 집을 지배하고 있었다.

---

[6] 라트비아 리가의 대표적인 술 리가 블랙 발삼을 말한다. 보드카에 25가지 약재를 혼합해 만든 술로서 예카테리나 여제의 병을 낫게 한 술로 알려져 있다.

이른바 '상감 장식' 응접실에서 커다란 유리문이 정원으로 이어져 있었다. 그 문을 열자 시끄러운 소리가 났고 나는 대리석 테라스를 따라 정원으로 내려갔다. 오솔길을 따라 몇 발자국 걸었을 때 백작의 유모였던 아흔의 노파 나스타샤와 마주쳤다. 그녀는 벗겨진 머리에 날카로운 눈을 가진, 죽음도 잊어버린 작고 주름진 생명체였다. 그녀의 얼굴을 볼 때마다 다른 하인들이 붙여준 별명이 나도 모르게 떠올랐다. '올빼미'…. 그녀는 나를 보자 몸서리를 치며 양손으로 들고 가던 크림 담긴 컵을 떨어뜨릴 뻔했다.

"잘 있었나, 올빼미?" 나는 그녀에게 말했다.

그녀는 나를 힐끗 보고는 조용히 옆으로 지나갔다. 나는 그녀의 어깨를 잡았다.

"겁내지 마, 이 바보야. 백작님은 어딨어?"

노파는 자기 귀를 가리켰다.

"귀먹었다고? 언제 그렇게 됐어?"

고령에도 불구하고 노파는 완벽하게 잘 듣고 볼 수 있었지만, 자신의 감각 기관을 욕하는 것이 쓸데없는 짓은 아님을 아는 것이다. 나는 손가락으로 그녀를 겁 주고는 놓아주었다.

몇 발자국 더 걸어가자 목소리가 들리더니 조금 후에 사람들이 보였다. 오솔길이 작은 공터로 넓어진 곳에 주물 벤치가 놓여 있고 높고 하얀 아카시아 그늘에 사모바르가 반짝거리는 테이블이 놓여 있었다. 사람들이 그 테이블 주위에 둘러앉아 이야기를 나누고 있었다. 나는 조용히 잔디밭을 가로질러 작은 공터로 걸어가서 라일락 덤불 뒤에 몸을 숨긴 채 눈으로 백작을 찾았다.

2

내 친구 카르네예프 백작은 접이식 격자 의자에 앉아 차를 마시고 있었다. 그는 2년 전에 본 적이 있는 얼룩덜룩한 색깔의 가운을 입고 밀짚모자를 쓰고 있었다. 그의 얼굴은 불안한 듯, 그리고 어딘가에 정신이 팔린 듯 인상을 찡그리고 있었기 때문에 그를 잘 모르는 사람은 그 순간 그가 깊은 생각을 하거나 걱정이 있어 괴로워하고 있다고 생각할 수도 있었다. 우리가 떨어져 지낸 2년 동안 그의 외모는 전혀 변하지 않았다. 메추라기뜸부기처럼 가늘고 연약한 마른 몸이 그랬다. 좁고 빈약한 어깨와 약간 붉은 머리도 역시 그랬다. 코는 여전히 장밋빛이고 뺨은 2년 전과 똑같이 늘어진 헝겊처럼 처져 있었다. 그의 얼굴에는 대담함도, 강인함도, 남자다움도 없었다. 모든 것이 나약하고 냉담하고 무기력했다. 무성하게 밑으로 처진 콧수염만이 인상적이다. 누군가 내 친구에게 콧수염이 어울린다고 말한 적이 있었다. 그는 그 말을 믿고 매일 아침 창백한 입술 위로 수염이 얼마나 더 자랐는지 측정하곤 했다. 그 콧수염으로 인해 그를 보면 아주 어리고 연약한데 콧수염이 많은 새끼 고양이가 떠오르는 것이다.

바로 그 테이블의 백작 옆에는 짧은 머리카락의 큰 머리에 눈썹이 새까만 어떤 뚱뚱한 남자가 앉아 있었는데 내가 모르는 사람이었다. 그의 얼굴은 기름지고 윤기가 흘러 잘 익은 멜론 같았다. 콧수염은 백작보다 길고 이마는 좁았으며 입은 굳게 다물고 눈은 나른하게 하늘을 응시하고 있었다. 펑퍼짐한 이목구비와는 어울리지 않게 그의 얼굴은 마른 가죽처럼 딱딱했다. 러시아인 같지 않았다. 뚱뚱한 그 남자는 재킷도, 양복 조끼도 입지 않고 군데군데가 땀으로 거뭇하게 젖은 셔츠 하나만 입고 있었다. 그는 차가 아니라 탄산수를 마시고 있었다.

테이블에서 예의를 갖출 만큼 떨어진 곳에는 튼튼하고 땅딸막한 남자가 서 있었는데 살집 많고 붉은 목덜미에 귀가 툭 튀어나와 있었다. 백작의 영지 관리인인 우르베닌이었다. 백작을 맞기 위해 검은색 새 양복을 차려입은 그는 지금 괴로운 상태였다. 햇볕에 탄 검은 얼굴에서는 땀이 줄줄 흘러내렸다. 관리인 옆에는 내게 편지를 가져왔던 사내가 서 있었다. 그제야 나는 그의 한쪽 눈이 없다는 것을 알아차렸다. 그는 몸을 똑바로 세운 채 동상처럼 미동도 않고 서서 질문을 기다리고 있었다.

"쿠지마, 네게서 가죽 채찍을 빼앗아 온몸을 때려주고 싶군." 관리인은 잠깐 말을 멈추었다가 훈계하듯 부드러운 저음으로 말했다. "어떻게 주인님의 명령을 그렇게 형편없이 수행할 수 있나? 당장 오시라고 부탁하고 정확히 언제 오실 수 있는지 알아 왔어야 하지 않겠어?"

"그래, 그래, 그렇지." 백작이 신경질적으로 말했다. "모든 걸 알아 왔어야지! 그는 오겠다고 했어! 하지만 그걸로는 부족해! 지금 당장 그가 필요하다고! 반-드-시 지금 말이야! 자네가 부탁했지만, 그는 자네 말을 이해하지 못한 거라고!"

"왜 그렇게 그가 필요한 거지?" 뚱뚱한 남자가 백작에게 물었다.

"그를 봐야 하거든!"

"그게 다야? 내 생각엔, 알렉세이, 그 예심 판사는 오늘은 자기 집에 있는 게 더 좋을 거야. 나는 지금은 손님까지 맞을 상황이 아니야."

나는 눈을 크게 떴다. 그 거만하고 주인 같은 '나'라는 건 무슨 뜻인가?

"하지만 사실 그는 손님이 아니야!" 내 친구가 호소하는 소리로 말했다. "그는 자네가 여행 후에 쉬는 것을 방해하지 않을 거야. 그에게 예의 같은 건 차릴 필요가 없어! 그가 어떤 사람인지 알게 될 거야! 자네는 금세 그를 좋아하게 될 거고, 친해지게 될 거야, 이 사람아!"

나는 라일락 덤불 뒤에서 나와서 테이블로 향했다. 백작이 나를 보고 알아봤다. 그러자 그의 얼굴이 환해지며 미소가 번졌다.

"여기 왔어! 여기 왔다고!" 그는 흡족한 마음에 얼굴이 붉어져서 테이블에서 뛰쳐나오며 말했다. **"자넨 정말 정이 많아!"**

그리고 그는 내게 달려오더니 뛰어올라 나를 껴안고 뻣뻣한 콧수염으로 내 뺨을 여러 번 긁었다. 내게 입 맞추고는 오래도록 내 손을 쥐고 내 눈을 응시했다.

"세르게이, 자넨 하나도 변하지 않았군! 여전히 그대로야! 똑같이 잘생기고 힘이 넘치고! 내 청을 받아들여 와줘서 고맙네!"

백작의 포옹에서 풀려난 나는 잘 알고 지내던 관리인과 인사를 나누고 테이블에 앉았다.

"아, 친구야!" 놀라움과 기쁨에 겨운 백작이 말을 이어갔다. "자네의 진지한 얼굴을 보니 내가 얼마나 기쁜지 자네가 알아야 하는데! 자네가 모르는 사람이지? 내 좋은 친구 카에탄 카지미로비치 프셰호츠키를 소개하겠네. 그리고 이쪽은," 그가 뚱뚱한 남자에게 나를 가리키며 계속 말했다. "내 오랜, 좋은 친구, 세르게이 페트로비치 지노비예프라네! 여기 예심 판사이고…." 새까만 눈썹의 뚱뚱한 남자가 살짝 일어나더니 땀에 흠뻑 젖은 통통한 손을 내밀었다.

"반갑습니다." 그가 나를 바라보며 중얼거렸다. "만나서 무척 기쁘군요."

감정을 쏟아낸 후 진정이 된 백작은 내게 차가운 적갈색 차 한 잔을 부어주고 비스킷 한 상자를 내 손 쪽으로 밀어 보냈다.

"먹게. 모스크바를 지나오다가 에이넴 가게에서 산 거야. 그런데 세료자, 난 자네에게 너무 화가 났네. 싸우고 싶다는 생각까지 들 정도였다고! 자네는 이 2년 동안 내게 한 줄의 편지도 쓰지 않았을 뿐만 아니라 내 편지에 답장도 한 번 하지 않았잖아! 그건 우정이 아니지!"

"난 편지를 쓸 줄 모르네." 내가 말했다. "게다가 편지를 쓸 시간도 없어. 말해보게, 내가 자네에게 무슨 편지를 쓸 수 있겠어?"

"쓸 게 별로 없단 말이야?"

"맞네, 정말 쓸 게 없어. 내가 아는 편지는 딱 세 종류야. 연애편지, 축하 편지, 사업상의 편지, 이렇게 말이야. 첫 번째는 자네가 여자가 아니고 자네를 사랑하는 게 아니어서 쓰지 않았지. 두번째는 필요하지 않았고, 세 번째는 자네와 난 지금까지 함께 한 사업이 전혀 없으니까 해당 사항이 아니지.”

“그렇다고 치지.” 모든 것에 대해 빠르게, 그리고 기꺼이 동의하곤 하는 백작이 동의했다. “하지만 그래도 한 줄은 쓸 수 있었을 텐데…. 게다가 여기 표트르 예고리치가 말하는 것처럼, 지난 2년 동안 자네는 마치 천 리 밖에 사는 것처럼, 아니면… 내 재산이 비위에 거슬리는 것처럼 여기 한 번도 오지 않았어. 여기서 지내면서 사냥도 할 수 있었는데 말이야. 내가 없는 동안 여기서 생길 수 있는 일이 너무나 많았을 텐데!”

백작은 많은 말을 오랫동안 했다. 한번 말하기 시작하면 아무리 사소하고 한심한 주제라도 계속해서 끝도 없이 떠드는 것이었다.

그는 소리를 내는 데서는 나의 이반 데미야늬치만큼이나 지칠 줄을 몰랐다. 나는 이런 그의 능력을 겨우겨우 견뎌내고 있었다. 이때 그를 중단시킨 것은 하인인 일리야였다. 허름하고 얼룩이 심한 옷을 입은 키 크고 깡마른 일리야가 보드카 한 잔과 물 반 컵을 은쟁반에 받쳐 와서 백작에게 건넸던 것이다. 백작은 보드카를 다 마시고 물을 마셨다. 그리고 얼굴을 찡그리고는 고개를 흔들었다.

“그런데 자네는 아직 보드카 나발을 부는 걸 그만두지 않았군!” 내가 말했다.

“그만두지 않았지, 세료자!”

“글쎄, 적어도 얼굴을 찡그리고 고개를 흔드는 주사는 그만하라고! 정말 싫어.”

“난 모든 걸 그만할 거야, 친구. 의사가 술 마시지 말라고 했거든. 지금 마시는 건 오로지 단번에 끊으면 건강에 좋지 않아서야.

서서히 끊어야지.”

나는 병들고 기진맥진한 백작의 얼굴, 술잔, 그리고 노란 신발을 신은 하인을 봤고, 왠지 처음부터 내게는 악당이자 사기꾼처럼 보이는 새까만 눈썹의 폴란드인을 봤고, 몸을 똑바로 펴고 서 있던 애꾸눈 사내를 봤다. 그러자 섬뜩하고 답답한 느낌이 드는 것이었다. 나는 갑자기 그 더러운 분위기에서 벗어나고 싶었지만, 그러기 전에 백작을 향한 무한한 나의 반감을 모조리 그가 알도록 하고 싶었다. 일어나서 나가기만 하면 되는 순간도 있었다. 하지만 나는 떠나지 않았다. 그러지 못했던 것은 그냥 몸이 (고백하기 부끄럽지만!) 게을렀던 탓이다.

“내게도 보드카를 줘!” 나는 일리야에게 말했다.

오솔길과 우리가 있던 작은 공터에 기다랗게 그늘이 드리우기 시작했다.

멀리서 개구리 울음소리, 까마귀 울음소리, 그리고 꾀꼬리의 노래가 이미 지고 있는 해를 맞이해 주었다. 봄날의 저녁이 다가오고 있었다.

“우르베닌에게 앉으라고 하지.” 나는 백작에게 속삭였다. “어린아이처럼 자네 앞에 서 있잖아.”

“아, 난 알지도 못했어! 표트르 예고리치,” 백작이 관리인을 향해 말했다. “제발 앉게! 자네를 서 있게 하다니!”

우르베닌은 자리에 앉아 감사한 눈빛으로 나를 바라봤다. 늘 건강하고 쾌활하던 그가 이번에는 아프고 지루해 보였다. 그의 얼굴은 맥없고 졸려 보였고 눈은 무기력하게 어쩔 수 없이 우리를 바라보고 있었다.

"뭐 새로운 소식 있나, 표트르 예고리치? 무슨 좋은 소식이라도?" 카르네예프가 그에게 물었다. "뭐, 특별한 일 같은 건 없어?"

"모든 게 다 옛날 그대롭니다, 나리."

"혹시… 새로운 아가씨들은 없나, 표트르 예고리치?"

도덕적인 표트르 예고리치는 얼굴을 붉혔다.

"모르겠습니다, 나리. 전 그런 건 알아보지 않습니다."

"있습니다, 나리." 지금껏 내내 말이 없던 애꾸눈 쿠지마가 말했다. "게다가 시선을 끄는 멋진 애들도요."

"예쁘고?"

"취향대로 다 있죠, 나리. 갈색 머리, 금발 머리, 온갖…."

"이것 봐! … 잠깐…. 이제야 자네가 기억나네…. 나의 레포렐로[7]였던 이 지역 전담… 자네 이름이 쿠지마 아닌가?"

"맞습니다."

"기억나네, 기억나. 이제 어떤 애들을 데려올 생각인가? 설마 마을 아가씨들을 죄다?"

"아가씨들이야, 물론, 많죠. 하지만 좀 더 순수한 애들도 있습니다."

"그런 순수한 애를 어디서 찾았어?" 일리야가 실눈을 뜨고 쿠지마를 보며 물었다.

---

[7] 여자를 유혹했다가 버리는 엽색 행위를 거듭하다가 처형당했다는 스페인의 전설적인 귀족 돈 후안의 충직한 심복.

"사순절에 우체부의 처제가 그를 방문하러 왔어요. 나스타샤 이반나라고 하는데…. 모든 게 다 괜찮은 아가씨예요. 저라도 따먹었겠지만 돈이 없잖아요. 뺨 전체가 혈색이 돌고 다른 데도 그렇습니다. 그보다 더 순수한 애도 있습니다. 백작님만을 기다리고 있었죠, 나리. 아주 젊고, 포동포동하고, 민첩하고… 미인이에요! 이런 미인은 상트 페테르부르크에서도 본 적이 없으실 겁니다, 나리!"

"그게 대체 누군가?"

"산림 관리인 스크보르초프의 딸, 올렌카입니다."

우르베닌 밑의 의자가 덜컹거렸다. 관리인은 테이블에 손을 얹고 얼굴을 붉히며 천천히 일어나 애꾸눈 사내를 향해 얼굴을 돌렸다. 피곤함과 지겨움의 표정이 격렬한 분노로 바뀌어 있었다.

"닥쳐, 야비한 놈!" 그가 으르렁거렸다. "이 애꾸눈 새끼야! … 하고 싶은 말은 해. 하지만 감히 고상한 사람들을 건드리지는 마!"

"난 당신을 건드린 게 아니오, 표트르 예고리치." 쿠지마가 무심하게 말했다.

"내 얘기를 하는 게 아니야, 이 모자란 놈! 하지만… 용서해 주십시오, 나리." 관리인이 백작을 향해 말했다. "소란을 피워서 죄송합니다만, 나리께서 레포렐로라고 부르던 이가 모든 면에서 존중받아 마땅한 사람들에게 열을 올리는 것을 금지해 주시기를 간청합니다."

"난 괜찮네." 순진한 백작이 중얼거렸다. "그는 그렇게 특별한 말은 전혀 하지 않았는걸."

우르베닌은 모욕감을 느끼며 극도로 흥분한 상태로 테이블에서 나와서 우리 옆에 섰다. 그는 가슴에 팔짱을 끼고 눈을 깜박이며 붉어진 얼굴을 작은 나뭇가지 뒤에 숨긴 채 생각에 잠겼다.

이 사람은 가까운 장래에 자신의 도덕적 감정이 천 배나 더 심한 모욕을 겪어야 할 것임을 예감하지 못했을까?

"그가 왜 기분이 상했는지 모르겠어!" 백작이 내게 속삭였다. "괴팍한 친구야! 모욕적인 말은 전혀 나오지 않았잖아."

2년간의 금주 후에 마시는 보드카 한 잔에 나는 취기가 올랐다. 나의 머리와 온몸에 가볍고 행복한 느낌이 넘쳐흘렀다. 게다가 낮의 숨 막히는 무더위를 서서히 대체하는 저녁의 서늘함이 느껴지기 시작했다. 나는 산책하러 나가자고 제안했다. 백작과 그의 새 폴란드 친구는 집에서 프록코트를 가져왔고 우리는 밖으로 나갔다. 우르베닌도 우리 뒤를 따라왔다.

우리가 산책한 백작의 정원은 놀라울 정도로 고급스러웠기에 특별히 설명할 가치가 있다. 식물학적으로, 원예적으로, 그리고 다른 많은 측면에서 그것은 내가 본 다른 어떤 정원보다 더 풍요롭고 웅장하다. 앞에서 설명한, 아치처럼 녹음이 드리워진 서정적인 오솔길 외에도 그 정원에서는 까다로운 사람들만이 정원에 요구할 법한 모든 것을 찾을 수가 있다. 체리와 자두부터 거위알만큼 큰 열매가 열리는 살구나무에 이르기까지 가능한 모든 종류의 토종 나무들과 외래종 나무들, 그리고 과일나무들이 있다. 발걸음을 옮길 때마다 뽕나무, 매자나무, 프랑스 베르가못 나무, 심지어 올리브 나무까지도 만날 수가 있다. 반쯤 폐허가 된 이끼 동굴, 분수, 금붕어와 잉어가 놀도록 만든 연못, 작은 언덕, 정자,

그리고 값비싼 온실이 있다. 그런데 그의 조상들이 모아 놓은 이 희귀하고 화려한 공간, 크고 풍성한 장미와 낭만적인 석굴, 끝없이 이어지는 오솔길이 있는 이 풍요로운 곳은 미개하게 방치되어 잡초와 도둑의 도끼, 그리고 희귀한 나무에 무례하게도 볼썽사나운 둥지를 짓는 까마귀에게 내맡겨져 있는 것이었다. 이 멋진 정원의 합법적인 소유자가 내 옆에 걷고 있었는데, 그는 방치된 상태로 인간의 추잡함에 비명을 지르는 그 숲의 모습을 보고도 마치 자기가 그곳의 주인도 아닌 것처럼 거나하게 배부른 얼굴의 근육 하나 실룩거리지 않았다. 딱 한 번, 그는 아무런 할 일이 없어서인지 관리인에게 길에 모래를 조금 뿌리는 것도 나쁘지 않을 것이라고 말했다. 그는 필요하지도 않은 모래가 없는 것은 알아차렸지만 추운 겨울에 죽어버린 벌거벗은 나무들과 정원을 돌아다니는 소는 알아보지 못했던 것이다. 그의 지적에 우르베닌은 정원을 관리하려면 열 명의 일꾼이 필요하며 자신의 영주가 영지에서 살지 않겠다고 한 이상 정원에 지출되는 돈은 불필요하고 비생산적인 사치라고 대답했다. 물론, 백작은 이 주장에 동의했다.

"게다가, 솔직히 말씀드리자면, 저는 시간이 없습니다!" 우르베닌이 손을 내저었다. "여름에는 밭일을 하고, 겨울에는 시내에서 곡식을 팔고… 여기서 정원까지 가꾸지는 못하죠!"

정원의 중심인, 이른바 '큰길'로 불리는 오솔길의 매력을 오롯이 보여주는 것은 오래된 우람한 피나무와 길 전체를 따라 여러 색의 띠를 이루어 뻗어 있는 수많은 튤립이었는데, 멀리 그 길이 끝나는 곳에는 노란색 점이 있었다. 그곳은 돌로 만든 노란 정자였는데 한때 거기에는 당구와 볼링, 중국식 게임을 하던 간이 식당이 있었다. 우리는 그 정자를 향해 무심하게 걸어갔다. 그 입구에서 우리는 용감하지 않은 우리 일행의 신경을 다소 불안하게 하는 생물을 만났다.

"뱀이야!" 백작이 비명을 지르며 창백해져서 내 팔을 붙잡았다. "저기 봐!"

폴란드인은 뒤로 한걸음 물러나 땅에 박힌 것처럼 멈춰 서더니 마치 유령이 오는 걸 막는 것처럼 두 팔을 벌렸다. 돌계단 꼭대기에 우리가 흔히 보는 러시아 독사 같은 어린 뱀 한 마리가 누워 있었다. 우리를 보자 뱀은 작은 고개를 들고 쉿 소리를 냈다. 백작은 다시 한번 비명을 지르며 내 등 뒤로 숨었다.

"겁내지 마세요, 나리!" 우르베닌이 느릿느릿 말하며 첫 번째 계단에 발을 내디뎠다.

"물면 어쩌지?"

"물지 않을 겁니다. 그리고 사실, 이런 뱀에 물렸을 때 입는 피해는 과장되어 있습니다. 저도 예전에 늙은 뱀에게 물린 적이 있지만 보시다시피 죽지 않았잖아요. 인간의 혀가 뱀보다 더 위험하죠!" 우르베닌은 한숨을 내쉬며 훈시의 말을 하고야 말았다.

사실 맞는 말이다. 관리인이 미처 두세 걸음 내딛기도 전에 뱀은 온몸을 쭉 펴더니 번개처럼 빠른 속도로 두 개의 판석 사이 틈으로 들어가 버렸다. 정자에 들어가자 또 다른 생물이 보였다. 빛바랜 당구대 위에 파란 재킷과 줄무늬 바지, 기수들이 쓰는 모자를 쓴 키 작은 노인이 누워 있었던 것이다. 그는 조용히 단잠에 빠져 있었다. 이가 없어 오목한 입과 뾰족한 코 주위에 파리가 몰려들어 있었다. 해골처럼 깡말라서 움직이지도 않고 입을 벌리고 있는 그의 모습은 마치 지하 시체실에서 해부용으로 막 꺼낸 시체처럼 보였다.

"프란츠!" 우르베닌이 그를 찔렀다. "프란츠!"

대여섯 번 쿡쿡 찌르자 프란츠는 입을 다물고 일어나더니 우리 모두를 둘러보고는 다시 누웠다. 잠시 후 그의 입이 다시 열렸고 그의 코골이가 일으킨 약한 진동에 그의 코 근처에서 노닐던 파리들이 다시 흩어졌다.

"자고 있어, 이 방탕한 돼지야!" 우르베닌은 한숨을 쉬었다.

"저 사람은 우리 정원사 트리헤르 아닌가?" 백작이 물었다.

"맞습니다. 매일 이런 식입니다. 낮에는 죽은 듯이 자고 밤에는 카드 게임을 하죠. 오늘은 아침 6시까지 게임을 했다던데…."

"무슨 게임을 하지?"

"도박이죠. 스투콜카[8]를 제일 많이 합니다."

"뭐, 그런 남자들이 일은 제대로 못 하지. 월급만 축내고."

"저는 그런 의미로 말을 한 게 아닙니다, 나리." 우르베닌은 퍼뜩 깨달았다. "불평하거나 불만을 표출하려고 한 게 아니라… 그저 저렇게 유능한 사람이 열병의 노예가 되어 있는 게 안타까웠던 겁니다. 그런데 그는 일하는 사람입니다. 충분히 잘하고 있고요. 괜히 월급을 받는 게 아니에요."

우리는 노름꾼 프란츠를 다시 한번 살펴보고 정자를 떠났다.

---

[8] 19세기 말에 러시아에서 유행했던 카드 게임이다.

그곳에서 우리는 들판으로 나가는 정원의 쪽문으로 향했다.

정원의 쪽문이 한몫을 하지 않는 소설은 드물다. 만약 이런 사실을 눈치채지 못했다면, 동시대의 무시무시한 소설이든 그렇지 않은 소설이든 수없이 읽어 치운 나의 폴리카르프에게 물어보면 된다. 그러면 분명 아무것도 아님에도 특징적인 이런 사실을 확인해 줄 것이다.

내 소설 역시 이 쪽문을 벗어나지 못한다. 그러나 내 쪽문과 다른 쪽문들의 차이점이라면, 다른 소설들과는 정반대로 나의 펜이 그 쪽문을 통과시키는 사람 중 행복한 사람은 거의 없고 죄다 불행한 사람들이라는 것이다. 그리고 그 무엇보다 더 나쁜 것은, 내가 이미 예전에 소설가가 아니라 예심 판사로서 이 쪽문을 묘사해야 했었다는 점이다. 나에게 쪽문은 연인들보다 범죄자가 더 많이 통과하는 문이다.

15분 후, 우리는 지팡이에 의지한 채 돌무덤이라고 부르는 언덕을 올라갔다. 마을에는 이 돌무더기 아래에 타타르 칸의 시신이 놓여 있다는 전설이 있는데, 그는 자신이 죽은 후 적들이 자기 유골을 더럽히지 않을까 두려워하여 돌무더기를 쌓으라고 명령했다고 한다. 그러나 이 전설은 거의 타당하지 않다. 돌의 층과 서로 놓인 위치, 그리고 규모로 볼 때 이 언덕이 생겨나는 데 사람의 손이 개입했을 가능성은 없다. 그것은 들판에 홀로 서 있고 요리사 모자를 뒤집어 놓은 형국이었던 것이다.

다 올라가자 우리 눈앞에 매혹적인 광활함과 형언할 수 없는 아름다움을 간직한 호수 전체가 펼쳐졌다. 이제 그 속에 해는 비

치지 않았다. 저무는 해는 넓은 진홍색 띠를 남기면서 장밋빛 도
는 쾌적한 노란 빛으로 주변을 물들이고 있었다. 우리 발밑에는
저택과 교회, 정원이 있는 백작의 영지가 있었고, 저 멀리 호수 건
너편에는 운명의 장난으로 내가 살게 된 마을이 있었다. 호수의
수면은 여전히 잠잠했다. 미헤이 노인의 작은 배들은 서로 흩어
져서 서둘러 호숫가로 향하고 있었다.

내가 사는 마을 저편, 기관차 증기가 피어오르는 기차역에는 어
둠이 내렸고, 우리 뒤 돌무덤 반대편에는 새로운 풍경이 펼쳐져
있었다. 돌무덤 기슭 옆으로 태곳적 미루나무가 늘어선 도로가
있었다. 그 길은 지평선까지 뻗어 있는 백작의 숲으로 이어졌다.

백작과 나는 언덕 위에 섰다. 우르베닌과 폴란드인은 몸이 무거
운 사람들처럼 아래쪽 길에서 우리를 기다리기로 했다.

"저 둥글넓적한 친구는 누군가?" 나는 폴란드인을 고갯짓으로
가리키며 백작에게 물었다. "어디서 데려온 거야?"

"아주 괜찮은 신사야, 세료자. 아주 괜찮다고!" 백작이 걱정스
러운 듯 말했다. "금세 그와 친해질 거야!"

"글쎄, 그럴 가망은 거의 없어. 그는 왜 내내 한마디도 하지 않
는 거지?"

"천성이 조용한 사람이거든! 하지만 그 대신 정말 똑똑해!"

"어떤 사람이지?"

"모스크바에서 알게 된 사람이야. 아주 괜찮은 사람이지. 나중
에 다 알게 될 거야, 세료자. 지금은 묻지 마. 내려갈까?"

우리는 돌무덤에서 내려와 숲으로 향하는 길을 따라 걸었다.

날은 눈에 띄게 어두워지고 있었다. 숲에서 뻐꾸기 울음소리와 지친 듯한 어린 꾀꼬리의 떨리는 울음소리가 들려왔다.

"야! 야!" 숲으로 다가가는데 어린아이가 날카롭게 외치는 소리가 들렸다. "나 잡아 봐!"

삼베처럼 하얀 머리카락에 하늘색 원피스를 입은 다섯 살쯤 된 작은 여자아이가 숲에서 뛰쳐나왔다. 아이는 우리를 보자 큰 소리로 웃으며 뛰어올랐고 우르베닌에게 달려가서 그의 무릎을 껴안았다. 우르베닌은 아이를 들어 올려 뺨에 입을 맞췄다.

"제 딸 사샤예요!" 그가 말했다. "소개해 드립니다."

사샤의 뒤를 좇아 우르베닌의 열다섯 살쯤 된 고등학생 아들이 숲에서 뛰어나왔다. 그는 우리를 보자마자 모자를 벗었다가 썼고, 그러고는 다시 벗었다. 그의 뒤로 붉은 점이 조용히 움직였다. 우리의 시선은 단숨에 그 점에 고정되었다.

"정말 놀라운 장면이야!" 백작이 내 손을 잡으며 외쳤다. "저길 봐! 정말 매력적이야! 저 아가씨는 누구지? 내 숲에 저런 물의 요정이 사는 줄 몰랐군!"

나는 우르베닌을 힐끗 쳐다보며 저 아가씨가 누구냐고 물었는데, 이상하게도 그제야 그 관리인이 몹시 취해 있다는 것을 알게 되었다. 가재처럼 빨갛게 달아오른 그는 비틀거리며 다가와 내 팔꿈치를 잡았다.

"세르게이 페트로비치!" 그는 내 얼굴에 알코올 냄새를 뿜으면서 귀에 대고 속삭였다. "백작이 이 아가씨에 관해 더는 언급하지 않도록 해주세요. 부탁입니다. 저분은 습관적으로 쓸데없는 말을 할 수도 있지만, 이 아가씨는 최고로 귀한 분입니다!"

이 '최고로 귀한 분'은 아름다운 금발에 선량한 푸른 눈, 긴 곱슬머리의 열아홉 살 정도의 처녀였다. 그녀는 반쯤은 아이 같고 반쯤은 아가씨 같은 선명한 붉은 색 드레스를 입고 있었다. 붉은 스타킹을 신은, 바늘처럼 가느다란 다리가 거의 어린아이같이 작은 슬리퍼에 들어가 있었다. 내가 황홀하게 그녀를 바라보는 내내 그녀의 동그란 어깨는 추운 듯이, 그리고 내 시선에 물리기라도 한 듯이 자꾸만 요염하게 움츠러들곤 하는 것이었다.

"저렇게 앳된 얼굴에 저렇게 성숙한 몸매라니!" 어린 시절부터 여성을 존중할 줄 모르고 타락한 짐승의 관점에서만 그들을 봐온 백작이 속삭였다.

내게는 그래도 가슴 속에 고상한 감정이 타오르기 시작했던 기억이 난다. 나는 여전히 시인이었고 숲과 5월의 저녁, 그리고 반짝이기 시작하는 저녁별 속에서 그 여인을 시인의 눈으로만 바라볼 수 있었던 것이다. 나는 숲과 산과 푸른 하늘을 바라볼 때와 같은 경외감으로 붉은 옷을 입은 그 아가씨를 바라봤다. 독일인 어머니로부터 물려받은 약간의 감성이 그때도 내게는 여전히 남아 있었다.

"저건 누구지?" 백작이 물었다.

"산림 관리인 스크보르초프의 딸입니다, 나리!" 우르베닌이 말했다.

"그 애꾸눈 사내가 말한 올렌카 말인가?"

"네, 그가 그녀의 이름을 언급했었죠." 그는 간청하는 커다란 눈으로 나를 쳐다보며 대답했다.

붉은 옷을 입은 그 아가씨는 우리에게 조금도 관심을 보이지 않는 듯이 우리를 지나쳐 갔다. 그녀의 눈은 다른 곳을 바라보고 있었지만, 여자를 잘 아는 나는 그녀의 눈동자를 내 얼굴에서 느꼈다.

"어느 쪽이 백작이야?" 우리 뒤에서 그녀의 속삭이는 소리가 들렸다.

"긴 콧수염이 있는 사람이야." 남학생이 대답했다.

그리고 뒤에서 은빛 웃음소리가 들렸다. 실망한 사람의 웃음소리였다. 그녀는 이 거대한 숲과 광활한 호수의 주인인 백작이 초췌한 얼굴에 긴 콧수염을 가진 저 보잘것없이 왜소한 자가 아니라 나라고 생각했던 것이다.

나는 우르베닌의 다부진 가슴에서 깊은 한숨이 나오는 것을 들었다. 그 철의 인간은 거의 움직이지도 않았다.

"관리인을 가게 해줘." 나는 백작에게 속삭였다. "아프거나… 취한 것 같네."

"표트르 예고리치, 몸이 안 좋아 보이는군." 백작이 우르베닌을 향해 말했다. "자네가 필요하지는 않으니 붙들어 두지는 않겠어."

"걱정하지 마세요, 나리. 살펴주셔서 감사하지만 저는 아프지 않습니다."

나는 주위를 둘러봤다. 붉은 점이 여전히 우리를 쳐다보고 있었다.

가엾은 금발 머리 그녀! 그 고요하고 평화로운 5월의 저녁에 그녀가 훗날 나의 어지러운 소설의 여주인공이 될 거라고 내가 상상이나 했던가?

이 글귀를 쓰는 지금, 나의 따뜻한 창문을 가을비가 세차게 때리고 내 머리 위 어딘가에서는 바람이 울부짖고 있다. 나는 어두운 창을 바라보며 밤의 어둠 속에서 사랑스러운 내 여주인공을 떠올려 본다. 천진난만하고 순진하고 선한 그 얼굴과 사랑스러운 눈빛의 그녀가 보인다. 나는 펜을 내려놓고 울고 싶다. 지금까지 썼던 글을 태워버리고 싶다. 무엇 때문에 그 어리고 죄 없는 존재에 대한 기억을 건드려야 한단 말인가?

하지만 여기 내 잉크통 옆에는 그녀의 사진이 있다. 여기 작은 금발 머리에 온갖 덧없는 허영심의 극치인, 깊이 타락한 아름다운 여인이 보인다. 방탕에 지쳤지만 그걸 뿌듯해하는 그녀의 눈은 미동도 하지 않는다. 여기 있는 그녀는 그야말로 뱀이다. 그 뱀에게 물려 생기는 피해는 우르베닌이라도 과장되었다고 말하지 않았을 것이다.

그녀는 폭풍에 키스했고 폭풍은 꽃을 뿌리부터 꺾어버렸다. 많은 것을 얻었지만 그 대신 너무나 값비싼 대가를 치른 셈이다. 독자가 그녀의 죄를 용서해 줄 터이다.

우리는 숲을 걸었다.

똑같은 모습으로 말없이 서 있는 소나무는 지루했다. 소나무는 죄다 같은 높이에, 생김새도 다 비슷하며 사시사철 그 모습을 유지하며 죽음도 모르고 새롭게 피어나는 봄도 모른다. 그러나 그런 대신, 마치 쓸쓸한 생각을 하는 것처럼 움직이지도 않고 소리도 내지 않는 그 음울함 때문에 오히려 매력적이기도 하다.

"돌아가야 하지 않을까?" 백작이 제안했다.

이 질문에 답은 나오지 않았다. 폴란드인은 우리가 어디로 가든 신경 쓰지 않았고, 우르베닌은 자기에게 결정권이 있다고 생각하지 않았으며, 나는 숲의 서늘함과 타르 향이 가득한 공기가 너무 좋아서 돌아가고 싶지 않았다. 게다가 밤이 되기 전에는 그냥 산책이라도 하면서 시간을 죽일 뭔가가 필요했다. 다가올 야성의 밤을 생각하니 심장이 달콤하게 죄어들었다. 고백하기 부끄럽지만 나는 밤을 꿈꾸고 있었고 마음속으로는 이미 그 쾌감을 맛보고 있었다. 그리고 시계를 계속 쳐다보는 백작의 조바심으로 보아 그도 그런 기대에 시달리고 있는 것으로 보였다. 우리는 서로를 이해한다고 느꼈다.

소나무들 사이 작은 공터에 자리 잡은 산림 관리인의 오두막 근처에서 장어처럼 유연하고 자르르 윤기가 흐르는, 불그스름한 누런 색의 품종 모를 작은 개 두 마리가 시끄럽게 짖어대며 우리를 맞았다. 개들은 우르베닌을 알아보고는 꼬리를 크게 흔들며 그에게 달려들었다. 그걸 보면 관리인이 산림 관리인의 오두막을 자주 드나든다는 것을 알 수 있었다. 바로 그 오두막 옆에서 우리는 부츠도 신지 않고 모자도 쓰지 않은 주근깨투성이 청년을 만났다. 그는 놀란 얼굴이었다. 그는 잠시 눈을 부릅뜨고 말없이 우리를 쳐다보더니 그다음에는 백작을 알아봤던지 "아!"하고 소리를 지르며 오두막 안으로 곧장 달려갔다.

"난 그가 왜 달려갔는지 알지." 백작이 웃었다. "그를 기억하고 있어. 미티카야."

백작의 말은 틀리지 않았다. 미티카는 1분도 지나지 않아 보드카 한 잔과 물 반 컵을 쟁반에 받쳐 들고 오두막에서 나왔다.

"건강하시길 기원합니다, 나리!" 놀란 표정의 어리숙한 얼굴에 만면의 미소를 띠고 그가 술을 올리며 말했다.

백작은 보드카를 다 마시고 물로 '입가심'을 했지만, 이번에는 얼굴을 찡그리지 않았다. 오두막에서 백 보쯤 떨어진 곳에는 소나무만큼 오래된 철제 벤치가 있었다. 우리는 그 위에 앉아 고요한 아름다움 속에서 5월의 저녁을 감상했다. 머리 위에서는 겁에 질린 까마귀가 울며 날아다녔고 사방에서 꾀꼬리 노랫소리가 들렸다. 오로지 그것만이 온 세상의 적막을 깨고 있었다.

사람의 목소리가 제일 불쾌한 그 고요한 봄날 저녁에도 백작은 침묵하지 못한다.

"자네가 만족할지 모르겠는데?" 그가 나를 향해 말했다. "저녁 식사로 농어와 사냥감으로 만든 수프를 주문했어. 보드카에는 차가운 철갑상어와 고추냉이를 곁들인 돼지고기가 함께 제공될 거야."

이런 말에 짜증이 난 듯 목가적인 소나무들이 갑자기 꼭대기를 흔들기 시작했고, 그러자 낮게 탄식하는 소리가 숲으로 울려 퍼졌다. 신선한 바람이 공터로 불어와 풀들에게 장난을 쳤다.

"그만해!" 주황색의 개들이 몸을 비벼대며 담뱃불 붙이는 것을 방해하자 우르베닌이 소리쳤다. "오늘 밤에는 비가 올 것 같습니다. 공기의 느낌이 그래요. 오늘은 너무 더워서 과학자가 아니어도 비가 올 거라는 걸 예측할 수 있죠. 곡물에는 좋을 겁니다."

'곡물이 당신에게 무슨 소용이 있겠어?' 나는 생각했다. '백작이 술로 다 마셔버릴 텐데. 비가 애써 올 필요가 없지.'

바람이 다시 한번 숲으로 불어왔다. 하지만 이번에는 좀 더 거칠었다. 소나무와 풀들이 더 크게 웅성거렸다.

"집으로 가시죠."

우리는 일어나서 느릿느릿 오두막 쪽으로 되돌아갔다.

"예심 판사로 사람들과 부대끼며 사느니 여기서 짐승들과 함께 금발의 올렌카로 사는 게 낫군요. 더 평온하고요. 그렇지 않나요, 표트르 예고리치?" 내가 우르베닌을 향해 말했다.

"세르게이 페트로비치, 마음이 평온하다면 어떤 사람으로 사는지는 중요하지 않습니다."

"저 예쁜 올렌카는 마음이 평온할까요?"

"다른 사람의 영혼은 신만이 알 수 있지만, 제 생각에 그녀는 걱정할 일이 없습니다. 슬플 일도 많지 않고, 죄가 있다면 어린아이 같은 거죠. 정말 착해요! 그건 그런데, 보세요, 드디어 하늘이 비를 내리는군요."

멀리서 마차 소리도 아니고 볼링공 구르는 소리도 아닌, 요란한 소리가 들렸다. 숲 너머 저 멀리 어딘가에서 천둥이 울렸다. 우리를 계속 따라오던 미티카는 몸을 부르르 떨며 재빨리 성호를 그었다.

"천둥 번개야!" 백작이 몸을 움찔했다. "정말 깜짝이야! 이러면 가는 길에 비에 다 젖을 텐데…. 이렇게 어두워졌다니! 내가 돌아가자고 했잖아! 그런데도 계속 갔으니…."

"비가 그칠 때까지 오두막에서 기다리지." 내가 제안했다.

"왜 오두막에서요?" 우르베닌이 뭔가 좀 이상하게 눈을 깜빡이며 말했다. "비는 밤새 올 겁니다. 그런데 밤새도록 오두막에 계시겠다고요? 여러분은 걱정하지 않으셔도 됩니다. 길을 가고 계시면 미티카가 먼저 달려가서 여러분을 태울 마차를 보내줄 거예요."

"괜찮아요. 비가 밤새 내리지는 않을 겁니다. 비구름은 보통은 금방 지나가죠. 마침 또, 아직 새 산림 관리인을 못 만났으니 이 올렌카와 얘기를 좀 하고 싶군요. 어떤 친구인지 알아보고 싶으니까요."

"나도 괜찮아!" 백작이 동의했다.

"하지만 어찌 거기로 가시려고요? 만일 그곳이… 엉망이라면…" 우르베닌이 불안해하며 중얼거렸다. "집에 계실 수 있는 시간에 그 답답한 곳에 계시다니… 그게 뭐가 좋을지 모르겠습니다! … 그리고 산림 관리인을 만나는 건, 만일 그가 아프다면…."

관리인은 우리가 산림 관리인의 오두막에 들어가는 것을 결코 원하지 않는 것이 분명했다. 그는 마치 우리의 길을 막으려는 것처럼 양팔을 벌리기까지 했다. 그의 얼굴을 통해 나는 그에게 우리를 들여보내지 않으려는 나름의 이유가 있다는 것을 알 수 있었다. 나는 다른 사람의 사정과 비밀을 존중하지만, 이번에는 호기심이 나를 압도했다. 나는 고집을 부렸고, 그래서 우리는 오두막으로 들어갔다.

"거실로 들어가세요!" 맨발의 미티카가 기쁨에 겨워 목이라도 멘 듯 딸꾹질하며 말했다.

도색도 되지 않은 나무 벽이 있는, 세상에서 제일 작은 거실을 상상해 보라. 벽에는 잡지 <옥수수밭>에서 뜯어낸 값싼 채색화와 우리가 자개 틀, 혹은 조개 틀이라고 부르는 틀에 넣은 사진들, 그리고 증서들이 걸려 있다. 그중 하나는 장기근속에 대한 어느 남작의 감사장이고 나머지는 말에 관련된 것들이다. 어느 쪽인가 한 쪽 벽에는 담쟁이덩굴이 올라가 있다. 한 구석에 있는 작은 성상 앞에는 푸른 불꽃이 조용히 깜박거리며 은색 받침대에 희미한 빛을 비추고 있다. 벽 옆에는 얼마 전에 산 듯한 의자들이 모여 있다. 여분의 의자를 많이 샀지만 놓을 곳이 없는 것이다. 이곳은 안락의자, 프릴과 레이스가 달린 순백색 커버의 소파, 그리고 광택 나는 둥근 테이블만으로도 복잡했기 때문이다. 소파에는 길들인 토끼 한 마리가 졸고 있다. 아늑하고 깨끗하며 따뜻하다. 모든 곳에서 여성의 손길이 느껴진다. 심지어 책장조차도 가벼운 소설과 온화한 시 외에는 아무것도 없다고 말하고 싶어 하는 것처럼 뭔가 여성스럽고 순진해 보인다. 이런 아늑하고 따뜻한 방의 매력을 더 많이 느낄 수 있는 계절은 봄이 아니라 추위와 습기로부터 피난처를 찾는 가을이다.

미티카는 시끄럽게 숨을 헐떡이고 큰 소리를 내며 성냥을 켜서 양초 두 개에 불을 붙이더니 그 양초들을 마치 우유라도 되는 것처럼 조심스럽게 테이블 위에 놓았다. 우리는 안락의자에 앉아 서로 눈짓을 주고받으며 웃었다.

"니콜라이 예피미치는 몸이 아파서 누워 있습니다." 우르베닌이 주인의 부재를 해명했다. "그리고 올가 니콜라예브나는 제 아이들을 배웅하러 갔을 겁니다."

"미티카, 문 잠겼어?" 옆방에서 희미한 테너 톤의 목소리가 들렸다.

"잠겼어요, 니콜라이 예피미치!" 미티카가 쉰 소리로 말하며 옆방으로 부리나케 달려갔다.

"그래, 그래. 모든 문이 잠겨 있는지 봐." 같은 희미한 목소리가 말했다. "단단히 잠가. 도둑이 기어들어 오면 말해. 내가 그놈들을 쏴버릴 거야. 그 개자식들을…."

"그럼요, 니콜라이 예피미치!"

우리는 웃음을 터뜨리며 궁금하다는 듯 우르베닌을 바라봤다. 그는 얼굴을 붉혔다. 그리고 자신의 당황스러움을 감추기 위해 창문 커튼을 정리하기 시작했다. 이 꿈꾸는 듯한 말은 무슨 뜻이었을까? 우리는 다시 한번 서로 눈짓했다.

그러나 우리에게는 당혹해할 겨를이 없었다. 마당에서 급한 발소리가 들리더니 현관에서 소리가 나고 문이 쾅 닫히는 소리가 들렸다. 붉은 옷을 입은 아가씨가 '거실'로 날아 들어왔다.

"난 5월 초의 천둥 치는 비가 좋아!" 그녀는 날카롭고 강한 소프라노 톤으로 간간이 웃음을 섞어가며 노래를 불렀다. 하지만 우리를 본 순간 갑자기 노래를 멈추고 침묵했다.

그녀는 부끄러워하며 순한 양처럼 조용히 아버지인 니콜라이 예피미치의 목소리가 방금 들렸던 방으로 들어갔다.

"여러분이 계실 줄은 몰랐던 거죠!" 우르베닌이 웃었다.

잠시 후 그녀는 조용히 들어와서 문에서 제일 가까이 있는 의자에 앉아 우리를 관찰하기 시작했다. 그녀는 마치 우리가 그녀에게 새로운 사람들이 아니라 동물원의 동물인 것처럼 대담하고 강렬하게 우리를 바라봤다. 우리도 잠시 움직이지도 않고서 아무

말 없이 그녀를 쳐다봤다. 나는 1년이라도 기꺼이 꼼짝하지 않고 앉아서 그녀를 바라볼 수 있을 것 같았다. 그만큼 그날 저녁 그녀는 아름다웠다. 공기처럼 신선하고 발그스레한 얼굴, 숨을 자주 쉬느라 들썩이던 가슴, 이마와 어깨, 그리고 옷깃을 여미는 오른손 위로 흩어져 내린 곱슬머리, 반짝이는 커다란 눈… 한눈에 다 들어오는 자그마한 몸 하나에 이 모든 것이 담겨 있다. 이 작은 존재를 한 번 쳐다보면 끝없는 수평선을 수 세기 동안 보는 것보다 더 많은 것을 보게 될 것이다. 그녀는 진지하게, 위를 올려다보며, 물음이 담긴 눈빛으로 나를 쳐다봤다. 그러나 그녀의 눈이 내게서 백작, 혹은 폴란드인으로 옮겨갔을 때 나는 그 눈에서 위에서 내려다보는 정반대의 눈빛과 웃음을 읽기 시작했다.

먼저 말을 꺼낸 사람은 나였다.

"인사를 드리죠." 나는 일어나서 그녀에게 다가갔다. "나는 지노비예프입니다. 그리고 이쪽은 내 친구 카르네예프 백작이고요. 초대도 받지 않았는데 당신의 예쁜 집에 쳐들어와서 미안합니다. 물론, 우리가 천둥 치는 폭우에 쫓기지 않았다면 이러지는 않았을 겁니다."

"하지만 그렇다고 우리 집이 무너지지는 않는걸요!" 웃으며 내게 손을 내밀면서 그녀가 말했다.

그녀는 내게 매력적인 치아를 드러냈다. 나는 그녀 옆 의자에 앉아 우리가 길에서 예기치 않게 폭풍우를 맞게 된 이야기를 들려줬다. 우리는 날씨 이야기를 하기 시작했다. 그것이 모든 시작의 시작이었다. 우리가 이야기를 나누는 동안 미티카는 벌써 백작에게 두 잔의 보드카와 그와 떼려야 뗄 수 없는 물을 가져다주었다. 백작은 내가 보지 않는 틈을 타서 두 잔을 마신 후 달콤하게 얼굴을 찡그리며 고개를 흔들었다.

"뭐 좀 드실래요?" 올렌카는 내게 묻더니 대답을 기다리지 않고 방을 나갔다.

첫 빗방울이 유리창을 두드리기 시작했다. 나는 창문으로 갔다. 이미 어두워져 있었고, 떨어지는 빗방울들과 창에 비친 내 코를 제외하고는 유리창에는 아무것도 보이지 않았다. 번개가 번쩍이더니 근처의 소나무 몇 그루를 비쳤다.

"문 잠겼어?" 희미한 테너 톤 목소리가 다시 들렸다. "미티카, 어서, 이 음흉한 녀석아, 문을 잠그라고! 오, 나의 고통이여!"

배가 엄청나게 나오고 걱정스러운 표정의 멍청한 얼굴을 한 촌부가 거실에 들어와서 백작에게 깊숙이 몸을 숙여 절을 하고 흰 식탁보로 테이블을 덮었다. 그녀의 뒤에서 미티카가 전채 요리를 들고 조심스럽게 움직였다. 잠시 후 테이블 위에는 보드카, 럼주, 치즈, 구운 닭고기 같은 것 한 접시가 차려졌다. 백작은 보드카 한 잔을 마셨지만 음식을 먹기 시작하지는 않았다. 폴란드인은 불신하는 태도로 닭의 냄새를 맡은 후 자르기 시작했다.

"벌써 비가 내리기 시작했어요! 봐요!" 나는 다시 들어온 올렌카에게 말했다.

붉은 옷을 입은 아가씨가 창문으로 왔고 그 순간 하얀빛이 우리를 잠시 비추었다. 하늘 위가 갈라져서 크고 무거운 뭔가가 하늘에서 떨어져 땅을 울리는 것 같았다. 유리창과 백작 옆에 놓여 있던 와인 잔이 덜컹거렸다. 매우 격렬한 충격이었다.

"천둥 치는 폭우가 무섭나요?" 나는 올렌카에게 물었다.

그녀는 뺨을 동그란 어깨에 대고 어린아이같이 믿는 표정으로 나를 바라봤다.

"네, 그래요." 그녀는 잠시 생각한 후 소곤거리듯 말했다. "천둥 벼락에 어머니가 돌아가셨어요. 신문에도 났던 일이에요. 어머니는 들판을 걸으며 울고 계셨어요. 이 세상에 사는 게 너무 괴로우셨거든요. 신이 불쌍히 여기셔서 하늘에서 전기를 쏴서 어머니를 죽인 거예요."

"하늘에 전기가 있다는 건 어떻게 알았죠?"

"배웠죠. 아시나요? 천둥 벼락이나 전쟁으로 죽은 사람, 고된 노동으로 죽은 사람은 천국에 간다는 걸요. 책에는 이런 건 안 나오지만, 사실이라고요. 우리 어머니는 지금 천국에 계세요. 나도 언젠가 천둥 벼락을 맞고 죽어서 천국에 있게 될 것 같아요. 당신은 배운 분이세요?"

"그래요."

"그럼, 날 비웃지 않겠죠. 난 그렇게 죽었으면 좋겠어요. 지난번에 이곳의 대부호인 셰페르 귀부인이 입은 옷을 본 적이 있는데, 그것 같이 가장 비싸고 화려한 드레스를 입고 팔에는 팔찌를 차고서 말이죠. 그런 다음 돌무덤 꼭대기에 서서 모든 사람이 볼 수 있도록 벼락을 맞고 죽는 거죠. 끔찍한 천둥소리와 함께 끝이 나는 거예요."

"정말 황당한 상상이군요!" 나는 끔찍한, 하지만 감동적인 죽음을 생각하며 거룩한 공포로 가득 찬 그 눈을 들여다보며 웃었다. "그럼 평범한 옷을 입고 죽고 싶지는 않다는 건가요?"

"그럼요." 올렌카는 고개를 가로저었다. "모든 사람이 나를 볼수 있도록 할 거예요."

"당신이 지금 입은 드레스는 그 어떤 화려하고 값비싼 드레스보다 좋은걸요. 당신에게 어울려요. 그걸 입은 당신은 초록 숲의붉은 꽃 같아요."

"아뇨, 그건 사실이 아니에요!" 올렌카는 순진하게 한숨을 쉬었다. "이 드레스는 싸구려예요. 멋질 수가 없죠."

백작이 우리가 있는 창문으로 다가왔다. 예쁜 올렌카와 이야기를 나누려는 의도가 분명했다. 나의 친구는 유럽어 3개 국어를할 줄 알지만, 여자들과는 말할 줄 모른다. 그는 우리 옆에 어정쩡하게 서 있다가 우스꽝스럽게 웃으며 '음, 그래.'라고 중얼거리더니 보드카가 담긴 유리병 쪽으로 물러났다.

"여기 거실로 들어올 때" 내가 올렌카에게 말했다. "<5월 초의 천둥 치는 비가 좋아>를 불렀잖아요. 혹시 시에 곡을 붙인 건가요?"

"아뇨, 난 내가 아는 모든 시를 내 마음대로 불러요."

나는 무심코 뒤를 돌아보았다. 우르베닌이 우리를 지켜보고 있었다. 그의 눈에서 나는 그 친절하고 온화한 얼굴에 전혀 어울리지 않는 증오와 분노를 읽었다.

'뭐지, 질투하는 건가?' 나는 생각했다.

그 불쌍한 남자는 질문을 던지는 내 시선을 포착하고는 의자에서 일어나서 뭔가를 가지러 가는 듯 현관으로 갔다. 걸음걸이만으로도 그가 동요하고 있다는 것이 확연히 드러났다. 천둥소리는 칠 때마다 더 크고 강하게 우르릉거렸고 점점 더 빈번해지고 있었다. 번개는 그 유쾌하고 눈부신 빛으로 하늘과 소나무, 젖은 땅을 쉴 새 없이 물들였다. 비가 그치려면 아직 멀었다. 나는 창문에서 책장 쪽으로 발걸음을 옮겨 올렌카의 서가를 둘러보기 시작했다. "네가 뭘 읽는지 말해주면, 네가 누구인지 말해주지"라는 말이 있지만 책장에 대칭으로 놓인 수많은 책만으로는 올렌카의 지적 수준과 '교육 정도'를 평가하기 어려웠다. 여기에는 뭔가가 이상하게 뒤죽박죽이었다. 세 권의 독본, 보른[9]의 책 한 권, 예프투셰프스키[10]의 수학 문제집, 레르몬토프의 두 번째 책, 쉬클라레프스키, 잡지 <임무>, 요리책, <문예 모음집> 등이 있었다. 더 많은 책을 열거할 수도 있었는데, 내가 책장에서 <문예 모음집>을 집어 들고 훑어보기 시작했을 때 다른 방의 문이 열리더니 한 남자가 거실로 들어오는 바람에 나의 관심은 올렌카의 '교육 정도'에서 그쪽으로 옮겨가고 말았다. 그는 옥양목 잠옷 가운을 입고 너덜너덜한 슬리퍼를 신은, 키가 큰 근육질의 남자였는데, 얼굴이 상당히 특이했다. 푸른 정맥이 짙게 드러난 그의 얼굴은 부사관 같은 콧수염과 구레나룻으로 덮여 있었는데 전반적으로 새의 얼굴 비슷한 느낌이었다. 마치 얼굴 전체가 코끝에 수렴하는 것처럼 앞으로 쏠려 있었던 것이다. 흔히 '주전자 주둥이'라고 하는 얼굴 같았다. 이 인물

---

[9] 독일의 대중소설 작가 게오르그 풀레보른(1837-1902)의 필명이다.
[10] 바실리 아드리아노비치 예프투셰프스키(1836-1888). 러시아의 교육학자이자 사회 활동가.

의 작은 머리는, 목젖이 두드러지게 나온 길고 가느다란 목에 얹혀서, 새의 둥지가 바람에 흔들리듯 흔들리고 있었다. 이 이상한 사람의 흐릿한 녹색 눈은 우리를 둘러본 다음 백작에게 머물렀다.

"문은 잠겼나요?" 그가 간청하는 목소리로 물었다.

백작은 나를 힐끗 쳐다보며 어깨를 으쓱했다.

"걱정하지 마세요, 아빠!" 올렌카가 말했다. "모두 잠겼어요. 아빠 방으로 가세요!"

"헛간은 잠겼어?"

"그는 좀… 가끔 움직이곤 한답니다." 우르베닌이 현관에서 나타나서 속삭였다. "도둑을 두려워하고, 그래서 보시다시피 항상 문을 두고 소란을 피우고 있습니다. 니콜라이 예피미치," 그는 그 이상한 인물을 향해 말했다. "방으로 가서 누워 주무세요! 걱정하지 마시고요. 모든 게 다 잠겨 있으니까!"

"창문은 잠겼나?"

니콜라이 예피미치는 재빨리 모든 창문을 둘러보고 자물쇠를 확인한 다음 우리는 쳐다보지도 않고 슬리퍼를 자기 방으로 질질 끌고 가기 시작했다.

"불쌍한 사람, 가끔 힘들어합니다." 그가 거실에서 나가자 우르베닌이 설명하기 시작했다. "착하고 아주 좋은 사람이에요. 왜 있잖아요, 가정적인…. 그런데 이런 비극이! 거의 매년 여름이면 정신이 나가곤 합니다."

나는 올렌카를 힐끗 쳐다봤다. 그녀는 당혹스러운 듯 우리에게 얼굴을 숨긴 채 어질러진 자기 책들을 정리했다. 그녀는 미친 아버지가 부끄러운 모양이었다.

"마차가 왔습니다, 나리!" 우르베닌이 말했다. "원하시면 가실 수 있습니다!"

"도대체 어디서 이 마차가 온 거죠?" 내가 물었다.

"제가 부르러 보냈습니다."

잠시 후 나는 백작과 함께 마차 안에 앉아서 천둥소리를 들으며 화를 내고 있었다.

"이 표트르 예고리치가 우리를 오두막에서 쫓아낸 거야. 귀신은 뭐 하나, 저놈 안 잡아가고!" 나는 화가 머리끝까지 나서 투덜거렸다. "올렌카를 보지 못하도록 한 거지! 내가 자기한테서 빼앗아 잡아먹지는 않을 텐데… 바보 같은 늙은이! 그는 내내 질투심에 가득 차 있었어. 그 여자한테 빠진 거야."

"그래, 그래, 그렇지. 정말 놀랍군, 그리고 나도 눈치챘어! 그러니까 그는 오로지 질투심 때문에 우리를 오두막에 들여보내지 않았고, 질투심 때문에 마차를 부른 거야. 하하!"

"사랑도 늦바람이 무섭다더니… 그건 그렇고, 형, 오늘 본 것처럼 매일같이 붉은 옷을 입은 저 아가씨를 본다면 사랑에 빠지지 않을 수가 없지! 그녀는 악마처럼 예뻐! 다만 그에게 어울리지는 않잖아. 그걸 납득하고 이기적으로 질투하지 말아야지. 사랑하더라도 다른 사람을 방해하지는 말라는 거야. 더군다나 그녀는 너를 위해 존재하는 게 아니라는 걸 알아야지. 정말이지 이 늙은 멍텅구리야!"

"차 마시면서 쿠지마가 그녀의 이름을 언급했을 때 그가 얼마나 화를 냈는지 기억나?" 백작이 킥킥 웃었다. "그때 난 그가 우리를 모두 때려눕히는 줄 알았어. 관심 없는 여자의 명예를 지키려고 그렇게 옹호하고 나서지는 않잖아."

"그렇게 나서는 사람들이 있지, 형. 하지만 그게 중요한 게 아니야. 중요한 건… 그가 오늘 이렇게 우리를 휘둘렀다면, 자기 마음대로 할 수 있는 약자들에게는 어떻게 하겠냐는 거야! 식료품 관리자, 집사, 사냥꾼, 그리고 다른 미미한 사람들은 그녀 곁에 다가가지도 못할 거야! 사랑과 질투는 사람을 불공정하고 무자비하고 반인륜적으로 만들지. 그 올렌카 때문에 그가 자기 밑의 하인을 적어도 한 명 이상은 괴롭혔다는 데 내기를 걸겠어. 그러니까 하인들에 대해 그가 불평하고 이런저런 하인을 해고해야 한다고 보고하는 걸 별로 믿지 않는 게 현명한 방법이야. 당분간 그의 권한을 전반적으로 제한해야 해. 사랑은 지나갈 거야. 그렇다면 두려워할 게 없지. 그는 착하고 정직한 사람이니까 말이야."

"그녀의 아빠는 어떤가?" 백작이 웃었다.

"미쳤지. 그 사람은 숲을 관리하는 게 아니라 정신병원에 있어야 하는데…. 자네 영지 대문에 '광인의 집'이라는 문패를 걸어도 크게 틀린 말은 아닐 거야. 여기 자네의 집은 정신병원이라고! 이 산림 관리인, 올빼미 노파, 카드 게임에 미친 프란츠, 사랑에 빠진 늙은이, 열정을 주체 못 하는 아가씨, 술 취한 백작… 이걸 능가할 게 있을까?"

"그런데도 그 산림 관리인은 월급을 받고 있어! 미쳤으면 어떻게 일을 하지?"

"우르베닌은 오로지 그 딸 때문에 그를 계속 두고 있는 게 분명해. 우르베닌은 거의 매년 여름이면 니콜라이 예피미치가 정신이 나간다고 했어. 하지만 그럴 리가…. 이 산림 관리인은 매년 여름이 아니라 항상 아픈 상태야. 다행히 자네의 표트르 예고리치는 거짓말을 거의 하지 못하고 거짓말을 하더라도 다 드러나네."

"작년에 우르베닌이 편지를 써서 늙은 산림 관리인 아흐메티예프가 아토스 산의 수도원으로 갈 거라고 알리면서 '경험 많고 정직하며 많은 공헌을 했던 스크보르초프'를 추천했어. 나야 물론 항상 그랬던 것처럼 동의했지. 편지는 얼굴이 아니니까 거짓말을 해도 드러나지 않잖아."

마차가 마당으로 들어가 현관에서 멈췄다. 우리는 밖으로 나왔다. 비는 이미 그친 상태였다. 번개를 번쩍이고 성난 소리로 우르릉거리는 천둥 비구름이 북동쪽으로 서둘러 가고 있었고, 푸른 별이 반짝이는 하늘이 점점 더 넓게 열렸다. 마치 일대를 초토화하고 전리품을 어마어마하게 거머쥔 중무장 부대가 새로운 승리를 향해 달려가는 것 같았다. 뒤처진 구름은 따라잡지 못할까 봐 두려운 듯 그 뒤를 서둘러 쫓아갔다. 자연은 원래의 평화를 되찾고 있었다.

꾀꼬리 선율과 더없는 행복으로 가득 찬 향기롭고 고요한 공기 속에서, 잠자는 정원의 침묵 속에서, 떠오르는 달의 정다운 빛 속에서 이러한 평화가 느껴졌다. 호수는 낮잠에서 깨어나 가벼운 웅얼거림으로 인간의 귀에 자기의 존재를 알렸다.

이런 시간에 하기 좋은 것은 편안한 마차를 타고 들판을 누비거나 호수 위에서 힘껏 노를 젓는 것이다. 그러나 우리는 집으로 갔다. 그곳에서는 또 다른 '시'가 우리를 기다리고 있었다.

3

자살자란 정신적 고통이나 견딜 수 없는 괴로움에 시달려서 자기 이마에 총알을 발사하는 사람을 이르는 말이다. 그러나 봄날, 그리고 신성한 젊은 시절, 영혼을 타락시키는 한심한 욕망에 자신을 내맡기는 사람을 지칭하는 말은 없다. 총알 뒤에는 무덤의 안식이 뒤따르고, 망가진 젊음의 뒤에는 수년간의 슬픔과 고통스러운 기억이 뒤따른다. 자신의 봄날을 모독한 사람이라면 누구나 내 영혼의 현재 상태를 이해할 것이다. 나는 아직 늙지 않았고 백발이 아니지만 이미 산 사람이 아니다. 정신과 의사들은 워털루 전투에서 부상당한 어떤 병사가 정신이 나가서 자기는 워털루에서 살해당했고 지금 자기로 생각되는 사람은 과거의 환영이자 그림자일 뿐이라고 모든 사람에게 주장했던 일을 이야기한다. 이런 반죽음 비슷한 상태를 지금 나도 경험하고 있다.

"산림 관리인 집에서 자네가 아무것도 먹지 않아서 입맛을 망치지 않은 게 정말 다행이야." 우리가 집에 들어서자 백작이 내게 말했다. "우리는 훌륭한 저녁 식사를 할 거야. 옛날처럼 말이야. 음식을 가져와!" 그는 외투를 벗겨주고 가운 입는 것을 도와주던 일리야에게 지시했다.

우리는 식당으로 향했다. 그곳에는 이미 식탁이 차려져 '생기가 넘치고' 있었다. 극장 식당처럼 일렬로 선반에 놓인 높낮이와 색깔이 다양한 병들이 램프의 빛을 반사하며 우리의 관심을 기다리고 있었다. 다른 테이블에는 보드카와 영국 독주가 담긴 술병들과 나란히 소금에 절이고 양념에 재운 온갖 종류의 안주가 놓여 있었다. 와인 병 옆에는 두 가지 요리가 있었는데 하나는 새끼 돼지, 다른 하나는 차가운 철갑상어였다.

"음…." 백작은 세 개의 잔을 채우며 추운 것처럼 몸을 떨면서 말을 시작했다. "건배! 잔을 들게, 카에탄 카지미로비치!"

나는 내 잔을 비웠지만, 폴란드인은 아니라고 고개를 흔들었다. 그는 철갑상어를 가져와서 냄새를 맡고 먹기 시작했다.

독자 여러분께 사과의 말씀을 드리겠다. 이제 나는 전혀 '로맨틱'하지 않은 것을 묘사해야 한다.

"음…. 한 잔을 다 마셨군." 백작이 두 번째 잔을 따르며 말했다. "받아, 르코크[11]!"

나는 잔을 받고서 힐끗 쳐다보고는 내려놓았다.

"젠장, 너무 오랜만에 술을 마시는군." 내가 말했다. "옛 추억이 떠오르지 않나?" 나는 길게 생각하지 않고 다섯 개의 잔을 채워 한 잔씩 차례로 목으로 부었다. 나는 달리 술 마시는 법을 몰랐다. 작은 학생들은 덩치 큰 학생들에게 담배 피우는 법을 배우는 법이다. 백작은 나를 보고는 다섯 잔을 따라서 몸을 구부린 채 얼굴을 찡그리고 고개를 흔들며 술을 마셨다. 내가 다섯 잔을 마신 것이 그에게는 허세로 보였겠지만 나는 술 마시는 재능을 과시하

---

[11] 각주 5 참조

려고 마신 것은 전혀 아니었다. 작은 마을에 살면서 오랫동안 경험하지 못했던 취기를, 기분 좋고 강렬한 취기를 원했던 것이다. 술을 다 마시고서 나는 식탁에 앉아 돼지고기를 먹기 시작했다.

취하는 데는 오래 걸리지 않았다. 나는 곧 가벼운 어지러움을 느꼈다. 기분 좋은 한기가 가슴에 느껴졌고 행복하고 격정적인 상태가 시작되었다. 특별히 눈에 띄는 전환점이 있었던 것도 아닌데 나는 갑자기 몹시 즐거워졌다. 공허함과 지루함이 완전한 즐거움과 기쁨으로 바뀌었다. 나는 웃기 시작했다. 갑자기 수다를 떨고 싶고, 웃고 싶고, 사람이 그리워졌다. 돼지고기를 씹으면서 나는 삶이 충만한 느낌, 삶이 만족스러운 것 같은 느낌, 행복한 것 같은 느낌을 받기 시작했다.

"왜 술을 전혀 마시지 않는 겁니까?" 나는 폴란드인을 향해 말했다.

"저 사람은 술을 안 마셔." 백작이 말했다. "강요하지 말게."

"그래도 뭐라도 마셔야지!"

폴란드인은 철갑상어 한 조각을 입에 넣고 고개를 흔들었다. 그의 침묵이 나를 긴장하게 했다.

"이것 봐요, 카에탄. 당신 중간 이름이 뭐더라⋯ 당신은 왜 계속 아무 말도 하지 않는 거요?" 내가 그에게 물었다. "아직 당신 목소리도 못 들어봤어요."

그는 두 눈썹을 날아가는 제비같이 치켜들고 나를 바라봤다.

"내 말이 듣고 싶어요?" 그가 강한 폴란드 억양으로 물었다.

"몹시 듣고 싶죠."

"뭣 때문에요?"

"아이고, 이런! 증기선에서는 저녁을 먹으면서 알지도 못하는 낯선 사람들이 이야기를 나눈다고요. 그런데 우리는 안면을 튼 지 몇 시간이 지났는데 서로 쳐다보기만 할 뿐 아직 한마디도 하지 않고 있어요. 이게 무슨 일이죠?"

폴란드인은 아무 말도 하지 않았다.

"왜 아무 말도 하지 않는 거죠?" 나는 조금 기다린 후 물었다. "뭐라고 대답 좀 해요!"

"당신에게는 대답하고 쉽지 않아요. 당신의 목소리에서 비웃음이 느껴지는데 난 조롱당하는 걸 좋아하지 않아요."

"저 친구는 전혀 비웃는 게 아니야!" 백작은 펄쩍 뛰었다. "어떻게 그런 생각을 한 거야, 카에탄? 그는 호의로…"

"백작이나 공작은 내게 저런 말투로 말하지 않아!" 카에탄이 얼굴을 찡그리며 말했다. "난 저런 말투가 싫어."

"그래서 대화할 가치를 못 느낀다고요?" 나는 한 잔을 더 마시고 웃으며 계속 물고 늘어졌다.

"내가 애초에 여기로 온 이유를 아나?" 백작은 화제를 돌리고 싶어서 내 말을 끊었다. "내가 아직 말하지 않았던가? 내 주치의인 상트 페테르부르크의 의사에게 가서 몸이 좋지 않다고 하소연했어. 그는 내 말을 듣고는 내 몸을 툭툭 치고 만져보더니 묻더군. '겁이 많지는 않으시죠?'라고 말이야. 나는 겁쟁이는 아니지만, 얼굴이 창백해졌지. '겁은 없소.' 내가 말했지."

"간단히 해, 형. 지겨워."

"그는 내가 상트 페테르부르크를 떠나지 않으면 곧 죽을 거라고 했어! 만성적인 음주로 간이 엉망이 되었다고. 그래서 여기 오기로 한 거야. 그리고 거기 죽치고 있는 건 바보 같은 일이야. 여긴 정말 화려하고 풍요로워. 기후만 봐도 그만한 가치가 있잖아! 여기서는 적어도 일을 할 수가 있어. 일하는 게 가장 좋은 보약이지. 그렇지 않나, 카에탄? 농사를 짓고 술은 끊을 거야. 의사는 한 잔도 마시지 말라고 했어. 한 잔도!"

"그럼 마시지 마!"

"안 마실 거야. 오늘 자네를 만난 걸 축하하기 위해 (백작은 내게 손을 뻗어 뺨에 키스했다.) 마시는 게 마지막이야. 내 다정하고 좋은 친구와 함께. 하지만 내일은 한 방울도 마시지 않겠어! 바쿠스는 오늘 내게 영원히 작별을 고할 거야. 그럼 작별을 위해 코냑 한 잔… 마실까, 세료자?"

우리는 코냑을 마셨다.

"난 완치될 거야, 세료자, 이 친구야. 그리고 농사를 지을 거야. 합리적인 농사를! 우르베닌은 착하고 다정한 사람이고… 모든 걸 이해하지만 그가 주인인가? 그는 구식이야! 잡지를 구독해서 읽고 모든 것을 돌보고 농업 박람회에 참여해야 하지만, 그는 그런 교육을 받지 못했어! 그가 정말 올렌카에게… 빠졌을까? 하하! 내가 직접 일을 하고, 그는 내 조수로 삼을 거야. 선거에 참여하고, 지역 사회에 활력을 불어넣고… 응? 진짜로 여기서 행복하게 살 수 있어! 어떻게 생각하나? 이런, 웃고 있군그래! 그래, 웃고 있어! 정말이지, 자네하곤 아무 말도 못 하겠어!"

나는 즐겁고 우스운 기분이었다. 백작이 나를 웃게 했고, 양초와 병, 식당 벽을 장식한 석고 토끼와 오리가 나를 웃게 했다. 나를 웃게 하지 않는 단 하나는 카에탄 카지미로비치의 냉정한 얼굴뿐이었다. 이 사람의 존재는 나를 짜증 나게 했다.

"저 폴란드 신사를 지옥으로 보낼 수는 없겠나?" 나는 백작에게 속삭였다.

"무슨 말이야! 맙소사." 백작은 투덜거리며 내가 마치 그의 폴란드인을 때리기라도 할 것처럼 내 양손을 붙잡았다. "그를 그냥 앉아 있게 놔둬!"

"하지만 나는 그를 보고 있을 수가 없어! 내 말 들어봐요!" 나는 프셰호츠키를 향해 말했다. "실례합니다. 당신은 나와 대화를 거부했지만, 난 아직 당신의 대화 능력을 간단히 알고 싶은 희망을 버리지 않았어요."

"내버려 둬!" 백작이 내 소매를 잡아당겼다. "이렇게 빌게!"

"당신이 대답할 때까지 나는 당신을 물고 늘어질 겁니다." 나는 계속했다. "왜 인상을 찌푸리세요? 아직도 내 말투에서 비웃음이 느껴지나요?"

"내가 당신만큼 술을 많이 마셨다면 당신과 대화했겠지만, 우리는 어울리지 않아요." 폴란드인이 중얼거렸다.

"우리가 어울리지 않는다는 건 증명이 필요한 거죠. 내가 말하고자 했던 게 바로 그거예요. 거위는 돼지의 친구가 아니고, 술 취한 사람은 정신이 멀쩡한 사람의 친족이 아니죠. 술 취한 사람은 정신이 멀쩡한 사람에게 방해가 되고, 그 역도 마찬가지예요.

옆에 있는 응접실에 엄청나게 푹신한 소파가 있습니다! 철갑상어와 고추냉이를 먹은 후 누워 있기 좋은 곳이죠. 거기서는 내 목소리가 들리지 않을 거요. 거기로 가고 싶지 않아요?"

백작이 손을 휘저었다. 그리고 눈을 깜빡이며 식당 안을 왔다 갔다 했다.

그는 겁쟁이여서 '굵직한' 이야기를 두려워한다. 반면에 나는 술에 취하면 오히려 오해와 불쾌감을 즐겼다.

"이해가 안 돼! 이해가 안 돼!" 백작은 무슨 말을 해야 할지, 어떻게 해야 할지 몰라 탄식했다.

그는 나를 막기 힘들다는 것을 알고 있었다.

"나는 당신을 아직 잘 모릅니다." 나는 계속 말했다. "어쩌면 당신은 아주 훌륭한 사람일지도 모르고, 그래서 나는 꼭두새벽에 당신과 다투고 싶지는 않아요. 나는 당신과 다투는 것이 아니라… 술 취한 사람들 사이에 정신이 멀쩡한 사람의 자리는 없다는 걸 이해시키려는 것뿐입니다. 술에 취하지 않은 사람의 존재는 술 취한 몸을 짜증 나게 한단 말입니다! … 이걸 이해하라고요!"

"마음대로 말해요!" 프셰호츠키는 한숨을 쉬었다. "난 무슨 말에도 동요하지 않아요, 젊은이."

"무슨 말을 해도? 내가 만일 당신을 고집불통 돼지라고 부른다 해도 기분 상하지 않겠군요?"

폴란드인은 얼굴이 붉어졌다. 그게 다였다. 창백해진 백작이 내게 다가와 애원하는 표정을 지으며 두 팔을 활짝 벌렸다.

"자자, 부탁이야! 말을 자제해 주게!"

나는 이미 술에 취한 역할에 돌입해 있어서 계속하고 싶었지만, 백작과 폴란드인으로서는 다행스럽게도 발소리가 들리더니 우르베닌이 식당으로 들어왔다.

"맛있게 드세요!" 그가 말했다. "나리, 저한테 지시하실 게 있는지 여쭈러 왔습니다."

"지시할 건 아직 없지만, 부탁이 있네." 백작이 대답했다. "자네가 와줘서 정말 기쁘네, 표트르 예고리치. 우리와 함께 저녁을 먹으며 농사에 관해 이야기를 좀 하지."

우르베닌이 자리에 앉았다. 백작은 코냑을 마시며 합리적인 농사 분야에서 자신의 미래 활동 계획을 제시하기 시작했다. 그는 했던 말을 또 하고 주제를 바꿔가며 지루하고 길게 말했다. 우르베닌은 진지한 사람들이 수다스러운 아이들과 여자들의 말을 느긋하고 세심하게 듣는 것처럼 그의 말을 경청했다. 그는 농어 수프를 먹으며 슬프게 접시를 바라봤다.

"내가 아주 멋진 청사진을 가져왔어!" 백작이 말했다. "놀라운 청사진이야! 보여줄까?"

카르네예프는 벌떡 일어나서 도면을 가지러 서재로 달려갔다. 우르베닌은 백작이 없는 틈을 타서 보드카 반 잔을 재빨리 부어 마셨고 안주는 먹지 않았다.

"이 보드카는 역겹네요!" 그는 혐오스럽게 술병을 쳐다보며 말했다.

"왜 백작 앞에서는 술을 마시지 않습니까, 표트르 예고리치?" 내가 그에게 물었다. "그가 두려워서?"

"세르게이 페트로비치, 백작님 앞에서 술을 마시느니 몰래 술을 마시는 위선자가 되는 게 낫습니다. 백작님 성격이 아주 이상하다는 걸 아시잖아요. 제가 백작님의 돈 2만 루블을 훔치면 그분은 무사태평한 성격대로 아무 말도 하지 않지만, 제가 10코페이카를 쓴 것을 잊어버리고 보고하지 않거나 앞에서 보드카를 마시면 백작님은 자기 관리인이 날강도라고 울기 시작할 겁니다. 어떤 분인지 잘 아시잖아요."

우르베닌은 반 잔을 더 따라 마셨다.

"전에는 술을 마시지 않았던 것 같은데요, 표트르 예고리치." 내가 말했다.

"그렇죠, 하지만 지금은 마십니다. 끔찍할 정도로 마시죠!" 그가 낮게 중얼거렸다. "끔찍하게, 밤낮으로, 잠시도 쉬지 않고요! 백작조차도 지금의 저만큼 많이 마신 적은 없었어요. 정말 힘듭니다, 세르게이 페트로비치! 제 마음이 얼마나 괴로운지 신만이 아실 겁니다! 저는 그야말로 슬픔에 겨워 술을 마십니다. 저는 항상 당신을 좋아하고 존경해 왔습니다, 세르게이 페트로비치. 그래서 솔직히 말씀드리자면… 저는 목을 매고 싶습니다!"

"도대체 왜?"

"제가 어리석어서죠. 아이들만 어리석은 게 아닙니다. 쉰 살에도 바보가 있죠. 이유는 묻지 마세요."

백작이 들어왔고, 쏟아지던 그의 말은 중단되었다.

"최고급 술이야!" 그는 '놀라운' 청사진 대신 베네딕트회 인장이 찍힌 배불뚝이 병을 식탁 위에 올려놓았다. "모스크바를 지나는 길에 데프레 가게에서 샀어. 한잔하지 않겠어, 세료자?"

"자네는 도면을 가지러 갔잖아!" 내가 말했다.

"내가? 무슨 도면? 아, 그렇지! 하지만, 동생, 악마라도 내 여행 가방 안을 분석하지는 못할걸. 뒤지고 또 뒤지다가, 포기했어. 술 아주 맛있군. 좀 마시지 않겠어?"

우르베닌은 조금 더 앉아 있다가 인사를 하고 나갔다. 그가 나간 후 우리는 레드 와인을 마시기 시작했다. 이 와인으로 나는 완전히 취해버렸다. 백작을 만나러 올 때 내가 원했던 바로 그 취기가 느껴졌다. 나는 극도로 기운이 넘치고 활동적이고 놀랄 만큼 쾌활해졌다. 이상하고 우스꽝스러운, 사람들을 기만하여 능력을 과시하는 객기를 부리고 싶은 욕망이 일었다. 그 순간 나는 호수를 끝까지 헤엄칠 수 있고, 제일 복잡한 사건을 해결할 수 있고, 어떤 여자라도 정복할 수 있을 것만 같았다. 사람들이 사는 세상은 내게 기쁨을 줬고 나는 그 세상을 사랑했지만, 그런 동시에 트집을 잡고 날카로운 독설로 괴롭히고 조롱하고 싶었다. 우스꽝스럽게 새까만 눈썹의 폴란드인과 백작을 비웃고, 신랄하고 날 선 말로 지치게 하고, 가루가 되게 부수어야 했다.

"대체 당신은 왜 아무 말도 하지 않소?" 내가 시작했다. "말해 봐요, 내가 듣고 있으니까! 하하! 나는 진지하고 심각한 생김새의 사람들이 유치한 헛소리를 하는 게 너무 좋아! … 그건 조롱이야, 인간의 두뇌에 대한 조롱이라고! … 얼굴은 뇌와 일치하지 않아! 거짓말을 하지 않으려면, 얼굴이 멍청해야 하는데 당신은 그리스 현자의 얼굴을 하고 있잖아!"

나는 끝내지 못했다. 한마디도 나눌 가치가 없는 쓸모없는 사람들과 대화한다는 생각에 혀가 꼬여버린 것이다! 내게 필요한 것은 사람들과 화려한 여자들, 수천 개의 조명으로 가득한 홀이었다. 나는 일어서서 잔을 들고 방들을 돌아다니러 갔다. 파티를 할 때 우리는 공간을 마다하지 않고 식당에만 국한하지 않고 집 전체, 심지어는 영지 전체를 다 섭렵한다.

나는 '상감 장식' 응접실에서 터키 소파를 차지하고 그 위에 누워서 환상과 공상에 빠져들어 갔다. 술 취한 꿈들이었다. 그러나 다른 것보다 더 웅장하고 무한한 하나의 꿈이 내 젊은 두뇌를 집어삼켰다. 황홀한 매력과 형언할 수 없는 아름다움으로 가득한 새로운 세상이 펼쳐졌다.

내가 운율에 맞춰 말하고 환각을 보기 시작할 일만 남아 있을 뿐이었다.

백작이 내게 다가와서 소파 가장자리에 앉았다. 그는 내게 뭔가를 말하고 싶어 했다. 내게 뭔가 특별한 것을 말하고 싶은 이 욕망을 나는 이미 위에서 언급한 다섯 잔을 마신 직후 그의 눈에서 읽기 시작했었다. 나는 그가 무엇을 말하고 싶은지 알고 있었다.

"오늘 얼마나 술을 많이 마셨는지!" 그가 내게 말했다. "어떤 독보다 더 나쁘다고 하는데⋯. 하지만 오늘이 마지막이야. 맹세코, 마지막⋯ 난 의지가 있다고."

"알았어, 알았다고."

"마지막으로⋯ 세료자, 친구야, 마지막으로 시내로 전보를 보내야 하지 않겠어?"

"그래, 가보자."

"마지막으로 흥청망청 취해보자. 자, 일어나서 쓰게." 백작은 전보를 쓸 줄 몰랐다. 말이 너무 길고 제대로 된 내용이 나오지 않는 것이다. 나는 일어나서 썼다.

S…. <런던> 레스토랑. 합창단 주인 카르포프에게.
만사를 제쳐 두고 2시 기차로 즉시 올 것.

"지금은 11시 15분 전이네." 백작이 말했다. "45분에서 1시간 사이면 역으로 갈 거야. 카르포프는 1시에 전보를 받게 되겠지. 급행열차를 탈 수 있을 거야. 그 열차를 놓치면 화물 열차로 올 거고. 그렇지?"

애꾸눈 쿠지마가 전보를 가지고 급파되었다. 일리야는 한 시간 후에 역으로 마차를 보내라는 지시를 받았다. 나는 시간을 죽이기 위해 방마다 램프와 양초를 느릿느릿 켜기 시작했고, 그런 다음 피아노를 열고 건반을 두드려 보기도 했다.

그런 다음 나는 아까 그 소파에 누워 아무것도 생각하지 않았고, 끊임없이 내게 말을 걸려는 백작을 손으로 조용히 밀어내고 있었던 기억이 난다. 나는 램프의 밝은 빛과 고요하면서 즐거운 분위기만을 느끼면서 일종의 망각 상태에 빠져 반쯤 꿈을 꾸고 있었다. 머리를 어깨 쪽으로 기울인, 붉은 옷을 입은 아가씨의 환영이 장엄한 죽음을 앞둔 공포에 찬 눈빛으로 내 앞에 서서 작은 손가락으로 조용히 내게 삿대질을 했다. 검은 드레스를 입고 자긍심이 넘치는 핏기 없는 얼굴을 한 또 다른 아가씨의 환영이 지나가면서 애원하는 것 같기도 하고 비난하는 것 같기도 한 표정으로 나를 바라봤다.

그다음에는 소음과 웃음소리, 뛰어다니는 소리가 들렸다. 검고 깊은 눈동자가 내게서 빛을 차단해 버렸다. 나는 반짝거리며 웃는 그 눈동자를 볼 수 있었다. 감미로운 입술에는 기쁨에 겨운 미소가 번졌다. 그것은 웃고 있는 나의 집시 티나였다.

"당신이야?" 그녀의 목소리가 물었다. "자는 거야? 일어나, 내 사랑…. 오랜만이야."

나는 아무 말 없이 그녀의 손을 잡고 그녀를 내게로 끌어당겼다.

"저기로 가자. 우리 사람들이 모두 여기 와 있어."

"그냥 있어. 난 여기가 좋아, 티나."

"하지만…. 여기는 너무 밝아. 당신은 미쳤어. 사람들이 들어올지도 몰라."

"누구든 들어오면 목을 비틀어 버릴 거야. 난 괜찮아, 티나. 널 못 본 지 벌써 2년이나 됐네."

홀에서는 피아노가 연주되고 있었다.

아, 모스크바, 모스크바
모스크바…. 하얀 돌로 만들어진….

여러 목소리가 외치고 있었다.

"봐, 다들 저기서 노래하고 있어. 아무도 안 들어올 거야."

"그래, 그래."

티나와의 만남이 나를 몽롱한 상태에서 깨웠다. 10분 후 그녀는 합창단이 반원을 이루어 서 있는 홀로 나를 데려갔다. 백작은 의자에 걸터앉아서 손으로 박자를 맞추고 있었다. 놀란 눈의 프세호츠키가 그의 의자 뒤에 서서 노래하는 새들을 바라보고 있었다. 나는 카르포프의 손에서 발랄라이카를 빼앗아 손으로 흔들며 노래를 부르기 시작했다.

어-어-머니의 강… 보-오-오-올가 아래로

보-오-올가 강을 따라

그러자 합창단이 응답했다.

오, 불타라, 오, 말하라… 말하라….

내가 손을 흔들자 순식간에, 번개처럼 빠른 속도로 새로운 노래가 나왔다.

미친 밤, 즐거운 밤….

이와 같은 격렬한 전환만큼 내 신경을 자극하고 흥분시키는 것은 없다. 나는 기쁨에 몸을 떨며 한 손으로 티나를 껴안고 다른 손으로는 발랄라이카를 공중에 흔들며 <미친 밤>을 끝까지 불렀다. 발랄라이카가 바닥으로 툭 떨어지더니 작은 파편으로 부서졌다.

"와인!"

그다음 내 기억은 혼돈에 가까워진다. 모든 것이 뒤죽박죽이었고, 혼란스러웠고, 모든 것이 흐릿하고 불분명하다. 기억나는 건 이른 아침의 회색 하늘이다. 우리는 보트를 타고 있다. 호수는 가볍게 출렁대고 있는데 마치 우리의 방종을 보며 구시렁거리는 것 같다. 나는 보트 한가운데 서서 흔들리고 있다. 티나는 물에 빠질 수도 있다고 나를 설득하면서 앉으라고 부탁한다. 나는 되려 호수에는 돌무덤처럼 높은 파도가 없는 것을 큰 소리로 아쉬워하고, 호수의 푸른 수면 위에 하얀 점처럼 반짝이는 청새치가 내 소리에 겁을 집어먹는다. 그다음에는 끝없이 이어지는 아침 식사와 10년 묵은 과실주, 화채, 떠들썩한 술판과 더불어 길고 더운 하루가 이어진다. 그날의 기억은 내게 오직 몇몇 순간밖에는 남아 있지 않다. 티나와 함께 정원에서 그네를 타던 내 모습이 기억난다. 나는 그네의 한쪽 끝에 서 있었고 그녀는 다른 쪽 끝에 서 있다. 나는 있는 힘을 다해 온몸으로 미친 듯이 그네를 탄다. 내가 도대체 뭘 원하는지 나 자신도 알지 못한다. 티나가 그네에서 떨어져 죽기를 원하는 걸까, 아니면 그녀가 구름 속으로 날아오르기를 원하는 걸까? 티나는 죽은 듯이 창백하게 서 있지만, 자긍심과 자기애가 넘치는 그녀는 외마디 소리로도 두려움을 내비치지 않으려고 이를 악물고 있다. 우리는 점점 더 높이 날아오른다. 그리고… 어떻게 끝이 났는지는 기억나지 않는다. 다음으로 나는 티나와 함께 햇빛을 피해 초록의 아치로 덮인 먼 오솔길로 산책하러 간다. 반쯤 드리워진 서정적인 어둠, 검은 머리띠, 감미로운 입술, 속삭임…. 그다음에는 콘트랄토의 저음과 날카로운 코, 아기 같은 눈, 몹시 가느다란 허리를 가진 금발의 아가씨가 나와 나란히 걷고 있다. 나는 우리를 따라온 티나가 내 앞에서 소동을 피울 때까지 그녀와 함께 걷는다. 그 집시는 창백해져서 분노하고 있다. 그녀는 나를 '저주받은' 놈이라고 하며 기분이 상해서 시내로 떠나려고 한다. 백작은, 늘 그런 것처럼, 티나가 남아 있도록 설득할 말을 찾지 못하고 창백한 얼굴과 떨리는 손으로 우리 주위를 뛰어다닌다. 그녀가 마침내 내 얼굴을 때린다. 이상한 일이다. 나는 남자로부터 사소한 모욕적인 말을 들으면 분노가 폭발하지만, 여자가 나를 때리는 것에는 완전히 무심하다. 다시 긴 '저녁 식사 후', 다시 계단에 있는 뱀, 다시 입 근처에 파리가 있는 잠자는 프란츠, 다시 정원의 쪽문…. 붉은 옷을 입은 아가씨가 돌무덤에 서 있다. 그러나 그녀는 우리를 보고는 도마뱀처럼 사라진다.

저녁이 되자 티나와 나는 다시 친구가 된다. 저녁은 예의 그 격렬한 밤으로 이어진다. 음악이 있고, 기운찬 노래가 있고, 신경을 자극하는 전환이 이루어지고… 한순간의 잠도 없는!

"이건 자멸입니다!" 우리의 노래를 들으러 잠시 들른 우르베닌이 내게 속삭였다.

물론이지, 맞는 말이다. 내 기억으로는, 그다음에 나는 정원에서 백작과 서로 마주 보고 말다툼을 벌이고 있다. 우리 옆에는 새까만 눈썹의 카에탄이 어슬렁거리며 거닐고 있다. 그는 우리가 즐기는 내내 전혀 우리와 함께하지 않았지만, 그럼에도 불구하고 계속 잠도 자지 않고 그림자처럼 우리를 따라다녔다. 날은 이미 밝았고 떠오르는 태양 빛이 제일 높은 나무 꼭대기 위를 황금빛으로 물들기 시작했다. 사방에서 참새가 지저귀고, 찌르레기가 노래하고, 바스락거리는 소리와 밤새 무거워진 날개를 펄럭이는 소리가 들린다. 양떼의 울음소리와 양치기들의 외치는 소리가 들린다. 우리 가까이에는 대리석 상판의 작은 테이블이 있다. 그 테이블 위에는 크고 무거운 양초가 희미한 불꽃을 피우고 있다. 담배꽁초, 사탕 포장지, 깨진 유리잔, 그리고 오렌지 껍질이 있다.

"자네는 이걸 꼭 받아야 해!" 나는 백작에게 지폐 다발을 건네며 말했다. "내가 반드시 받게 할 거야!"

"초대한 사람은 사실 나지 자네가 아니잖아!" 백작이 내 단추를 움켜 잡으려고 하면서 설득한다. "여긴 내가 주인이고… 자네를 대접한 거야. 그런데 대체 왜 자네가 돈을 내야 해? 이건 심지어 나를 모욕하는 거라는 걸 알라고!"

"나도 그들을 고용했으니까 반은 내가 내야지. 안 받을 건가? 이런 호의는 이해할 수가 없어! 자네가 더럽게 부자여서 내게 이런 호의를 베풀 권리가 있다고 생각하는 거야? 빌어먹을, 내가 카르포프를 고용했으니 돈은 내가 낼 거야! 자네의 절반은 필요 없어! 내가 전보를 썼다고!"

"세료자, 레스토랑에서는 자네 맘대로 돈을 내도 되지만 우리 집은 레스토랑이 아니야. 게다가 왜 그렇게 조바심을 내는지, 왜 그렇게 질주하는지 정말 모르겠어. 자네는 돈이 별로 없고, 난 정말 돈이 넘쳐난다고. 내가 내는 게 공정하지!"

"그래서 안 받겠다고? 싫다고? 그럼 필요 없군그래."

나는 희미한 촛불에 지폐 더미를 대고 불을 붙인 다음 바닥에 떨어뜨렸다. 카에탄의 가슴에서 갑자기 탄식이 터져 나왔다. 그는 눈을 크게 뜨고 창백해져서는 그 거구를 땅에 댄 채 손바닥으로 돈에 붙은 불을 끄려고 한다. 성공이다.

"이해가 안 되는군요!" 그가 불에 탄 지폐를 주머니에 넣으며 말했다. "돈을 태운다고요? 무슨 작년의 볏짚이나 연애편지인 것처럼…. 불에 태우느니 차라리 내가 가난한 사람에게 주는 게 낫죠."

나는 집으로 들어간다. 방마다 기진맥진한 닳고 닳은 집시들이 소파와 카펫 위에 널브러져 잠을 자고 있다. 나의 티나는 '상감 장식' 응접실의 소파에서 자고 있다.

그녀는 몸을 쭉 뻗고서 힘겹게 숨을 쉬고 있다. 입은 앙다물고 있고 얼굴은 창백하다. 아마도 그네 타는 꿈을 꾸고 있을 것이다. '올빼미'가 방마다 돌아다니면서 망각 속에 묻힌 영지의 죽은 침묵을 갑자기 깨뜨린 사람들을 악의에 찬 날카로운 눈으로 들여다본다. 그녀가 걸어 다니면서 자신의 늙은 뼈를 닳게 만드는 데는 이유가 있다.

이틀간의 격렬한 밤을 보낸 후 내 기억에 남아 있는 것은 이것들이 전부다. 나머지는 술에 취한 나의 뇌에 보존되지 않았거나 여기서 설명하기 그토록 불편한 것이다. 하지만 이것만으로도 충분하다.

지폐를 불에 태운 그날 아침처럼 조리카가 나를 열성적으로 태워 나른 적은 없었다. 조리카도 집에 가고 싶었던 것이다. 호수는 거품을 일렁이는 파도를 조용히 굴려 가며 떠오르는 태양을 물에 비추면서 낮잠을 준비하고 있었다. 호숫가를 따라 늘어선 버드나무와 숲은 마치 아침 기도라도 드리는 것처럼 미동도 없이 서 있었다. 그 당시의 내 마음 상태를 설명하기는 어렵다. 많은 것을 퍼뜨리는 대신 한 가지만 말하겠다. 백작의 영지에서 나와서 방향을 돌리는데 정직한 노동과 질병으로 쇠잔한 미헤이 노인의 성스러운 얼굴이 호숫가에 보였을 때 나는 말할 수 없이 반가운 한편으로 수치심이 불타올랐다. 미헤이의 모습은 성경에 나오는 어부들을 연상케 했다. 그는 백발이 성성하고 수염이 덥수룩했는데 관조적인 표정으로 하늘을 바라보고 있다. 호숫가에 움직이지 않고 서서 그가 흘러가는 구름을 눈으로 좇아갈 때면 하늘에 있는 천사를 보고 있는 것 같기도 하다. 나는 그런 얼굴들이 좋다.

그를 발견하고서 나는 조리카에서 내려서 그에게 손을 내밀었다. 그의 정직한 굳은살투성이 손이 나를 만져서 정화해 주기를 바라기라도 하는 것처럼 말이다. 그는 작고 날카로운 눈으로 나를 올려다보며 미소를 지었다.

"안녕하신가, 신사 양반!" 그가 어설프게 손을 내밀며 말했다. "또 무슨 일로 내달려 왔나? 그 불한당이 돌아왔나?"

"왔습니다."

"그럼 그렇지. 얼굴에 다 보여. 내가 여기 서서 보고 있어. 세상이 다 그렇지! 헛되고 헛된 거야. 보게! 저 독일인은 죽어야 해. 그런데 헛된 짓거리에 안달복달하고 있어. 보이나?"

노인은 지팡이로 백작의 풀장을 가리켰다. 풀장에서 보트가 빠르게 흘러나왔다. 그 안에는 기수들이 쓰는 모자를 쓰고 파란 재킷을 입은 남자가 앉아 있었다. 정원사 프란츠였다.

"매일 아침 섬으로 돈을 가져가서 숨기네. 저 멍청이는 모래나 돈이나 가치가 똑같다는 생각이 머리에 없어. 죽으면 못 가져간다는 것 말이야. 담배 한 대 주게, 신사 양반!"

나는 그에게 담뱃갑을 건넸다. 그는 담배 세 개피를 꺼내 품 속에 넣었다.

"이건 조카에게 주려고…. 피우도록 해줘야지."

참을성 없는 조리카가 몸을 움직이기 시작하더니 날아가고 말았다. 나는 그 노인의 얼굴을 보며 내 안구를 정화하고 쉬어갈 수 있었음에 감사하며 고개 숙여 인사했다. 그는 내 뒷모습을 오래도록 보고 있었다.

집에서 나를 맞아준 것은 폴리카르프였다. 그는 참담하고 경멸 어린 눈빛으로 주인인 나의 몸을 훑어봤다. 마치 이번에는 내가 옷을 다 입은 채 수영을 했는지 아닌지 알고 싶다는 듯이.

"축하드립니다!" 그가 구시렁거렸다. "충분히 즐기셨군요!"

"닥쳐, 이 바보야!" 내가 말했다.

그의 멍청한 얼굴에 나는 화가 났다. 나는 빠르게 옷을 벗고서 이불로 몸을 덮고 눈을 감았다.

머리가 빙글빙글 돌았고, 세상이 안개로 뒤덮였다. 안개 속에서 익숙한 모습들이 깜박거렸다. 백작, 뱀, 프란츠, 주황색 개들, 붉은 옷을 입은 아가씨, 미친 니콜라이 예피미치.

"남편이 아내를 죽였다! 아, 당신은 정말 멍청해요!"

붉은 옷을 입은 아가씨가 내게 삿대질을 했고, 티나의 검은 눈동자가 내 눈에서 빛을 가렸다. 그리고… 나는 잠이 들었다.

4

"이렇게 태연하게 단잠에 빠져 있다니! 창백하고 지친 이 얼굴, 순진한 아이 같은 이 미소를 보고 고른 이 숨소리를 들으면, 여기 침대에 누워 있는 사람은 예심 판사가 아니라 평온한 양심 그 자체라고 생각할 수도 있겠어! 카르네예프 백작은 아직 오지 않았고 술주정도, 집시도, 호수에서의 추문도 없다고 생각될 정도군. 일어나게, 이 역겨운 인간! 당신은 그렇게 평온한 잠을 자는 행복을 누릴 자격이 없어! 일어나요!"

나는 눈을 뜨고 달콤하게 몸을 뻗었다. 창문에서 내 침대까지 넓은 햇살이 흘러 들어와 있었는데, 허연 먼지들이 서로를 쫓으며 떠다니고 있는 까닭에 햇빛 자체가 칙칙한 흰색으로 덮여 있는 것 같았다. 햇빛은 눈에서 사라졌다가 다시 나타나곤 했다. 친애하는 마을 의사인 파벨 이바노비치 보즈네센스키가 내 침실의 햇빛 속으로 들락날락하고 있었던 것이다. 단추를 채우지 않은 긴 의사 가운을 옷걸이에 걸어 놓은 것처럼 걸친 채 유난히 긴 바지 주머니에 손을 집어넣은 의사는 이 구석에서 저 구석으로, 이 의자에서 저 의자로, 이 초상화에서 저 초상화로 걸어 다니며 시선이 닿는 모든 것마다 근시인 눈을 가늘게 뜨고 보고 있는 것이었다. 할 수 있는 대로 모든 곳에 코를 들이밀고 어디든 '곁눈질'로 힐끗거리는 해묵은 습관대로 그는 허리를 굽히기도 하고 몸을 쭉 펴기도 하면서 세면대와 주름진 커튼, 문틈, 그리고 램프를 들여다봤다. 마치 뭔가를 찾거나 모든 것이 온전한지 확인하려는 것 같았다. 그는 안경 밑으로 벽지의 틈새나 얼룩을 응시하면서 인상을 찌푸리고 걱정스러운 표정을 지었다가 긴 코로 냄새를 맡고 손톱으로 열심히 긁어내곤 했다. 이 모든 것을 그는 기계적으로, 무의식적으로, 그리고 습관처럼 행하는 것이었다. 하지만, 그럼에도 불구하고, 한 물체에서 다른 물체로 빠르게 눈을 돌리는 그에게서는 검사를 수행하는 전문가의 모습이 보였다.

"일어나라고요, 당신한테 말하고 있잖아요!" 그는 비누 접시를 들여다보고 손톱으로 비누에서 머리카락을 떼어내면서 테너 같은 선율로 나를 깨웠다.

"아… 아… 아…, 안녕하세요, '실눈뜨기' 씨!" 나는 그가 세면대 위로 몸을 구부리고 있는 것을 보고는 하품을 했다. "이게 도대체 몇 년 만인지요!"

온 마을 사람들이 그 의사가 끊임없이 눈을 찡그린다는 이유로 그를 '실눈뜨기'라고 놀려 왔는데 나도 마찬가지였다. 내가 깨어난 것을 본 보즈네센스키는 내게 다가와 침대 가장자리에 앉더니 곧바로 성냥갑에 실눈을 가져갔다.

"게으른 사람이나 양심이 깨끗한 사람만이 당신처럼 잘 수 있어요." 그가 말했다. "당신은 그 둘 다 아니기 때문에 좀 더 일찍 일어나야 하는 거요."

"지금 몇 시죠?"

"11시가 넘었어요."

"지옥에나 떨어져, 이 실눈뜨기야! 누가 이렇게 일찍 깨우라고 했어! 6시까지 잠들지 못했단 말이야. 당신만 아니었다면 오늘 밤까지 잤을 거야."

"그렇죠!" 옆방에서 폴리카르프의 저음이 들려왔다. "아직 많이 자지 못했죠! 이틀째 자고 있지만 여전히 부족하다고요! 오늘이 무슨 요일인지 아세요?" 폴리카르프가 침실로 들어와서 똑똑한 사람들이 바보를 바라보는 것처럼 나를 보며 물었다.

"수요일." 내가 말했다.

"그야 물론이죠, 틀림없어요. 나리를 위해서 일주일에 수요일이 두 번 있도록 만들었으니까요."

"오늘은 목요일이오!" 의사가 말했다. "그러니까, 친구, 당신은 수요일 온종일 주무셨군요? 좋아요! 아주 좋아! 도대체 얼마나 마셨는지 물어봐도 되겠소?"

"이틀 동안 자지 않고 마셨는데… 얼마나 마셨는지는 기억이 안 나요."

폴리카르프를 내보낸 후 나는 옷을 입고 의사에게 엊그제 겪은 '미친 밤, 횡설수설했던 말들'에 관해 설명하기 시작했다. 로맨스 소설에서라면 너무 멋지고 감각적이지만 현실에서는 너무나 추악한 것들이었다. 설명을 하면서 나는 '가벼운 장르'의 한계를 넘지 않으려고, 사실에 충실하되 도덕적으로 몰입하지 않으려고 노력했지만, 이 모든 것은 결과를 얻고 결론을 내리려는 열정을 가진 인간의 본성에는 반하는 것이었다. 나는 나로서는 전혀 괴롭지 않은 사소한 일을 이야기하는 척하며 말을 했다. 고결한 파벨 이바노비치를 존중하고 백작에 대한 그의 혐오감을 알기에 나는 많은 것을 숨기고 많은 것을 가볍게만 언급했다. 하지만 그런데도, 내 장난기 어린 어조와 희화화하는 말에도 불구하고 의사는 이야기하는 내내 내 얼굴을 심각하게 바라보며 때때로 고개를 가로저으며 참을성 없이 눈썹을 씰룩거렸다. 그는 한 번도 웃지 않았다. 나의 '가벼운 장르'는 그에게 가벼운 느낌과는 거리가 먼 것이 분명했다.

"왜 안 웃죠, 실눈뜨기 씨?" 나는 설명을 마치고는 물었다.

"이 모든 것을 당신이 말하지 않았다면, 그리고 한가지 사건이 아니었다면, 나는 이 모든 말을 하나도 믿지 않았을 거요. 정말 추악한 일이오, 친구!"

"무슨 사건을 말하는 거죠?"

"어제 저녁에 내게 한 사내가 왔소. 당신이 그렇게 무식하게 노로 때렸던 남자 말이오. 이반 오시포프…."

"이반 오시포프?" 나는 어깨를 으쓱하며 말했다. "처음 듣는 이름인데요!"

"키가 크고 빨간 머리에… 얼굴에 주근깨가 있어요. 기억해 봐요! 당신이 그의 머리를 노로 때렸잖아요."

"무슨 말인지 모르겠어요! 난 오시포프라는 사람을 전혀 몰라요. 난 아무도 노로 때리지 않았어요. 이 모든 건 당신이 꿈을 꾼 거예요, 형씨!"

"꿈이었으면 좋겠군요. 그는 카르네예프 지역 교구 행정청의 서한을 들고 내게 와서 진단서를 달라고 했어요. 서신의 내용으로 보면, 당신이 자기에게 상처를 입혔다고 그가 거짓말을 한 게 아니란 말이오. 그런데 지금 기억이 안 난다고요? 이마 위쪽, 두피 경계에 타박상이 있고… 뼈까지 다쳤단 말이야, 이 친구야!"

"기억이 안 나요." 내가 중얼거렸다. "그 사람은 누구죠? 무슨 일을 하는데요?"

"그냥 카르네예프 영지의 평범한 사람이에요. 당신이 흥청망청 술잔치를 벌였을 때 바로 거기 호수에 노 젓는 사공이 있었어요."

"흠… 그럴지도 모르죠! 기억은 없어요. 아마 술에 취해서… 뭔가 의도치 않게…."

"아뇨, 실수가 아니에요. 그는 당신이 무엇 때문인지 자기에게 몹시 화가 나서 한참 욕을 하다가 화를 못 이기고 달려들어서 사람들이 보는 앞에서 자기를 때렸다고 합니다. 뿐만 아니라 당신은 '널 죽여버릴 거야, 이 악당아!'라고 외쳤어요."

나는 얼굴이 빨개져서 구석구석을 돌아다녔다.

"도무지 기억이 나지 않아요!" 나는 있는 힘을 다해 기억을 되살리려고 애쓰면서 말했다. "기억이 안 나요! 당신은 내가 '화를 못 이겼다'면서요. 난 술에 취하면 용서할 수 없을 정도로 혐오스러워져요."

"더는 말이 필요 없죠!"

"그 사내는, 분명, 추문을 만들고 싶은 거예요. 하지만, 중요한 건 그게 아니죠. 사실 그 자체, 내가 때렸다는 게 문제죠. 내가 정말 싸울 수 있겠어요? 그리고 무엇 때문에 내가 그 가난한 사내를 때렸다는 거죠?"

"글쎄요. 물론, 나는 진단서를 주지 않을 수 없었지만, 그 문제에 대해 당신과 논의하라는 조언도 빼놓지 않았어요. 어떻게든 그와 합의하세요. 가벼운 구타이긴 하지만 비공식적으로 판단하자면, 두개골을 관통하는 머리 상처는 심각한 문제입니다. 비교적 경미하다고 생각했던 사소한 머리 상처가 두개골 괴사로 이어져 애드 파트레스(선조들에게) 가는 경우가 있으니까요."

 그러면서 '실눈뜨기'는 골똘히 생각에 잠긴 채 일어나서 팔을 휘저으며 벽을 따라 걸었고, 내 앞에서 외과 병리학에 관한 지식을 늘어놓기 시작했다. 두개골의 괴사, 뇌의 염증, 죽음 및 다른 공포가 그의 입에서 쏟아져 나왔고 내게는 전혀 흥미롭지 않은, 테라 인코그니타(미지의 땅)에서 발견되는 거시적이고 미시적인 과정에 대한 끝없는 설명이 이어졌다.

 "그걸로 충분해요, 수다쟁이 양반!" 나는 그의 의학적 수다를 멈추게 했다. "이 모든 게 얼마나 지겨운지 모르겠어요?"

 "지겨운 건 아무것도 아니오. 잘 듣고 벌을 받으세요. 다음번엔 더 조심하고 불필요한 짓은 하지 말아요. 합의하지 않으면 이 형편없는 오시포프 때문에 당신은 직장을 잃을 수도 있어요! 정의의 사도가 폭행죄를 심판한다면… 실상 이건 추잡한 일이잖아요!"

 파벨 이바노비치는 내가 그 촌철살인 같은 말을 눈살을 찌푸리지 않고 가벼운 마음으로 들을 수 있는 유일한 사람, 내 눈을 의문스러운 시선으로 바라보고 내 영혼의 미로를 들여다보도록 허용할 수 있는 유일한 사람이다. 우리 사이에는 비록 불쾌하고 미묘한 문제가 있지만, 우리는 최고의 의미에서 친구이며 서로를 존중한다. 그와 나 사이에는 한 여자가 검은 고양이처럼 지나갔었다. 이 영원한 카수스 벨리(전쟁의 동기)가 우리에게 많은 갈등을 불러 일으켰지만 우리는 절연하지 않았고 계속해서 평화롭게 지내고 있다. 이 '실눈뜨기'는 아주 좋은 친구이다. 나는 큰 코와 가늘게 뜬 눈, 불그스레한 짙은 수염이 있는, 조각과는 거리가 먼 그의 얼굴이 좋다. 큰 키와 좁고 가녀린 어깨를 지닌, 그래서 코트가 마치 옷걸이에 걸려 있는 것 같은 모습이 좋다.

바느질이 엉망인 그의 바지는 무릎에 보기 흉한 주름이 잡혀 있고 부츠에 걸려 형편없이 뭉개져 있다. 그의 흰색 넥타이는 항상 제 위치에 있지 않다. 하지만 그가 지저분하다고 생각하지는 말길. 그의 선하고 진지한 얼굴을 한 번만 보면 그가 외모에 신경 쓸 시간도 없고 신경 쓰는 법도 모른다는 것을 알 수 있다. 그는 젊고 정직하며 소박하고 의술을 사랑하며 항상 길 위에 있다. 이것으로 그의 엉성하고 소박한 차림새는 충분히 그를 이해하는 방향으로 설명된다. 예술가가 그렇듯이 그는 돈에 가치를 두지 않으며 자신이 가진 일종의 열정을 위해 안락하고 복된 삶을 대수롭지 않게 희생한다. 해서 그는 돈 없는 사람, 입에 풀칠이나 겨우 하는 사람이라는 인상을 준다. 그는 담배를 피우지 않고 술도 마시지 않으며 여자에게 돈을 쓰지도 않는다. 그런데도 그가 직무와 진료로 벌어들인 2천 루블은 내가 흥청망청 술을 마실 때처럼 빠르게 그의 손에서 빠져나간다. 그의 재원을 고갈시키는 것은 두 가지 열정이다. 하나는 돈을 빌려주는 것이고, 다른 하나는 신문 광고를 보고 물건을 주문하는 것이다. 그는 돈을 부탁하는 사람에게는 한마디도 묻지 않고 돈을 빌려준다. 인간의 정직함을 믿는 그의 무모함은 어떤 방법으로도 뿌리 뽑을 수가 없는데, 이러한 그의 믿음은 신문 광고에서 호평이 자자한 것들을 끊임없이 주문할 때 더욱 두드러진다. 그는 필요하든 필요하지 않든, 모든 것을 주문한다. 책, 망원경, 유머 잡지, '100가지 구성의 식기 세트', 천문 및 항해용 정밀 시계 등등…. 그래서 파벨 이바노비치에게 오는 환자들이 그의 방을 무기고나 박물관으로 여기는 것이 당연할 정도다. 그는 계속 사기를 당했고 여전히 사기를 당하고 있지만, 그의 믿음은 예전과 마찬가지로 강하고 무모하다. 그는 미미하지만 명예 있는 사람으로서, 우리는 이 소설의 마지막 부분에서 그를 또 여러 번 만나게 될 것이다.

"그런데 내가 당신 집에 너무 오래 있었네요." 그는 '5년 보증'으로 모스크바에서 주문한 뚜껑 달린 싸구려 시계를 힐끗 쳐다보며 문득 깨달은 듯이 말했다. 하지만 그 시계는 그럼에도 불구하고 이미 두 번이나 수리를 받았었다. "가야 할 시간이에요, 친구! 작별 인사를 하죠. 그리고 나를 봐요! 백작의 이 술잔치는 끝이 좋지 않을 겁니다! 당신의 건강만을 말하는 게 아니에요. 아, 그렇지! 내일 테네보에 갈 건가요?"

"내일 거기서 뭐가 있는데요?"

"교회 축제요! **다들** 올 테니 당신도 오세요! 꼭 오세요! 당신이 꼭 올 거라고 내가 약속했거든요. 나를 거짓말쟁이로 만들지 말아요."

누구와 약속했냐고 물어볼 필요는 없었다. 우리는 서로를 이해했다. 내게 작별 인사를 한 후 의사는 허름한 외투를 입고 떠났다.

나는 혼자 남겨졌다. 머릿속을 스쳐 지나가는 불쾌한 생각들을 떨쳐버리려고 나는 책상 앞으로 가서 아무 생각도 하지 않으려고, 사태를 파악하지 않으려고 애쓰면서 내가 받은 문서들에 전념하기 시작했다. 처음 눈에 들어온 봉투에는 다음과 같은 편지가 들어 있었다.

> 사랑하는 세료자,
> 당신을 귀찮게 해서 미안하지만, 너무 놀라서 누구에게 하소연해야 할지 모르겠어요. 이건 그 어떤 일과도 비견할 수 없어요. 물론 이제 와서 돌이킬 수는 없고 아쉬운 건 없지만 도둑들을 내버려 둔다면 훌륭한 여성이 편안하게 있을 곳은 어디도 없게 되죠. 당신이 가고 난 후 나는 소파에서 잠이 깼는데 많은 내 물건들이 없어져 버린 거예요. 팔찌, 금으로 만든 칼라 단추, 목걸이의 진주 10개, 지갑에 있던 100루블을 훔쳐 갔어요. 백작에게 항의하고 싶었지만 자고 있었기 때문에 그냥 떠났어요. 이건 기분 나쁜 일이에요. 백작의 집인데 마치 여관인 것처럼 도둑질하다니. 당신이 백작에게 말해줘요. 당신에게 키스와 인사를 전해요.
>
> 당신의 사랑하는 티나

백작의 집에 도둑이 들끓고 있다는 사실은 내게는 새삼스러운 일이 아니었고, 나는 그에 관해 이미 머릿속에 있던 정보에 티나의 편지를 추가했다. 조만간 나는 이 정보를 실행으로 옮겨야 했다. 나는 도둑이 누군지 알고 있었다.

　검은 눈의 티나의 편지, 그녀의 진하고 윤기 흐르는 필체를 보자 나는 상감 장식 응접실이 떠올랐고, 해장술을 하고 싶은 충동 같은 것이 일었다. 하지만 나는 마음을 다잡고 의지력을 발휘하여 일을 했다. 처음에는 법원 집행관들의 조잡한 글씨를 분석하는 것이 말할 수 없을 정도로 지루했지만, 점차 관심이 가택 침입 절도에 고정되면서 일이 즐거워지기 시작했다. 나는 온종일 책상에 앉아 있었는데, 폴리카르프가 수시로 내 옆을 지나가면서 내가 작업하는 모습을 믿을 수 없다는 듯 바라봤다. 내 자제력이 그로서는 믿기지 않았던 것으로, 그는 매 순간 내가 책상에서 일어나 조리카에게 안장을 얹으라고 지시하기를 기다리고 있었다. 하지만 저녁 무렵 나의 끈기를 보면서 그는 신뢰가 생겼고, 얼굴에 나타난 침울한 표정은 흡족한 표정으로 바뀌었다. 그는 발끝으로 걸으며 소곤소곤 말하기 시작했다. 아코디언을 든 젊은이들이 창문 옆으로 지나가자 그는 거리로 나가 고함을 질렀다.

　"이 악마 같은 인간들, 여기서 뭐하는 거요? 다른 길로 가요! 이 이교도들아, 나리께서 일하고 있는 걸 모르다니!"

　저녁에 그는 식당에 사모바르를 가져와서는 조용히 문을 열고 차를 마시라고 부드럽게 나를 불렀다.

　"차 좀 드세요!" 그는 상냥하게 한숨을 쉬며 정중하게 미소를 띤 채 말했다.

　그리고 내가 차를 마시는 동안 조용히 내 뒤로 다가와서 내 어깨에 입을 맞추었다.

"이러니까 더 좋잖아요, 세르게이 페트로비치." 그가 중얼거렸다. "저 머리털 허연 악마에게는 침을 뱉으세요. 나리처럼 이해력이 좋고 교육받은 사람이 그런 무기력한 일을 한다는 게 가당하기나 한가요? 나리의 일은 고귀한 거예요. 모든 사람이 나리의 비위를 맞추고 두려워하도록 해야죠. 그런데 그런 악마와 어울리면서 사람들의 머리를 부수고 옷을 입은 채 호수에서 수영이나 한다면 모두들 '뇌가 없군! 하찮은 인간이야!'라고 말하겠죠. 그러면 나리는 세상에서 유명해질 겁니다! 만용은 상인에게 어울리지 귀족에게 해당되는 게 아니죠. 귀족에게는 학문이 필요하고, 직무가…."

"그래, 그렇겠지, 그럴 거야."

"세르게이 페트로비치, 백작과 어울리지 마세요. 친구를 원한다면 파벨 이바노비치 박사는 왜 안 되죠? 그는 누더기 옷을 입고 돌아다니지만 엄청나게 똑똑하잖아요!"

폴리카르프의 진심이 내 마음을 녹였다. 나는 그에게 친절한 말을 하고 싶었다.

"지금 무슨 소설을 읽고 있나?" 내가 물었다.

"<몬테크리스토 백작>요. 여기 백작이 있어요! 진짜 백작이죠! 나리의 그 더러운 인간과는 전혀 다르다고요!"

차를 마신 후 나는 일하려고 다시 자리에 앉았고 눈꺼풀이 처지고 피곤한 눈이 감길 때까지 일했다. 잠자리에 들면서 나는 폴리카르프에게 5시에 깨워달라고 했다.

다음 날, 아침 5시가 넘어서 나는 즐겁게 휘파람을 불며 지팡이로 꽃들의 머리를 쓰러뜨리면서 걸어서 테네보로 갔다. 그날 교회 축제가 열리는 그곳으로 나의 '실눈뜨기' 친구, 파벨 이바노비치가 나를 초대한 바 있었다. 매혹적인 아침이었다. 행복 그 자체가 대지 위를 맴돌면서 다이아몬드처럼 반짝이는 이슬방울들에 반사되어 지나가는 사람의 영혼을 손짓하며 부르고 있는 것 같았다. 아침 햇살이 내리쬐는 숲은 마치 내 발자국과 새들의 지저귐을 듣는 듯 미동도 없이 고요했다. 새들은 불신과 두려움의 표정으로 나를 맞고 있었다. 공기는 봄날의 녹음이 품어내는 날숨으로 가득 차서 내 건강한 폐를 부드럽게 어루만졌다. 나는 숨을 들이마셨다. 그리고 넋을 잃은 눈으로 활짝 열린 대지를 바라보며 봄을, 젊음을 느꼈다. 어린 자작나무와 길가의 풀, 계속 윙윙거리는 오월의 풍뎅이들이 이런 내 감정을 함께 느끼는 것 같았다.

'우리 삶에 주어진, 사고를 할 수 있는 이토록 열린 공간이 여기 있는데, 도대체 무엇 때문에,' 나는 생각했다. '이 세상 사람들은 자기들의 좁은 오두막에, 자신들의 좁고 편협한 생각에 갇혀 있는 걸까? 왜 여기로 오지 않는 걸까?'

그러자 시적으로 풍부해진 내 상상력은 먹고사는 문제와 겨울에 관한 생각에 얽매이고 싶지 않았다. 이 두 가지 괴로운 문제 때문에 시인들은 춥고 산문적인 상트 페테르부르크로, 혹은 시를 써서 돈은 벌게 되지만 영감은 얻을 수 없는 추잡한 모스크바로 내몰리는 것이다.

미사를 드리려는, 그리고 서둘러 장터로 가는 농부들의 수레와 지주들의 마차가 내 옆을 지나갔다. 나는 수시로 모자를 벗고 농부들과 지인인 지주들의 반가워하는 인사에 답해야 했다. 모두가 '태워주겠다고' 했지만 나는 마차를 타는 것보다 걷는 게 더 좋아서 번번이 거절하곤 했다. 그 와중에 나를 지나쳐 간 사람 중에는 파란 재킷과 기수들이 쓰는 모자를 쓴 백작의 정원사 프란츠도 있었는데 그는 일인승 이륜 마차를 타고 있었다.

그는 졸리고 시린 눈빛으로 나태하게 나를 쳐다봤다. 그리고 더 나태하게 거수경례를 했다. 그의 뒤에는 보드카가 담긴 것으로 보이는 큰 들통이 쇠고리에 묶여 있었다. 프란츠의 역겨운 낯짝과 보드카 통 때문에 나의 시적인 기분은 다소 망쳐지고 말았다. 그러나 뒤에서 시끄러운 마차 소리가 들려 돌아다보니 한 쌍의 말이 이끄는 낡은 마차가 보였는데, 그 마차의 오목한 가죽 좌석에는 내가 새로 알게 된 '붉은 옷을 입은 아가씨', 이틀 전에 '전기'가 자기 어머니를 죽였다고 내게 말했던 그 아가씨가 앉아 있었다. 그러자 곧 시적인 기분이 되살아났다. 도로와 숲이 구분되는 갓길 끄트머리를 따라 걷는 나를 보자 막 세수를 한, 다소 졸려 보이는 올렌카의 예쁜 얼굴이 환해지면서 약간 붉어졌다. 그녀는 내게 경쾌하게 고개를 숙이며 미소를 지었는데, 그것은 오랜 친구만이 지을 수 있는 반가움을 담은 미소였다.

"안녕하세요!" 나는 그녀에게 소리쳤다.

그녀는 내게 손을 흔들고는 그 예쁘고 싱그러운 작은 얼굴을 볼 기회도 주지 않고 무거운 마차와 함께 내 시야에서 사라졌다. 그녀는 이번에는 붉은 옷을 입고 있지 않았다. 큰 단추가 달린 짙은 녹색의 버슬 드레스 같은 것을 입고 챙이 넓은 밀짚모자를 쓰고 있었다. 하지만, 어쨌거나, 나는 전과 마찬가지로 그녀가 좋았다. 그녀와 흔쾌히 이야기를 나누고 그녀의 목소리를 듣고 싶었다. 번개가 번쩍이던 그날 저녁에 그랬던 것처럼 쏟아지는 햇살 아래서 그녀의 깊은 눈동자를 들여다보고 싶었다. 나는 그녀를 그 흉측한 마차에서 내리게 해서 남은 길을 나와 함께 걷자고 하고 싶었다. 세상의 '관습'이 아니었다면 그렇게 했을 것이다. 왠지 그녀는 내 제안에 선뜻 응했을 것 같았다. 마차가 키 큰 오리나무를 끼고 돌 때 그녀가 나를 두 번 뒤돌아본 것은 공연한 일이 아니었다!

내가 사는 곳에서 테네보까지는 6km 정도로, 날씨 좋은 날 아침 젊은 사람에게는 아무것도 아닌 거리였다. 6시가 조금 지났을 때 나는 이미 짐마차들과 장터 노점들을 지나 테네보 교회로 향하고 있었다. 이른 아침이고 미사가 아직 끝나지 않았음에도 불구하고 물건을 팔고 사는 소음이 공간을 가득 메우고 있었다. 짐마차 삐걱거리는 소리, 말 울음소리, 소 울음소리, 장난감 나팔 부는 소리, 이 모든 것이 거간꾼 집시들의 고함과 벌써 '술 한잔 걸친' 사내들의 노래에 섞여 들리고 있었다. 축제를 즐기는 저 수많은 얼굴들과 별의별 사람들! 알록달록 선명한 색색의 옷을 입고 아침 햇살을 받고 있는 이 매력적인 군중과 그들의 움직임! 몇 시간 동안 볼일을 보고 저녁이면 흩어지려고 이 수천 명의 사람들이 죄다 몰려들고, 움직이고, 왁자지껄 시끄러운 것이었다. 그들이 가고 나면 광장에는 마치 추억으로 남기라도 하듯 건초 조각과 여기저기 흘린 귀리, 견과류 등이 흩어져 나뒹군다. 사람들은 거대한 군중이 되어 무리 지어 교회로 가고 교회에서 나오고 있었다.

　교회 십자가는 태양만큼이나 눈부신 황금빛 광선을 발산하고 있었다. 반짝반짝 빛나는 십자가는 황금빛 불이 타오르는 것 같았다. 그 아래 교회의 꼭대기 부분도 같은 불꽃으로 타오르고 있었고 갓 칠한 녹색의 돔은 햇빛을 받아 반질반질 윤이 났으며, 반짝이는 십자가 너머로는 맑고 푸른 하늘이 멀리 펼쳐져 있었다. 나는 사람들로 붐비는 담장을 통과하여 교회 안으로 들어갔다. 미사가 시작된 지 얼마 안 된 시점이어서 내가 들어갔을 때는 아직 복음서를 읽는 중이었다. 교회 안은 낭독하는 소리와 향을 피우는 부사제의 발걸음 소리만 들릴 뿐 정적이 흘렀다. 사람들은 움직이지 않고 조용히 서서 열려 있는 거룩한 성단의 문을 경건하게 바라보며 길게 이어지는 낭독에 귀를 기울이고 있었다. 시골 마을의 의례, 아니 예법에 따르면 교회의 경건한 침묵을 깨는 온갖 행위는 엄격하게 박해받는다. 나는 교회에서 뭔가 웃거나 말을 하게 되는 상황이 발생하면 항상 민망해지는 것이었다. 불행히도, 내가 교회에서 지인을 만나지 않는 경우는 아주 드물었다. 내게는 지인이 너무나 많았던 까닭이다. 보통은 교회에 들어가자마자 어떤 '인텔리'가 내게 다가와 날씨에 관한 장황한 말을 필두로 자신의 근황과 사소한 일에 관해 이야기하기 시작하곤 했다. 나는 보통 '네', 혹은 '아니오'라고 대답했지만, 워낙 예민한 성격이라서 대화 상대방을 전적으로 무시할 수가 없었다. 그리고 기질이 세심한 탓에 치르는 대가도 만만치 않았다. 내가 쓸데없는 수다를 떨어서 기도 중인 옆 사람들을 불쾌하게 할까 봐

나는 대화를 하면서도 곤혹스러운 표정으로 실눈을 뜨고 그들을 살피곤 했던 것이다.

이번에도 낯익은 얼굴들을 피할 수가 없었다. 교회에 들어서자 바로 입구에 테네보로 오는 길에 만났던 나의 주인공, 그 '붉은 옷을 입은 아가씨'가 눈에 띄었다.

그 가엾은 처녀는 가재처럼 얼굴이 빨개져서 땀을 뻘뻘 흘리며 사람들 틈에 서서 구원해줄 사람을 애절하게 찾는 눈빛으로 모든 얼굴을 둘러보고 있었다. 그녀는 밀집한 군중 속에 갇혀 앞뒤로 움직일 수가 없었는데, 마치 움켜쥔 주먹에 갇힌 한 마리 새 같아 보였다. 나를 보자 그녀는 괴롭게 미소를 지으며 예쁜 턱을 까딱거렸다.

"세상에, 저를 앞으로 좀 데려다주세요!" 그녀가 내 소매를 잡고 말했다. "여긴 끔찍하게 답답하고… 비좁아요. 부탁이에요!"

"하지만 앞도 비좁긴 마찬가지예요!" 내가 말했다.

"하지만 거기는 다들 깨끗하게 차려입고 품위가 있잖아요. 여기는 평범한 사람들만 있어요. 게다가 우리는 앞쪽에 예약석이 있어요. 그리고 당신도 거기 있어야 하는걸요."

그러니까 그녀의 얼굴이 빨개진 것은 교회가 답답하고 사람들로 붐비기 때문이 아니었다. 그녀의 작은 머리는 서열주의라는 문제로 괴로웠던 것이다! 나는 그 허영심 강한 아가씨의 간청을 받들어 조심스럽게 사람들을 옆으로 밀면서 그녀를 설교단까지 데리고 갔다. 그곳에는 우리 현의 상류 사회 핵심 인사들이 이미 모두 모여 있었다. 올렌카를 그녀의 귀족적 요구에 합당한 자리에 앉힌 후 나는 그 상류층 뒤에 서서 그들을 관찰하기 시작했다.

신사, 숙녀들이 여느 때처럼 소곤거리며 킬킬대고 있었다. 치안 법원 판사인 칼리닌은 손가락으로 어떤 시늉을 하며 고개를 갸우뚱거리고는 지주인 데랴예프에게 자신의 병에 관해 낮은 목소리로 이야기했다. 데랴예프는 거의 들릴 정도로 의사들을 욕하며 판사에게 예프스트라트 이바니치라는 의사에게 가서 치료받으라고 조언했다. 올렌카를 본 숙녀들은 좋은 얘깃거리가 생겼다는 듯 그녀를 두고 자기들끼리 소곤거리기 시작했다. 한 젊은 여자만이 기도를 하고 있는 것 같았다. 그녀는 무릎을 꿇고 서서 검은 눈동자로 앞을 응시하며 입술을 움직였다. 그녀는 모자 아래로 머리카락이 흘러 내려와 창백한 관자놀이 위에 어지럽게 늘어져 있는 것을 눈치채지 못했다. 나와 올렌카가 자기 옆에 와서 멈춰 선 것도 눈치채지 못했다.

칼리닌 판사의 딸 나데즈다 니콜라예브나였다. 앞에서 내가 의사와 나 사이를 검은 고양이처럼 지나간 여자에 관해 말했을 때 그건 그녀를 말하는 것이었다. 나의 소중한 '실눈뜨기' 파벨 이바노비치처럼 천성이 착한 사람들만이 사랑할 수 있는 방식으로 의사는 그녀를 사랑했다. 지금 그는 옷 솔기에 손을 대고 목을 쭉 뻗은 채 기둥처럼 뻣뻣하게 그녀 옆에 서 있었다. 가끔씩 그는 그녀의 몰입한 얼굴에 사랑을 담은, 또 뭔가를 묻는 듯한 눈빛을 던지곤 했다. 마치 그녀의 기도를 감시하는 것만 같았다. 그리고 그의 눈에는 자신이 그녀의 기도 대상이었으면 하는 우울하고 열정적인 갈망이 빛나고 있었다. 그러나 안타깝게도, 그는 그녀가 누구를 위해 기도하고 있는지 알고 있었다. 그것은 그가 아니었다.

파벨 이바노비치가 나를 돌아다보자 나는 고갯짓을 했고, 우리 둘은 교회에서 나왔다.

"장터를 좀 돌아다니죠." 내가 제안했다.

우리는 담배에 불을 붙이고 상점들 쪽으로 향했다.

"나데즈다 니콜라예브나는 어떻게 지내요?" 나는 의사와 함께 장난감을 파는 천막 안으로 들어가면서 물었다.

"별일 없겠죠. 건강한 것 같아요." 연보라색 얼굴에 진홍색 군복을 입은 장난감 병정을 곁눈질하며 의사가 대답했다. "그녀는 당신에 관해 물었어요."

"나에 관해 뭘 물었다는 거죠?"

"뭐, 늘 묻는 그런…. 당신이 오랫동안 방문하지 않아서 화가 나 있어요. 당신을 만나서 왜 갑자기 그렇게 냉랭해졌는지 묻고 싶은가 보더군요. 거의 매일 갔었는데 그래 놓고는… 말도 안 되잖아요! 마치 절교한 것처럼…. 심지어 인사도 하지 않죠."

"그건 거짓말이에요, '실눈뜨기'. 사실 나는 시간이 없어서 칼리닌 가족을 방문하지 못하고 있는 거예요. 진짜, 정말이에요. 나와 그 가족의 관계는 예전과 달라진 게 없어요. 그들 중 누구라도 만나면 항상 인사한다고요."

"하지만 지난 목요일에 그녀의 아버지를 만났을 때 당신은 무슨 이유에선지 그의 인사에 답할 필요를 못 느꼈군요."

"나는 그 멍청한 판사가 싫습니다." 내가 말했다. "그래서 그의 얼굴을 차분하게 쳐다볼 수가 없어요. 하지만 그래도 고개를 숙

이고 손을 내밀어 악수할 힘은 남아 있습니다. 아마도 목요일에
는 그를 보지 못했거나 알아차리지 못했을 겁니다. 당신은 오늘
기분이 나쁘군요, '실눈뜨기' 씨, 그래서 나를 괴롭히는 거고….."

"난 당신을 좋아해요, 친구." 파벨 이바노비치는 한숨을 쉬었
다. "하지만 당신을 믿지 못하겠어요. '보지 못했다, 알아차리지
못했다'라고 나한테 변명하거나 설명할 필요는 없어요. 진실이 없
다면 그런 것들이 무슨 소용이 있겠어요? 당신은 착하고 훌륭한
사람이지만, 유감스럽게도 당신의 병든 뇌 속에는 어떤 비열한 속
임수라도 쓸 수 있는 작은 못이 튀어나와 있어요."

"정말 황송할 따름입니다."

"화내지 말아요, 친구. 내가 착각한 것이길 바랄 뿐이지만, 당
신은 약간 사이코패스 같아요. 당신은 때때로, 선한 본성의 의지
나 지향과는 달리, 당신을 괜찮은 사람으로 아는 모든 사람이 어
리둥절할 정도의 욕망과 행동을 표출합니다. 내가 알게 되어 영
광이었던 당신의 도덕적 원칙이 어떻게 그런 갑작스러운 충동, 끔
찍하게 혐오스러운 결과를 낳는 그런 충동과 공존할 수 있는지,
결국 비명을 지르며 혐오스러운 절정에 달하는 것을 만들어내는
지 놀랍다고요! 이건 어떤 짐승이죠?" 파벨 이바노비치는 갑자기
말투를 바꿔 상점 주인을 향해 물으면서 사람의 코와 갈기, 그리
고 등에 회색 줄무늬가 있는, 나무로 만든 짐승을 그의 눈앞에
들어 보였다.

"사자요." 가게 주인은 하품을 했다. "아니면 다른 어떤 생물일
수도 있고요. 내가 알 게 뭐요!"

우리는 장난감 노점에서 나와 장사가 한창인 포목상으로 갔다.

"이 장난감들은 아이들을 기만할 뿐입니다." 의사가 말했다. "동식물에 대한 아주 잘못된 개념을 갖게 해요. 예를 들어 저 사자는… 줄무늬가 있고 자주색에 빽빽 소리를 내죠. 어떤 사자가 빽빽대나요?"

"이것 봐요, '실눈뜨기'." 내가 말했다. "나한테 뭔가 말하고 싶은가 본데 차마 실행을 못 하는 것 같군요. 말을 해요. 나는 당신이 불쾌한 말을 할 때조차 당신 말을 듣는 게 좋습니다."

"그렇다면 기분 좋든, 불쾌하든, 아무튼 들으세요. 당신과 할 말이 많답니다."

"어서 해봐요. 귀를 쫑긋 세우고 듣고 있잖아요."

"당신이 사이코패스가 아닌지 의심된다고 이미 말했죠. 이제 그 증거를 들어야 하지 않을까요. 난 솔직하게 말할 거고, 가끔은 좀 거칠 수도 있을 거고… 내 말에 당신은 모욕을 느낄지도 모릅니다. 하지만 화내지는 말아요, 친구. 내가 당신을 어떻게 생각하는지 알잖아요. 나는 우리 지방의 다른 누구보다 당신을 좋아하고 존경해요. 당신에게 내가 말을 하는 건 비난하거나 단죄하려고 하는 것도 아니고, 상처를 주려는 것도 아니에요. 우리 둘 다 객관적으로 생각해 보자고요, 친구. 마치 간이나 위를 검사하듯이 냉철한 눈으로 당신의 정신을 검사해 봅시다."

"좋아요, 객관적으로 봅시다." 나는 동의했다.

"훌륭하군요. 그럼 칼리닌 가족과 당신의 관계부터 시작하죠. 기억을 더듬어 보면 당신이 축복받은 우리 지방에 도착한 직후

부터 칼리닌 가족을 방문하기 시작했다는 걸 알 수 있을 겁니다. 그들이 당신과 친분을 만들려고 했던 건 아니었어요. 처음부터 그 치안 판사는 당신의 거만한 모습과 냉소적인 말투, 그 난봉꾼 백작과의 우정 때문에 당신을 마음에 들어 하지 않았어요. 그러니까 당신이 직접 그들을 방문하지 않았다면 결코 그 집에 초대받지는 못했을 겁니다. 기억하나요? 당신은 나데즈다 니콜라예브나를 만나고서는 거의 매일같이 판사의 집에 가기 시작했습니다. 내가 그 집을 찾아갈 때마다 당신이 항상 거기 있었죠. 그들은 당신을 최대한 따뜻하게 환대했습니다. 그 사람들은 최선을 다해 당신에게 친절을 베풀었단 말입니다. 아버지와 어머니, 그리고 여동생들도요. 마치 가족처럼 당신에게 정이 들었죠. 그들은 당신을 환호했고 당신을 소중하게 여겼으며 당신의 사소한 농담에도 웃음을 터트렸습니다. 당신은 그들에게 지성과 고귀함, 그리고 신사의 모범이었습니다. 당신은 이 모든 것을 이해하고 매일, 심지어 교회 축제 전 청소하는 날과 북새통을 이루는 날에도 그들의 집에 가는 것으로, 그들의 정에 정으로 보답했습니다. 마지막으로, 당신이 나데즈다에게 불러일으킨 그 불행한 사랑을 당신은 모르지 않죠. 비밀이 아니잖아요? 그녀가 당신을 사랑하고 있다는 걸 알기 때문에 당신은 계속 다닌 거죠. 그런데 대체 뭐죠? 1년 전, 당신은 무슨 이유도 없이 갑자기 방문을 중단합니다. 그들은 일주일… 한 달… 오늘까지도 기다리고 있지만 당신은 나타나지 않아요. 그들은 당신에게 편지를 썼지만 당신은 답장하지 않습니다. 결국에는 인사조차 하지 않습니다. 예의를 그토록 중시하는 당신에게는 이러한 행동이 무례함의 극치로 보일 게 분명해요! 왜 그렇게 갑자기, 그리고 매섭게 칼리닌 가족에게 등을 돌렸나요? 그들이 기분을 상하게 했나요? 아니겠죠. 그들이 지겨워졌나요? 그렇다면 이렇게 모욕적이고 어떤 동기로도 설명되지 않을 만큼 매섭게 할 것이 아니라 서서히 멀어질 수도 있었을 겁니다."

"손님으로 가는 걸 중단했더니," 나는 히죽히죽 웃었다. "사이코패스로 전락해 버렸군요. 당신은 너무 순진해요, '실눈뜨기'! 친분을 한 번에 끊든, 서서히 끊든 똑같은 거 아닌가요? 한 번에 끊는 게 차라리 더 정직하고 덜 위선적이죠. 그렇지만 이 모든 건 얼마나 사소한 일인지요!"

"이 모든 것이 사소한 일이라고 해보죠. 또는 제삼자의 눈으로는 알 수 없는 이유로 인해 당신이 그렇게 갑자기 냉담해졌다고 해봅시다. 하지만 그 이후의 당신 행동은 어떻게 설명할 수 있을까요?"

"예를 들어서요?"

"예를 들어, 한 번은 당신이 우리 지방의회에 나타나죠. 그곳에 당신이 무슨 볼일이 있었는지는 모르겠지만, 의장이 왜 칼리닌 집에 더는 오지 않느냐고 물었을 때 당신은 이렇게 말했죠. 당신이 한 말을 기억해 봐요! '결혼하게 될까 봐 겁이 나서요!' 이게 당신 입에서 나온 말이라고요! 그것도 회의 중에 회의실에 있는 수백 명의 사람이 모두 다 들을 수 있도록 큰 소리로 분명히 말했단 말입니다! 멋지죠? 당신 말에 호응하며 사람들은 남편을 낚는 것을 주제로 웃음을 터트리고 외설스러운 농담을 했죠. 어떤 악당이 당신이 한 말을 날름 주워 삼켜서는 칼리닌 집으로 가서 점심을 먹으며 나데즈다에게 전해줬어요. 무엇 때문에 이런 모욕을 준 거죠, 세르게이 페트로비치?"

파벨 이바노비치는 내 앞을 가로막고 서서 거의 울 것 같은 애절한 눈빛으로 내 얼굴을 응시하며 계속 말했다.

"왜 그런 모욕을 주나요? 무엇 때문에? 이 착한 아가씨가 당신을 사랑하기 때문에? 아버지라면 다 그렇듯이 그녀의 아버지도 당신에 대해 어떤 의도가 있다고 해봅시다. 그는 아버지로서 당신과 나, 마르쿠진… 모두를 염두에 두고 있습니다. 모든 부모는 똑같습니다. 그녀가 당신에게 흠뻑 빠져서 당신 아내가 되기를 바랐다는 건 의심의 여지가 없습니다. 그래서 그렇게 큰 소리로 그녀의 뺨을 때린 겁니까? 이봐요, 이봐! 그런 의도를 야기한 건 당신이 아니었나요? 당신은 매일 그곳에 갔어요. 일반적인 손님이라면 그렇게 자주 방문하지 않습니다. 당신은 낮에는 그녀와 함께 낚시를 하고 저녁에는 정원을 산책하면서 질투심 때문에 테트-아-테트(단둘이서) 있었고요. 그녀가 당신을 사랑한다는 사실을 알게 되었지만 당신은 조금도 행동을 바꾸지 않았습니다. 일이 그렇게 되고 난 이후에 누가 당신의 선의를 의심할 수 있었을까요? 나는 당신이 그녀와 결혼할 거라고 믿었단 말이에요! 그런데 당신은… 당신은 불평하고 조롱했어요! 무엇 때문에? 그녀가 당신에게 무슨 짓을 했는데요?"

"고함치지 말아요, '실눈뜨기'. 사람들이 쳐다봐요." 나는 파벨 이바노비치의 옆을 지나치며 말했다. "이 이야기는 그만합시다.

이건 할망구들이나 하는 이야기예요. 딱 세 마디만 하고 끝내죠. 내가 칼리닌의 집에 간 건 심심하고 나데즈다에게 관심이 있어서였어요. 아주 재미있는 여자죠. 어쩌면 그녀와 결혼할 수도 있었지만, 당신이 나보다 먼저 그녀에게 연정을 품었다는 걸 알게 되고, 그녀에게 무심하지 않다는 것을 알게 되었기 때문에 물러서기로 한 거예요. 당신처럼 훌륭한 친구를 막아서는 건 내 입장에서는 잔인한 일이었어요."

"은혜를 베풀어 주시다니 메르시(고맙군요)! 나는 당신에게 그런 적선을 부탁하지 않았어요. 그런데 지금 당신 표정에서 알 수 있듯이 당신은 거짓말을 하고 있어요. 자기가 무슨 말을 하는지 생각하지 않고 허튼소리를 하는 거예요. 그리고 그다음으로, 내가 훌륭한 사람이라고 해서 당신이 마지막으로 찾아간 어느 땐가 정자에서 나데즈다에게 청혼을 하지 못한 것도 아니잖아요. 당신이 청혼했기 때문에 그 훌륭한 사람은 그녀와 결혼했다 하더라도 축복받지 못했을 겁니다."

"아이고, 이런! … 그 청혼 건은 어떻게 알게 된 거죠, '실눈뜨기'? 그런 비밀을 당신에게 이미 고백하기 시작했다면, 그 말은 당신의 상황이 나쁘지 않다는 거요! … 그런데도 당신은 분노로 얼굴이 하얗게 질려서 나를 때릴 기세군요. 그런데 조금 전에 우리는 객관적으로 보자고 약속했잖아요! 당신 정말 웃기는 거예요, '실눈뜨기'! 자자, 이런 말도 안 되는 소리는 집어치우죠. 우체국으로 갑시다."

우리는 우체국 지점으로 향했다. 작은 창문 세 개가 시장 광장으로 밝게 나 있는 곳이었다. 회색 울타리 틈새로 출납계 직원인 막심 표도로비치의 알록달록한 화단이 보였다. 그는 우리 현에 서 꽃밭과 모종, 잔디 등 조경 분야의 전문가로 유명한 사람이다.

막심 표도로비치는 매우 즐겁게 일하고 있었다. 그는 상기된 얼굴로 흡족하게 미소를 지으면서 녹색 자기 책상에 앉아 책처럼 두꺼운 100루블짜리 지폐 다발을 세고 있었다. 다른 사람들의 돈을 보는 것만으로도 기분이 좋아지는 모양이었다.

"안녕하세요, 막심 표도로비치." 내가 인사를 건넸다. "그 돈다 발은 어디서 난 겁니까?"

"아, 이건 상트 페테르부르크로 보내는 겁니다!" 그는 정답게 웃으며 턱으로 구석을 가리켰다. 거기 있는 우체국의 유일한 의자에 시커먼 인물이 앉아 있었다. 이 인물은 나를 보더니 일어나서 내게 다가왔다. 나는 그 인물이 내가 백작의 집에서 술에 취해서 몹시 기분을 상하게 했던 새로운 지인, 새로운 적이라는 것을 알아차렸다.

"안녕하세요." 그가 말했다.

"안녕하세요, 카에탄 카지미로비치." 나는 그의 내민 손을 보지 못한 척하며 대답했다. "백작은 건강하죠?"

"다행히도…. 조금 심심해할 뿐입니다. 시시각각 당신이 오기를 기다리고 있습니다."

프셰호츠키의 얼굴에서 나는 그가 나와 대화하고 싶어 한다는 것을 읽을 수 있었다. 그날 저녁 내가 그를 '돼지'라고 불렀는데도 어떻게 그러고 싶을 수가 있을까? 그리고 그의 태도는 왜 이렇게 변했을까?

"정말 돈이 많군요!" 나는 그렇게 말하며 그가 보내려고 준비한 지폐 뭉치를 봤다.

그러자 마치 누군가에게 머리를 얻어맞은 것만 같았다! 그 지폐 중 하나의 가장자리가 타서 모서리가 완전히 그을려 있었던 것이다. 그것은 내가 집시들에게 준 돈을 백작이 받지 않겠다고 했을 때 촛불에 태우고 싶어 했던, 그리고 내가 바닥에 던졌을 때 프셰호츠키가 주웠던 바로 그 100루블짜리 지폐였다.

"불에 태우느니," 그때 그는 말했었다. "차라리 내가 가난한 사람에게 주는 게 낫죠."

지금 그는 대체 어떤 '가난한 사람'에게 돈을 보낸 걸까?

"7천 5백 루블." 막심 표도로비치는 한참 동안 숫자를 셌다. "정확히 맞습니다!"

다른 사람의 비밀을 캐내는 것은 어색한 일이다. 그러나 나는 새까만 눈썹의 그 폴란드인이 페테르부르크에 보내는 돈이 누구의 돈이며 누구에게 보내는 건지 알고 싶었다. 어쨌든 그 돈은 그의 것이 아니었고 백작은 그 돈을 보낼 사람이 없었다.

'술 취한 백작을 털었군.' 나는 생각했다. '귀먹고 멍청한 올빼미가 백작을 털 수 있다면 이 거위가 그의 주머니를 슬쩍하는 데 무슨 문제가 있을까?'

"아… 이왕 온 김에, 나도 돈을 좀 보낼게요." 파벨 이바노비치가 문득 생각난 듯 말했다. "신사 여러분, 그거 아세요? 절대 못 믿을걸요. 15루블이면 다섯 가지 물건을 소포로 받을 수 있어요! 망원경, 천문 및 항해용 정밀 시계, 달력, 그리고 다른 것들까지요. 막심 표도로비치, 종이 한 장과 봉투 좀 빌려주세요."

'실눈뜨기'는 15루블을 보냈고, 나는 서류와 편지를 받아 들고 우체국을 나왔다.

우리는 교회로 향했다. '실눈뜨기'는 가을날처럼 창백하고 침울한 얼굴로 내 뒤를 따라 걸었다. 기대와는 달리, 그는 '객관적'으로 보이려고 노력했던 대화 때문에 심하게 괴로웠던 것이다.

교회에서는 종소리가 울려 퍼졌다. 끝이 보이지 않을 것같이 빽빽한 사람들의 무리가 현관 계단에서 천천히 내려오고 있었다. 군중들 사이로 십자가 행렬을 이끄는 낡은 깃발과 어두운 십자가가 높이 솟아 있었다. 태양이 사제들의 예복 위에서 즐겁게 노닐었고 성모 마리아의 성상은 눈부신 광선을 내뿜고 있었다.

"저기 우리 사람들도 있군요!" 의사가 말했다. 의사가 군중에서 떨어져 한쪽 옆에 서 있는 우리 현의 상류층 사람들을 가리키며 말했다.

"우리가 아니라 당신들이죠." 나는 말했다.

"다 똑같아요. 저들 쪽으로 갑시다."

나는 지인들에게 다가가서 인사하기 시작했다. 키가 크고 어깨가 넓으며 가재처럼 눈이 툭 튀어나온 회색 수염의 칼리닌 치안판사가 제일 앞에 서서 딸의 귀에 무언가를 속삭이고 있었다. 그는 나를 알아보지 못한 척 자기 쪽을 향해 '전체적으로' 하는 내 인사에 전혀 반응하지 않았다.

"가보렴, 천사 같은 우리 딸." 그는 울음 섞인 목소리로 딸의 창백한 이마에 입 맞추며 말했다. "혼자 집에 가거라. 저녁에는 돌아갈 거야. 볼일이 그리 오래 걸리지는 않을 거다."

그는 딸에게 다시 한번 입맞춤하고 상류층 사람들에게 다정하게 미소를 짓고는 발뒤꿈치를 축으로 해서 날카롭게 뒤로 돌더니 인상을 잔뜩 쓴 채 뒤에 서 있던 명찰을 단 마을 공무원을 향했다.

"마차가 곧 오나?" 그가 쉰 목소리로 말했다.

공무원은 몸을 떨며 손을 흔들었다.

"조심해!"

십자가 행렬을 따라가던 군중이 옆으로 흩어지자 치안 판사의 말들이 방울 소리를 울리며 칼리닌을 향해 달려왔다. 그는 말에 올라앉아서 정중하게 고개를 숙이며 사람들에게 '조심하라고' 주의를 준 뒤 내게는 눈길 한 번 주지 않고 시야에서 사라졌다.

"정말 위풍당당한 돼지네요!" 나는 의사의 귀에 대고 속삭였다. "여기서 나가죠!"

"정말 나데즈다 니콜라예브나와 얘기하고 싶지 않아요?" 파벨 이바노비치가 물었다.

"난 집에 가야 하는걸요. 시간이 없어요."

의사는 화난 표정으로 나를 보고는 한숨을 쉬고 가버렸다. 나는 두루두루 인사를 하고 노점들 쪽으로 향했다. 빽빽한 군중을 헤치고 지나가면서 나는 치안 판사의 딸을 돌아다봤다. 그녀의 시선은 내 뒤를 좇고 있었는데, 마치 비통한 원한과 비난으로 가득 차서 자기의 깨끗하고 날카로운 시선을 내가 견딜 수 있는지 없는지 시험해 보는 것 같았다.

'무엇 때문인가요?' 그녀의 눈은 그렇게 말하고 있었다.

내 가슴속에서 뭔가가 꿈틀거렸고 나는 내 어리석은 행동이 고통스럽고 부끄러웠다. 갑자기 나는 돌아가서 아직 타락하지 않은 연약한 내 영혼의 모든 힘을 다해서 그녀에게 말하고 싶었다. 나를 사랑한, 그리고 내가 모욕했던 그녀를 어루만지고 포옹하면서, 나를 탓하지 말라고, 나를 숨 쉬고 살고 움직이도록 하지 못하는 내 저주받은 자존심을 탓하라고 말하고 싶었다. 어리석고 겉만 번지르르한, 허영심에 가득 찬 자존심 말이다. 내 일거수일투족을 우리 현의 수다쟁이들과 '사악한 노파들'이 지켜보고 있는 것을 알고, 또 목도하고 있을 때 나처럼 얄팍한 사람이 화해의 손길을 내밀 수 있을까? 나는 '고집 센' 내 성격을, 그리고 어리석은 여자들이 그토록 좋아하는 내 자존심을 포기하느니 차라리 그녀가 그들의 조롱하는 시선과 비웃음을 받도록 놔두는 쪽을 택하는 인간이다.

앞에서 파벨 이바노비치에게 내가 칼리닌 가족을 방문하던 걸 갑자기 그만둔 이유를 말하면서 나는 전혀 솔직하지 않았고 정확하게 말하지 않았다. 나는 진짜 이유를 숨겼다. 그 사소함이 부끄러워서 숨겼다. 그 이유는 콩알만큼이나 작았던 것이다. 다음이 그 이유다. 마지막으로 그 집을 방문한 날 마부에게 조리카를 넘겨주고 칼리닌의 집으로 들어가고 있던 내 귀에 말소리가 들렸다.

"나데즈다, 어디 있니? 네 약혼자가 왔어!"

그것은 그녀의 아버지인 치안 판사가 한 말이었는데, 그는 아마 내가 들을 수 있으리라고는 생각하지 않았을 것이다. 하지만 그 말을 듣자 나의 자기애가 발동했다.

'내가 약혼자라고?' 나는 생각했다. '도대체 누가 나를 약혼자라고 부르도록 허락했지? 무슨 근거로?'

마치 내 가슴속에서 뭔가가 터지는 것 같았다. 자존심이 솟아올라서 나는 칼리닌의 집으로 가는 길에 기억했던 모든 것을 잊어버렸다. 나는 그녀에게 매료되었고 그녀 없이는 저녁을 보낼 수 없을 정도로 그녀와 함께하기 시작했다는 것을 잊어버렸다. 나는 밤낮으로 내 머릿속을 떠나지 않는 그녀의 사랑스러운 눈동자, 그녀의 친절한 미소, 감미로운 목소리도 잊었다. 나는 나나 그녀에게 다시는 반복되지 않을 조용한 여름 저녁을 잊었다. 악마의 자존심에 압박받아 모든 것이 무너졌고 바보 같은 아버지의 어리석은 말이 그 자극제였다. 분노한 나는 그 집에서 뛰쳐나와 조리카를 올라타고 내 허락 없이 감히 나를 그의 딸과 약혼시킨 칼리닌의 '코를 납작하게' 해주겠다고 맹세하면서 질주했다.

'게다가, 보즈네센스키가 그녀를 사랑하고 있잖아.' 집으로 돌아가면서 나는 갑자기 떠난 것을 정당화했다. '그는 나보다 먼저 그녀 주변을 빙빙 돌기 시작했고 내가 그녀를 처음 만났을 때 이미 약혼자로 간주되고 있었어. 내가 그의 앞길을 막지는 않을 거야!'

그 후로 나는 나데즈다가 그리워서 괴롭고 영혼이 너덜너덜해지는 순간들이 있었지만 다시는 칼리닌의 집에 가지 않았고 과거를 새로이 하기 위해 매진했다. 그런데 우리 현 전체가 그런 절연을 알고 있었고 내가 '결혼하지 않으려고 도망쳤다'는 것을 알고 있었다. 내 자존심을 무너뜨릴 수는 없는 일이었다!

누가 알겠는가? 칼리닌이 그런 말을 하지 않았다면, 그리고 내가 그렇게 어리석게 자존심을 내세우며 예민하게 굴지 않았다면, 나는 뒤돌아볼 필요가 없었을 것이고, 그녀가 그런 눈으로 나를 바라볼 필요도 없었을 것이다. 그러나 테네보에서 봤던 그 눈, 그리고 그 원한과 비난의 감정이 그로부터 몇 달 후 그 눈에서 내가 본 것보다는 더 나았으니! 그 검은 눈동자 깊은 곳에서 막 번뜩였던 그 괴로움은 갑자기 돌진한 기차처럼 그녀를 이 땅에서 쓸어버린 그 끔찍한 불행의 시작에 불과했다. 그녀는 그 연약한 몸과 우울한 영혼에 끔찍한 독을 퍼트릴 만큼 다 익어 버린 열매 앞에 있는 작은 꽃이었던 것이다!

5

테네보를 떠나서 나는 아침에 걸었던 그 길을 다시 걸었다. 해는 이미 정오를 가리키고 있었다. 농부들의 수레와 지주들의 마차가 아침과 마찬가지로 삐걱거리는 소리와 금속성 방울 소리로 내 귀를 간지럽혔다. 정원사 프란츠가 보드카 통을 싣고 다시 지나갔는데 이번에는 통이 가득 차 있는 듯했다. 그는 또다시 시린 눈빛으로 나를 힐끗 보고는 거수경례를 했다. 나는 그의 역겨운 얼굴에 기분이 상했지만, 이번에는 큼직한 마차를 타고 나를 따라잡은 산림 관리인의 딸 올렌카가 등장하여 그와 만나 생긴 불쾌한 인상을 단숨에 날려버렸다.

"나를 태워줘요!" 나는 그녀에게 소리쳤다.

그녀는 즐겁게 고개를 끄덕이며 마차를 세웠다. 나는 그녀 옆에 앉았고 마차는 테네보 숲을 가로지르는 눈부시게 밝은 길을 따라 덜컹거리며 3km쯤 달려갔다. 우리는 2분 정도 말없이 서로를 응시했다.

'정말 예쁘군!' 나는 그녀의 가녀린 목과 통통한 턱을 보며 생각했다. '나데즈다와 둘 중 한 명을 선택해야 한다면 이쪽을 선택할 거야. 이쪽이 더 자연스럽고 생기 있고 천성이 활달하고 자유분방해. 좋은 사람을 만나면 많을 걸 할 수 있을 거야! 반면 저쪽은 우울하고 몽환적인데… 지적이지.'

올렌카의 발밑에는 리넨 두 장과 꾸러미 몇 개가 놓여 있었다.

"많은 걸 샀네요!" 내가 말했다. 리넨이 왜 이렇게 많이 필요하죠?"

"아직은 이 정도로 필요하지는 않죠!" 올렌카가 대답했다. "그래도 이만큼 사긴 했어요. 얼마나 정신없이 뛰어다녔는지 당신은 상상도 못 할 거예요! 오늘 한 시간 내내 장터를 돌아다녔는데 내일은 시내로 가서 쇼핑해야 할 것 같아요. 그리고 바느질도 해야 하고…. 혹시 아는 사람 중에 바느질 좀 해줄 수 있는 사람 있나요?"

"없는 것 같은데요. 그런데 왜 그렇게 많은 걸 사야 해요? 왜 바느질을 하죠? 식구가 많지도 않은데…. 한 손에 셀 정도잖아요."

"당신들 남자들은 죄다 정말 이상해요! 아무것도 이해를 못 한다고요! 봐요, 결혼했는데 당신 아내가 식을 올리고 나서 당신한테 보기 흉한 모습으로 오면 화가 날 거잖아요. 표트르 예고리치가 궁핍하지 않다는 건 알지만, 그래도 내가 처음부터 안주인처럼 보이지 않으면 부끄러울 거예요."

"표트르 예고리치가 대체 무슨 상관이죠?"

"음… 꼭 모르는 것처럼 웃고 있네요!" 올렌카는 얼굴이 약간 빨개지며 말했다.

"수수께끼 같은 말을 하는군요, 아가씨."

"정말 못 들었어요? 나, 표트르 예고리치와 결혼할 거예요."

"결혼한다고?" 나는 놀라서 눈을 크게 뜨고 물었다. "어떤 표트르 예고리치 말이에요?"

"하, 세상에! 그야… 우르베닌이죠!"

나는 웃고 있는 그녀의 빨개진 얼굴을 봤다.

"당신이… 결혼한다고? 우르베닌과? 농담을 아주 좋아하는군요!"

"농담이 아니에요. 뭐가 농담이라는 건지 모르겠네요."

"당신이 결혼한다고… 우르베닌과…." 나는 스스로도 이유를 모른 채 창백해져서 중얼거렸다. "그게 농담이 아니라면, 대체 뭐라는 거죠?"

"농담은 무슨! … 뭐가 그렇게 놀랍고 이상한지 모르겠군요." 올렌카가 입술을 내밀며 말했다.

침묵 속에 1분이 흘렀다. 나는 이 아름다운 아가씨를, 거의 어린아이 같은 그녀의 젊은 얼굴을 쳐다봤다. 그리고 그녀가 어떻게 그런 끔찍한 농담을 할 수 있는지 놀랐다. 곧바로 나는 늙고 뚱뚱한, 붉은 얼굴의 우르베닌이, 그 튀어나온 귀와 거친 손의 소유자가 그녀 옆에 있는 모습이 그려졌다. 그 손이 닿으면 이제 막 인생을 시작하는 젊은 여자의 몸은 생채기만 입을 것이다. 번개가 번쩍이고 천둥이 몰아치던 날 낭만적인 눈빛으로 하늘을 바라볼 줄 아는 이 예쁜 숲의 요정이 그런 그림을 생각하면서 어찌 무섭지 않을 수 있단 말인가? 나야말로 정말 무서웠다!

"사실, 그는 조금 늙긴 했죠." 올렌카는 한숨을 쉬었다. "하지만 대신 그는 나를 사랑해요. 그의 사랑은 믿음이 가요."

"이건 믿음의 문제가 아니라 행복의 문제예요."

"난 그와 함께 행복할 거예요. 그는 재산이 있어요. 감사한 일이죠. 그는 거지도, 가난한 사람도 아니고 상류층이에요. 물론 그를 사랑하는 건 아니지만 사랑으로 결혼하는 사람들만 행복한가요? 사랑해서 하는 그런 결혼이 뭔지 난 알고 있다고요!"

"이봐요," 나는 그녀의 반짝이는 눈을 끔찍한 심정으로 바라보며 물었다. "언제부터 당신의 불쌍한 머릿속이 그런 끔찍한 세속의 지혜로 채워진 거죠? 나한테 농담한다고 칠게요. 하지만, 그렇게 케케묵고 조잡한 농담을 어디서 배운 거죠? … 어디서? 언제?"

올렌카는 놀란 표정으로 나를 보고 어깨를 으쓱했다.

"무슨 말을 하는지 모르겠네요." 그녀가 말했다. "젊은 여자가 늙은이와 결혼하는 게 불쾌한가요? 그래요?"

올렌카는 갑자기 얼굴을 붉히며 턱을 신경질적으로 움직이더니 내 대답을 기다리지 않고 재빨리 말했다.

"마음에 들지 않는다고요? 그럼 당신이 한번 직접 숲속으로 들어가 봐요. 황조롱이들과 미친 아버지 말고는 아무도 없는 그 지루한 곳에서… 젊은 약혼자가 오기를 기다리라고요! 당신은 그날 저녁 그곳이 좋았겠지만, 겨울에 한번 봤어야 해요. 그때는 죽음이 곧 오리라는 사실에… 기쁠걸요."

"아, 이 모든 건 어리석어요, 올렌카. 이 모든 건 너무 미성숙하고 멍청한 짓이라고요! 농담이 아니라면… 난 정말 무슨 말을 해야 할지 모르겠군요! 아무 말도 하지 말고, 그 작은 혀로 공기를 더럽히지 말아요! 내가 당신이라면 저 사시나무에 목을 매달아 죽어버릴 텐데 당신은 리넨을 사고… 웃고 있다니! 아아!"

"적어도, 그는 자기 돈으로 아빠를 치료해 줄 거예요." 그녀는 작은 소리로 말했다.

"아버지 치료비가 얼마나 필요한데요?" 내가 소리쳤다. "내 돈을 가져가요! 100루블? … 200? … 1000? 당신은 거짓말을 하고 있어요, 올렌카! 아버지의 치료가 필요한 게 아니잖아요!"

올렌카가 말해준 그 소식에 너무 흥분한 나머지 나는 우리의 마차가 백작의 마당으로 들어가서 관리인의 집 현관 앞에 멈춘 것을 알아채지 못했다. 올렌카를 내려주려고 달려온 우르베닌과 뛰어나오는 아이들의 웃는 얼굴을 보고서 나는 마차에서 뛰어내려 작별 인사도 하지 않고 백작의 집으로 뛰어 들어갔다. 새로운 소식이 여기서 나를 기다리고 있었다.

"딱 맞춰 왔군그래! 딱 맞춰 왔어!" 백작은 나를 맞이하며 길고 뾰족한 콧수염으로 내 뺨을 긁었다. "이보다 더 마침맞게 올 수는 없었을 거야! 우리는 방금 오찬을 하려고 자리에 앉은 참이네. 자네가, 물론, 아는 분들일 거야. 법원에서 한 번 이상은 만났겠지. 하하!"

백작은 푹신한 안락의자에 앉아 차가운 혀 요리를 먹고 있던 두 사람을 양손으로 가리켰다. 그들 중 한 명이 치안 판사 칼리닌이라는 걸 알아보자 내 마음은 불편했다. 다른 한 명은 머리가 커다란 달 모양으로 벗겨진 백발의 작은 노인이었는데 그는 우리 현의 상임 위원회 위원인 부유한 지주 바바예프였다. 인사를 한 후 나는 놀란 눈빛으로 칼리닌을 바라봤다. 그가 얼마나 백작을 싫어하는지, 그리고 지금 10년 된 술을 마시며 완두콩을 곁들인 혀 요리를 그토록 맛있게 먹고 있는 사람에 대해 그가 어떤 소문을 퍼뜨렸는지 나는 알고 있었던 것이다. 점잖은 사람이라면 이 방문을 어떻게 설명할 수 있단 말인가? 치안 판사는 내 시선을 느끼면서 아마도 그 의미를 짐작했을 것이다.

"나는 오늘 여러 곳을 방문하는 데 하루를 다 바쳤습니다." 그가 내게 말했다. "우리 현 전역을 돌아다니고 있답니다. 그리고 보다시피 영주님 댁에도…"

일리야가 네 번째 음식을 가져왔다. 나는 앉아서 보드카를 한 잔 마시고 식사를 하기 시작했다.

"좋지 않습니다, 백작님. 좋지 않아요!" 칼리닌은 내가 도착함으로써 중단됐던 대화를 이어갔다. "우리같이 미미한 사람들에게는 죄가 아니지만 당신은 유명 인사이고, 부유하고 훌륭한 사람이잖아요. 당신이 할 일을 소홀히 하는 것은 죄악입니다."

"죄악인 건 맞습니다." 바바예프도 동의했다.

"대체 무슨 일이죠?" 내가 물었다.

"니콜라이 이그나티예비치가 내게 좋은 구상을 들려줬어." 백작이 치안 판사를 향해 고개를 끄덕였다. "그가 우리 집에 와서… 점심을 먹으러 자리에 앉으면 나는 그에게 따분하다고 불평하지."

"사람들도 내게 지루하다고 불평합니다." 칼리닌이 백작의 말을 가로막았다. "따분하고, 비참하고… 이러쿵저러쿵…. 한마디로 절망스럽다고. 일종의 오네긴[12]이죠. 다 자기 책임이라고 저는

---

[12] 푸쉬킨의 <예브게니 오네긴>(1831)에 나오는 주인공으로서 이후 러시아 문학에서 사회에 환멸을 느끼고 소외된 잉여 인간의 원형이 된다

말합니다, 백작님. 어떻게 그렇냐고요? 아주 간단하죠. 지루하지 않으려면 일을 하고 농사를 지으면 됩니다. 농사는 훌륭하고 멋진 일이죠. 사람들은 농사를 지을 의향이 있지만, 그래도 따분하다고들 하죠. 말하자면 그들에게는 짜릿하고 신나는 요소가 없는 겁니다. 그런… 어… 뭐라고 해야 할까…. 힘찬 느낌이 부족한 거죠.”

“그래서, 어떤 생각을 제공한 겁니까?”

“사실, 내가 무슨 생각을 제공한 건 아니오. 다만 백작을 질책하고 싶었소. 젊고 교육도 많이 받고 똑똑한 백작이 어떻게 이렇게 은둔 생활을 할 수 있단 말이오? 과연 그게 죄가 아닐까요? 백작은 아무 데도 나가지 않고 어떤 손님도 맞지 않고 노인이나 은둔자처럼 지내잖아요. 집에서 모임을… 그러니까 주례 사교회를 열면 얼마나 가치 있겠어요?”

“그런 사교회가 백작에게 왜 필요하죠?” 내가 물었다.

“왜냐니요? 첫째, 집에서 저녁 모임을 하면 백작은 지역 사회를 잘 알게 될 겁니다. 말하자면 배우게 되겠죠. 둘째, 우리 사회도 가장 부유한 지주 중 한 명을 더 가까이 알고 지내는 영광을 누리게 될 겁니다. 그러니까 상호 간에 생각을 교환하고 대화하면서 즐거운 시간을 갖는 거죠. 생각해 보면, 우리에게는 수많은 교양 있는 숙녀들과 기사들이 있잖아요! … 음악이 흐르는 어떤 밤과 춤, 그리고 피크닉이 제공될지… 한번만 판단해 보세요! 홀은 엄청나게 크고 정원에는 정자가 있고… 또 다른 것들도…. 이 지방에서는 꿈도 꾸지 못했던 아마추어 연극과 콘서트가 열릴 수 있습니다. 세상에! 스스로 판단해 보세요! … 지금은 이 모든 것이 거의 사라지고 묻히고 말았어요. 하지만 그렇게 되면… 이해만 하면 됩니다! 내게 백작 같은 재산이 있다면 어떻게 살아야 하는지를 보여줬을 거예요! 그런데 그들은 말하죠, 따분하다고! 이런, 세상에… 듣기만 해도 웃기는군요. 부끄럽기까지 합니다."

그러고서 칼리닌은 정말로 부끄러움을 느끼는 모습을 보여주고자 눈을 깜박였다.

"정말 온당한 말이에요." 백작이 일어나서 주머니에 손을 집어넣으며 말했다. "우리 집에서는 멋진 저녁 모임이 이루어질 수 있어요. 콘서트, 아마추어 연극… 이 모든 것들을 정말 멋지게 준비할 수 있죠. 게다가 이런 저녁 파티는 사회를 즐겁게 할 뿐만 아니라 교육적인 효과도 있을 겁니다! 그렇지 않나요?"

"그래, 맞네." 나는 동의했다. "우리의 젊은 숙녀들은 콧수염이 난 자네 얼굴을 보면 그 즉시 문명의 정신에 빠져들겠지."

"자네는 계속 농담만 하는군, 세료자." 백작이 짜증을 냈다. "게다가 자네는 내게 친절하게 조언해 준 적이 한 번도 없어! 자네에겐 모든 게 다 우스워! 이제 그 학생 같은 습관은 버릴 때라고, 친구!"

백작은 이 구석 저 구석 돌아다니며 자기의 저녁 파티가 인류에게 줄 수 있는 혜택을 길고 지루하게 가정하며 내게 설명하기 시작했다. 음악, 문학, 연극, 승마, 사냥. 사냥만으로도 지역 최고의 엘리트들을 다 모을 수 있다는 것이다!

"다음에 다시 이 얘기를 합시다!" 백작은 오찬을 마치고 칼리닌과 작별 인사를 하며 말했다.

"그럼, 백작님도 우리 지역에 희망을 거시는 겁니까?" 치안 판사가 물었다.

"물론이죠, 물론이에요. 내가 이 구상을 발전시켜 보겠습니다. 기쁘군요. 아주 기쁘다고 할 정도로…. 모두에게 그렇게 말해주세요."

치안 판사가 마차에 올라 "가자!"라고 말할 때 그의 얼굴에 새겨진 그 행복을 봤어야 한다. 그는 너무 기쁜 나머지 자기와 나 사이의 불화도 잊고 헤어지면서 나를 '친구'라고 부르며 굳게 내 손을 잡았다.

손님들이 떠난 후 백작과 나는 식탁에 앉아 식사를 계속했다. 우리는 점심 식사를 저녁 7시까지 계속했는데, 식탁에서 그릇이 치워지고 저녁이 제공되었다. 젊은 주정뱅이들은 식사 사이의 긴 시간을 단축하는 데 능숙하다. 우리는 술을 마시면서 한 번씩 작은 안주를 먹었기 때문에 식사를 아예 포기했다면 잃어버렸을 수도 있었던 식욕을 유지할 수 있었다.

"자네 오늘 누군가에게 돈을 보냈나?" 나는 아침에 테네보 우체국에서 본 100루블 지폐 다발이 생각나서 백작에게 물었다.

"아니."

"말해보게, 자네의 그… 이름이 뭐지? … 새 친구 말이야, 카지미르 카에타니치인지 아니면 카에탄 카지미로비치인지 하는 그 작자는 부자인가?"

"아니야, 세료자. 그는 가난해! … 하지만 대신에 얼마나 아름다운 영혼과 마음의 소유자인지 몰라! 자네는 공연히 그에 관해 경멸적으로 말하고… 그를 공격하고 있는 거야. 사람을 분별하는 법을 좀 배우라고, 동생! 한 잔 더 할까?"

저녁 먹을 때쯤 프셰호츠키가 돌아왔다. 그는 식탁에 앉아 술을 마시는 나를 보자 얼굴을 찡그리고는 우리 식탁 주위를 맴돌다가 자기 방으로 물러가는 것이 좋겠다고 생각했다. 그는 두통을 이유로 저녁 식사를 거절했지만, 백작이 방에서 침대에 앉아 저녁을 먹으라고 권하자 아무런 반대도 하지 않았다.

두 번째 요리를 먹고 있는데 우르베닌이 들어왔다. 나는 그를 거의 알아보지 못했다. 그의 붉고 넓적한 얼굴은 즐거움으로 빛나고 있었다. 그 만족스러운 미소는 심지어 그의 튀어나온 귀와 멋진 새 넥타이를 계속해서 바로잡는 두꺼운 손가락에도 퍼져 있는 것 같았다.

"소 한 마리가 병이 났습니다, 백작님." 그가 보고했다. "수의사를 불렀는데 나가고 없는 듯합니다. 시내의 수의사를 부르러 보낼까요? 제가 보내면 말을 듣지도 않고 오지도 않을 테지만, 백작님이 서신을 쓰시면 얘기가 또 다를 겁니다. 소는 별것 아닌 병일 수도 있고 다른 문제일 수도 있습니다."

"알겠네, 내가 편지를 쓰지." 백작이 중얼거렸다.

"축하합니다, 표트르 예고리치." 일어나서 관리인에게 손을 내밀며 내가 말했다.

"무슨 말씀인지?" 그가 낮은 소리로 말했다.

"결혼하잖아요!"

"그래, 그래, 상상해 보게, 결혼하지!" 백작이 얼굴을 붉히는 우르베닌에게 윙크하며 말했다. "어떻게 생각해? 하하하! 말 한마디 없다가 갑자기 우리를 깜짝 놀라게 했어! 게다가 누구와 결혼하는지 알아? 자네와 내가 그날 저녁에 짐작했었잖아! 표트르 예고리치, 우리는 그때 벌써 당신의 도깨비 같은 마음속에 뭔가 이상한 게 있다고 생각했어. 당신과 올렌카를 보고는 그가 '봐, 사랑에 빠진 거야!'라고 말했다고. 하하! 앉아서 우리와 함께 저녁을 먹어요, 표트르 예고리치!"

우르베닌은 조심스럽고 정중하게 자리에 앉아서 눈으로 일리야를 불렀고 그에게 수프를 가져다 달라고 지시했다. 나는 그에게 보드카 한 잔을 따라주었다.

"술은 안 마십니다." 그가 말했다.

"말도 안 돼, 우리보다 더 많이 마시잖아요!"

"마셨지만 지금은 더 이상 마시지 않습니다." 관리인이 웃으며 말했다. "지금은 마시면 안 되죠. 그럴 이유도 없고…. 다행히도 모든 일이 잘 풀렸고 마음속으로 바랐던 대로, 심지어 제가 예상할 수 있었던 것보다 훨씬 좋은 상황이 됐어요."

"그럼 축하를 위해 이거라도 마시지요." 내가 그에게 셰리 주를 따라주면서 말했다.

"그럼, 이건 마시죠. 사실 술을 많이 마셨어요. 이제는 백작님 앞에서 고백할 수 있습니다. 아침부터 밤까지 마시곤 했어요. 아침에 일어나면 바로 그게 떠올랐죠. 그래서, 자연히, 곧장 찬장으로 향했고요. 지금은 감사하게도 보드카에 빠질 일이 없습니다."

우르베닌은 셰리 주 한 잔을 다 마셨다. 나는 그에게 한 잔을 더 따라주었다. 그는 그것도 다 마셨고 그러자 알아보기 힘들긴 했지만 취기가 돌았다.

"믿어지지도 않아요." 그는 갑자기 행복한 어린아이처럼 웃으며 말했다. "이 반지를 보니 그녀가 승낙하며 했던 말이 기억나는데 아직도 믿기지 않습니다. 우스울 정도죠. 정말로, 제 나이에, 이런 외모로 이 반듯한 처자가 제… 어미 없는 제 아이들의 어머니가 되는 것을 거부하지 않을 거라고 어떻게 바랄 수 있었겠어요? 정말이지 그녀는 미인이고, 직접 보셨듯이, 땅에 내려온 천사예요! 기적이라고밖에는 뭐라고 하겠어요! 셰리 주를 또 따라주신 건가요? … 아이고, 이게 정말 마지막이에요. 괴로워서 술을 마셨는데, 이제 기쁘게 마시겠습니다. 얼마나 괴로웠는지, 얼마나 많은 고통을 견뎌냈는지! 1년 전에 그녀를 처음 만났는데 — 믿어지나요? — 그 이후로 저는 하룻밤도 편히 잠들지 못했고, 어리석고 약하게도… 하루도 보드카를 들이붓지 않은 날이 없었어요. 제 어리석음을 자책하면서 말이죠. 창문 너머로 그녀를 바라보며 감탄하다가… 머리카락을 쥐어뜯곤 했었죠. 목매 죽어버렸을지도 몰라요. 하지만 감사하게도… 기회를 잡아서 청혼했는데, 있잖아요, 딱 기절하는 줄 알았지 뭐예요! 하하! 제 귀를 믿을 수가 없었어요. 그녀가 '그럴게요'라고 말하는데 전 '지옥으로나 가버려, 이 늙은이야!'라고 하는 것 같더군요. 나중에 그녀가 제게 키스했을 때 믿게 됐죠."

쉰 살의 우르베닌은 매혹적인 올렌카와 처음 키스했을 때를 회상하면서 눈을 감고 소년처럼 얼굴을 붉혔다. 나는 역겨웠다.

"신사분들," 행복하고 부드러운 눈빛으로 우리를 바라보며 그가 말했다. "무엇 때문에 결혼하지 않으세요? 왜 자신들의 인생을 허비하고 던져버리고 있나요? 무엇 때문에 두 분은 이 땅의 모든 존재에게 주어진 가장 큰 축복을 외면하고 있습니까? 방탕의 달콤함은 평온한 가정생활이 주는 달콤함의 1/100도 되지 않아요! 젊은 양반들… 백작님과 당신, 세르게이 페트로비치… 전 지금 행복합니다. 그리고… 두 분을 제가 얼마나 좋아하는지 신은 아실 거예요! 어리석은 충고지만… 전 두 분이 행복하길 바랍니다! 무엇 때문에 결혼하지 않으세요? 가정생활은 축복입니다. 모든 사람의 의무란 말입니다!"

젊은 여자와 결혼을 앞두고서 우리에게 타락한 생활을 평온하고 가정적인 생활로 바꾸라고 조언하는 그 늙은이의 행복하고 달콤한 표정을 나는 견딜 수가 없었다.

"그렇죠." 내가 말했다. "가정생활은 의무예요. 저도 동의합니다. 그럼 당신은 두 번째로 이 의무를 이행하는 건가요?"

"네, 두 번째입니다. 저는 원래 가정생활을 좋아합니다. 독신이나 홀아비로 사는 것은 저로서는 절반의 삶입니다. 여러분이 뭐라고 하든, 결혼은 위대한 일이에요!"

"물론입니다. 남편이 아내보다 거의 세 배나 나이가 많은 경우도 그럴까요?"

우르베닌은 얼굴이 빨개졌다. 수프 한 숟가락을 입에 가져다 대던 그의 손이 떨려서 수프가 도로 접시에 떨어졌다.

"무슨 말을 하고 싶으신지 압니다, 세르게이 페트로비치," 그가 중얼거렸다. "솔직하게 말해줘서 감사합니다. 저 자신도 스스로 이게 비열한 일이 아닌지 묻곤 합니다. 괴롭습니다! 그러나 매 순간 행복하다고 느낄 때, 늙었다는 것과 추하다는 것… 이 모든 것을 잊고 있을 때, 왜 자문하고 다양한 문제를 풀어야 하는 걸까요? 호모 숨(저는 인간입니다.), 세르게이 페트로비치! 그리고 나이 차이 문제가 순간적으로 머릿속에 들어오면, 저는 답을 찾으려고 주머니를 뒤지는 대신 할 수 있는 한 저 자신을 진정시킵니다. 제가 볼 때, 저는 올렌카에게 행복을 줬습니다. 그녀에게는 아버지를, 제 아이들에게는 어머니를 선물했죠. 그렇기는 하지만, 이 모든 것은 소설 같고… 머리가 빙글빙글 도는군요. 셰리 주를 주지 말았어야 해요."

우르베닌은 자리에서 일어나서 냅킨으로 얼굴을 닦고 다시 앉았다. 잠시 후 그는 한 잔을 단숨에 들이켜고는 마치 나의 자비를 구하는 것처럼 애원하는 눈빛으로 오래도록 나를 바라보더니 갑자기 어깨를 떨며 어린아이처럼 흐느껴 울기 시작했다.

"아무것도 아니에요. 아무것도." 그는 흐느끼는 소리를 억누르며 중얼거렸다. "걱정하지 마세요. 당신 말을 듣고 나서 어떤 예감이 들며 제 가슴이 답답해졌습니다. 하지만 아무것도 아니에요."

우르베닌의 예감은 너무나 빨리 실현되었기에 내가 펜을 바꾸어 새 페이지를 시작할 시간이 없었다. 다음 장부터 나의 차분한 창작의 여신은 평온의 표정을 분노와 슬픔의 표정으로 바꾸게 된다. 서문이 끝나고 극의 막이 오른다.

인간의 범죄 의지가 실현되는 것이다.

화창한 일요일 아침이 기억난다. 백작의 교회 창문 너머로 맑고 푸른 하늘이 보이고 페인트 칠한 돔에서부터 바닥까지 교회 전체를 희뿌연 빛줄기가 휩싸고 있다. 그 빛 속에서 향에서 피어난 연기가 덩어리지어 경쾌하게 노닌다. 열린 창문과 문으로 제비와 찌르레기의 노래가 들린다. 대담한 참새 한 마리가 출입구를 통해 날아와 우리 머리 위를 짹짹거리며 빙빙 돌고는 희뿌연 빛줄기 속으로 들어왔다 나갔다 하다가 창밖으로 날아갔다. 교회 안에도 노랫소리가 들린다. 우리의 소러시아[13] 합창단은 자신들이 그 순간의 주인공이고 모든 시선이 끊임없이 자신들을 향하고 있다고 느낄 때 보일 수 있는 감정과 열성으로, 조화롭게 노래를 부른다. 청중의 옷과 벽을 널뛰는 밝은 햇빛처럼 곡조는 점점 더 밝고 경쾌하고 활기차게 이어진다. 경쾌한 결혼식 선율에도 불구하고 예쁘고 매력적인 올렌카 옆에 곰처럼 육중하고 인생을 다 산 것 같은 우르베닌이 서 있는 것을 안타까워하기라도 하는 듯한 괴롭고 우울한 느낌이 다듬어지지 않은 부드러운 테너의 목소리에서 감지된다. 물론 이 어울리지 않는 한 쌍을 안타깝게 보고 있는 사람은 테너만이 아니다. 내 시야를 가득 채운 많은 얼굴을 보면, 그들이 아무리 밝고 쾌활해 보이려고 애써도 바보 천치라도 그들의 안타까운 마음을 읽을 수 있을 것이다.

새 연미복을 입은 나는 올렌카 뒤에 서서 그녀의 머리 위로 화

---

[13] 우크라이나를 가리킨다.

관을 들고 있다. 나는 안색이 창백하고 몸이 좋지 않았다. 어젯밤 과음한 데다 호수를 거니느라 두통이 심해져서 화관을 들고 있는 손이 떨리지 않는지 계속 살펴봐야 했다. 내 영혼은 비 오는 가을밤 숲속에 있는 것처럼 비참하고 소름이 끼친다. 나는 고통스럽고, 역겹고, 후회스럽다. 가슴이 발톱에 긁히는 것 같다. 거기, 내 영혼 가장 깊은 곳에 악마가 앉아서 올렌카와 그 서투른 우르베닌의 결혼이 죄라면 그것은 나의 죄라고 끈질기게 속삭인다. 어디서 그런 생각이 나올 수 있을까? 이 어리석은 여자를 믿기지 않는 위험에서, 의심할 여지 없는 실수로부터 구할 수는 없었을까?

"누가 알겠어?" 악마가 속삭인다. "네가 더 잘 알아야지!"

나는 살면서 수많은 불평등한 결혼을 목도했고 푸키례프의 그림[14] 앞에 서 있었던 적이 한두 번이 아니며 남편과 아내의 불평등을 바탕으로 한 많은 소설을 읽었다. 마지막으로, 나는 불평등한 결혼을 엄벌하는 생리를 알고 있었지만, 들러리의 의무를 이행하며 올렌카 뒤에 서 있는 지금처럼 온 힘을 다해도 떨쳐낼 수 없는 역겨운 마음을 경험한 적은 한 번도 없었다. 오로지 안타깝다는 이유만으로 내 마음이 동요한다면, 이전에 다른 결혼식에 참석해서는 어째서 이런 안타까움을 경험하지 못했단 말인가?

"후회가 아니야." 악마가 속삭인다. "질투지."

---

[14] 러시아의 사실주의 화가 V. V. 푸키례프(1832-1890)의 <부당한 결혼>(1862)을 말한다. 여성의 권리가 침해되고 결혼을 상업적 거래로 취급하는 사회에 대한 원초적인 비난을 담은 작품으로 큰 사회적 반향을 일으켰다.

하지만 질투는 사랑하는 사람에게만 느낄 수 있는 것인데, 내가 붉은 옷을 입은 그 아가씨를 사랑하는가? 내가 달빛 아래서 만나는 모든 아가씨를 사랑한다면 내 심장은 남는 공간이 없어 너무나 비대해졌을 것이다.

교회 뒷문 바로 옆, 교회 관리인의 찬장 뒤에서 내 친구 카르네예프 백작이 양초를 팔고 있다. 그는 반질반질한 머리에 기름을 떡칠하고 마취제처럼 질식할 것 같은 향수 냄새를 풍긴다. 오늘 그는 너무나 기특해 보여서 나는 아침 인사를 건네면서 이렇게 말하고 말았다.

"알렉세이, 오늘 자네는 이상적인 무용수처럼 보이네!"

그는 드나드는 모든 사람에게 달콤한 미소를 짓는다. 자기에게 양초를 사는 모든 여성에게 낯간지러운 칭찬을 하는 소리가 내 귀에 들린다. 동전 같은 건 한 번도 가져본 적도 없고 다룰 줄도 모르는 응석받이로 자란 그는 동전들을 계속 바닥에 떨어뜨리고 있다. 그의 근처에는 위풍당당한 칼리닌이 스타니플라프 훈장을 목에 걸고 찬장에 기대서 있다. 그의 얼굴은 빛이 나고 윤기가 흐른다. 그는 자기의 '주례 사교회' 구상이 비옥한 토양에 떨어져 이미 열매를 맺기 시작했다는 사실에 기뻐한다. 그는 마음 깊은 곳에서 우르베닌에게 수없이 감사를 보낸다. 그의 결혼식은 우스꽝스럽지만, 그럼에도 불구하고 첫 번째 '주례 사교회'를 성사시킬 좋은 기회가 된 것이다.

허영심 많은 올렌카는 분명 기쁠 것이었다. 결혼식 연단에서 정문까지 우리 현의 아름다운 여성 대표들이 두 줄로 늘어서 있다. 하객들은 백작이 결혼할 때처럼 차려입고 있다. 이보다 더 우아한 복장을 원할 수는 없었을 것이다. 그보다 더한 것은 모두 귀족들이라는 거다. 사제의 아내나 상인의 아내는 한 사람도 없다. 심지어 올렌카가 전에는 절을 올릴 수 있다고도 생각지 못했던 사람들도 있는 것이다. 올렌카의 신랑은 그저 특권이 있는 관리인이지만 그런 것이 그녀의 허영심에 상처를 입히지는 못한다. 그는 귀족이고 이웃 지역에 저당 잡힌 땅을 소유하고 있다. 그의 아버지는 귀족 자치회 의장이었고 그 자신은 9년간 고향에서 치안 판사로 일했었다. 개인 귀족[15]의 딸로서 바랄 수 있는 야망이 이 이상 더 있겠는가? 그녀의 들러리이자 온 동네에 유명한 난봉꾼 돈 후안조차도 그녀의 자존심을 고무시킬 뿐인 것이다. 모든 하객이 그를 흘깃흘깃 보고 있다. 그는 들러리 4만 명을 다 합친 것만큼이나 인상적이고, 무엇보다도 중요한 것은 귀족 여성들이 들러리를 청해도 거절한다고 알려진 그가 평범한 아가씨의 들러리를 거절하지 않았다는 사실이다.

그러나 허영심 많은 올렌카는 기뻐하지 않는다. 그녀는 얼마 전 테네보 축제에서 가져온 리넨처럼 창백하다. 촛불을 들고 있는 그녀의 손은 약간 떨리고 턱도 가끔 떨리고 있다. 그녀의 눈빛은 갑자기 무언가에 놀란 듯, 겁에 질린 듯 흐릿하다. 불과 어제까지만 해도 정원을 뛰어다니며 응접실에 어떤 벽지를 할지, 어떤 날 손님

---

[15] 당시 러시아에는 세습 귀족과는 다른 개인 귀족이 존재했다. 이들은 공을 세워 귀족으로 봉인되지만 귀족 지위는 당대에만 유지되고 세습할 수는 없었다.

을 초대할지 등을 열성적으로 이야기하면서 눈에서 반짝이던 그 즐거움은 흔적도 찾아볼 수 없었다. 그녀의 얼굴은 지금 너무나 심각하다. 장엄한 이 행사가 요구하는 것보다 훨씬 더 심각한 것이다.

우르베닌은 새 정장을 입고 있다. 그는 단정하게 옷을 입었지만 1812년 정교회 방식의 머리를 하고 있었다. 그는 평소와 마찬가지로 붉고 진지한 얼굴이다. 그의 눈은 기도하는 듯했고 "주여, 자비를 베푸소서"라고 말할 때마다 그가 긋는 성호는 기계적인 동작이 아니다.

내 뒤에는 우르베닌이 첫 결혼에서 낳은 자녀들인 고등학생 그리샤와 금발 머리 소녀 사샤가 서 있다. 그들은 아버지의 붉은 목과 튀어나온 귀를 보고 있는데 얼굴에는 물음표를 달고 있다. 그들은 올랴 이모가 무엇을 위해 아버지에게 자신을 바쳤는지, 아버지가 왜 그녀를 집으로 데려가는지 이해하지 못한다. 사샤는 그저 놀란 표정이고 열네 살짜리 그리샤는 얼굴을 찡그리며 옆을 바라보고 있다. 아버지가 그에게 이 결혼을 허락해 달라고 부탁했다면 그는 분명 거절로 답했을 것이다.

결혼식은 특별히 엄숙하게 진행된다. 세 명의 사제와 두 명의 집사가 예배를 드린다. 화관을 들고 있는 내 팔이 아플 정도로 예배가 너무 길어지자 대체로 결혼식 구경을 좋아하는 여성들도 신랑 신부를 더 이상 쳐다보지 않는다. 주례는 기도문을 하나도 빠뜨리지 않고 집중해서 천천히 읽고 성가대는 아주 긴 무슨 찬송가를 부른다. 교회 집사는 깊은 저음의 목소리를 뽐낼 기회를 잡고 사도행전을 '특별히 길게 늘리며' 읽는다. 그러나 마침내 주임

사제가 내 손에서 화관을 가져가자… 신랑 신부가 키스한다. 하객들은 흥분하고 줄이 흐트러지고 축하하는 소리와 키스 소리, 그리고 한숨 소리가 들린다. 환하게 웃는 우르베닌이 어린 신부를 팔에 끼고, 우리는 바깥으로 나간다.

교회에 나와 함께 있었던 누군가가 내 설명이 불완전하고 정확하지 않다고 생각한다면, 이런 실수는 내 두통과 위에서 언급한 우울한 정신 상태로 인한 것이니 제대로 관찰하고 기록하지 못한 것을 보충해서 써주면 된다. 물론 그때 내가 소설을 쓰게 될 줄 알았다면 나는 그날 아침처럼 땅을 쳐다보지 않았을 것이고 두통도 완전히 무시했을 것이다!

운명은 때때로 씁쓸하고 지독한 장난을 눈감아 준다! 신랑 신부가 교회를 미처 빠져나오기도 전에 반갑지 않고 예상치 못한 놀라운 소식이 그들을 맞는다. 햇살을 받아 알록달록한 수백 가지 색의 결혼식 대열이 교회에서 백작의 집으로 향하고 있을 때 올렌카가 갑자기 한 걸음 뒤로 물러나 멈춰 서더니 남편의 팔꿈치를 잡아당겨 흔들었다.

"아버지를 내보냈어요!" 그녀는 공포에 질린 표정으로 나를 쳐다보고는 큰 소리로 외쳤다.

불쌍한 여자! 그녀의 미친 아버지인 산림 관리인 스크보르초프가 결혼 행렬을 향해 골목으로 달려오고 있었다. 그는 팔을 흔들고 비틀거리며 미친 듯이 눈을 굴리면서 불미스러운 광경을 연출했다. 그가 딸의 고급스러운 웨딩드레스와 너무나 어울리지 않는 낡은 면 잠옷 가운과 슬리퍼만 신지 않았더라도 아마 용납할 수 있었을 것이다. 그는 졸린 얼굴이었고 머리카락은 바람에 날리고 잠옷 단추는 풀려 있었다.

"올렌카!" 그는 부부에게 다가서며 웅얼거리기 시작했다. "왜 나간 거야?"

올렌카는 얼굴이 빨개져서 웃고 있는 여자들을 힐끗 쳐다봤다. 불쌍한 그 여자는 수치심으로 불타고 있었다.

"미티카가 문을 잠그지 않았어!" 산림 관리인은 우리를 향하면서 말을 계속했다. "도둑이 들어오는 게 어렵겠어요? … 작년에 부엌에서 사모바르를 도둑맞았는데 저 애는 지금 또 도둑맞기를 원하는 거요!"

"누가 내보냈는지 모르겠어요!" 우르베닌이 내게 속삭였다. "그를 가둬 두라고 지시했는데…. 세르게이 페트로비치, 제발 부탁인데 이 난처한 상황을 벗어나게 해줘요! 어떻게든!"

"누가 사모바르를 훔쳤는지 내가 압니다." 나는 산림 관리인에게 말했다. "이리 와요, 내가 보여줄게요."

나는 스크보르초프의 허리에 팔을 감고 그를 교회 쪽으로 이끌었다. 그를 마당으로 데려간 후 나는 그와 이야기를 나눴고, 내 계산으로 결혼 행렬이 이미 집에 도착했을 시간에 나는 훔친 사모바르가 어디 있는지 말해주지 않고 그를 남겨두고 떠났다.

그 미치광이와의 만남이 아무리 예상치 못한 것이라 해도, 아무리 이상한 것이라 해도, 어쨌거나 그 일은 곧 기억에서 지워졌다. 운명이 신혼부부에게 가져다준 새로운 놀라움이 더 기괴했던 것이다.

6

한 시간 후 우리는 모두 긴 테이블에 둘러앉아 저녁 식사를 하고 있었다.

백작의 저택 방들의 거미줄과 곰팡이, 집시들의 외치는 소리에 익숙한 사람에게는 평범하고 무미건조한 이 사람들이 진부한 수다를 떨면서 버려진 낡은 방의 정적을 깨뜨리고 있는 광경이 이상하게 보였을 것이다. 이 잡다하고 시끄러운 사람들은 마치 황량한 공동묘지에 잠시 쉬기 위해 갑자기 날아든 찌르레기 떼, ― 그 고귀한 새가 이런 비유를 용서하길 ― 혹은 황혼 무렵 버려진 성터에 내려앉은 황새 떼 같았다.

나는 카르네예프 백작의 썩어가는 부를 허영기 어린 호기심으로 살펴보고 있는 이 사람들을 혐오스러워하며 거기 앉아 있었다. 상감으로 세공된 벽, 조각으로 장식한 천장, 화려한 페르시아 카펫과 로코코 스타일의 가구는 경탄과 탄복을 불러일으켰다. 콧수염을 기른 백작의 얼굴에는 흡족한 미소가 계속 번져갔다. 그는 손님들의 열광적인 아첨을 당연한 것으로 받아들였지만, 사실 그는 방치된 이 저택의 부와 화려함에 조금도 기여한 바가 없었다. 오히려 그는 아버지와 조상들이 하루 이틀이 아니라 수십 년 동안 모은 부를 야만적이고 아둔할 정도로 무관심하게 취급하는 것에 대해 가장 혹독한 비난과 경멸을 받아 마땅했다! 영혼의 눈이 멀고 마음이 가난한 사람만이 백작의 회색 대리석 상판 하나하나, 그림들 하나하나, 그리고 백작의 정원 어두운 구석구석 서려 있는 사람들의 땀과 눈물, 굳은살 박인 손을 보지 못한다. 그들의 아이들이 지금 백작의 마을 오두막들에 살고 있었다. 그런데 지금 결혼식 테이블에 앉아 있는 그 많은 사람들 중에서, 제일 가혹한 진실조차도 서슴지 않고 말하는 부유하고 독립적인 사람들 중에서 백작의 그 잘난 미소가 어리석고 부적절하다고 말해줄 사람은 단 한 명도 없었다. 모두들 아첨하며 미소를 짓고 싸구려 담배를 피울 필요가 있다는 것을 알았다! 그것이 '단순한' 예의라면(우리는 많은 것을 예의와 예절 탓으로 돌리기를 좋아한다.) 나는 이런 시시한 인간들이 되느니 손으로 음식을 먹고 다른 사람의 접시에서 빵을 가져오고 두 손가락 사이로 코를 푸는 무례한 사람이 되는 쪽을 택할 것이다.

우르베닌은 웃고 있었다. 하지만 거기에는 나름의 이유가 있었다. 그는 아첨하는 듯하면서도 정중한 태도로 어린아이처럼 행복한 미소를 지었다. 그의 활짝 웃는 얼굴은 개의 행복을, 충실하고 사랑스러운 개가 쓰다듬어 주고 행복하게 해준 것에 대한 감사의 표시로 유쾌하고 헌신적으로 꼬리를 흔드는 행복을 대변하고 있었다.

그는 알퐁스 도데의 소설에 나오는 리슐러 노인[16]처럼 환하게

---

[16] 파리 벽지 공장의 소유주인 늙은 자산가가 젊은 여자와 결혼하는 알퐁스 도데의 소설 <프롱트 주네와 리슐러 아이네>(1874)를 말한다.

웃으면서 만족스럽게 손을 문지르며 젊은 아내를 바라봤다. 그리고 감격에 겨워 계속 질문을 던질 수밖에 없었다.

"이 젊은 미인이 저 같은 늙은이를 사랑할 것이라고 누가 생각할 수 있었을까요? 좀 더 젊고 세련된 사람을 찾을 수 있지 않았을까요? 여자의 마음은 헤아릴 수가 없습니다!"

그리고 그는 심지어 나를 향해 대담하게 말을 꺼냈다.

"어떤 시대가 됐는지 한번 보세요! 헤헤! 나이 든 사람이 젊은이들의 코앞에서 이런 요정을 데려가잖아요! 당신은 대체 뭘 보고 있었던 겁니까? 헤헤… 요즘 젊은이들은 예전 같지 않다니까요!"

그는 넓은 가슴에서 터져 나온 감사의 마음을 어찌해야 할지 몰라 계속해서 자리에서 일어나서 백작의 잔을 향해 자기 잔을 내밀며 흥분으로 떨리는 목소리로 말했다.

"제가 백작님께 어떤 감정을 느끼는지 아시죠, 백작님. 오늘 저를 위해 해주신 이 많은 것들에 비하면 백작님을 향한 저의 연모는 티끌에 불과합니다. 제가 무엇을 했다고 백작님의 이런 배려를 받을 자격이 있으며 저의 행복에 이렇게 동참해주시는 건가요? 이런 식으로 결혼식을 치르는 건 백작과 은행가들뿐인데 말입니다! 이 호화롭고 귀한 하객들을 모시고… 아, 뭐라고 말을 해야 할지! 백작님, 제 인생에서 제일 행복한 이날을 잊지 못할 것처럼 백작님에 대한 기억을 저는 잊지 않을 것입니다."

그리고 기타 등등…. 올렌카는 남편의 요란스러운 존경의 표현이 마음에 들지 않는 것 같았다. 그녀는 식사하던 사람들을 웃게 만든 그의 말에 괴로운 표정을 감추지 못했고 심지어 부끄러워하는 듯했다. 그녀는 샴페인 한 잔을 마셨음에도 불구하고 이전처럼 우울하고 비참한 표정이었다. 그녀의 눈은 교회에서 본 것처럼 창백했고 그 속에는 두려움이 어려 있었다. 그녀는 아무 말도 하지 않았고 모든 질문에 느릿느릿 대답했으며 백작의 농담에 억지로 미소 지으며 비싼 음식에 거의 손도 대지 않았다. 술에 취한 우르베닌이 자기가 세상에서 가장 행복한 사람이라고 생각하는 것만큼이나 그녀의 예쁜 얼굴은 불행해 보이기만 했다. 나는 보기만 해도 안쓰러운 마음이 들었기에 그 얼굴을 보지 않기 위해 접시에 시선을 고정하려고 노력했다.

그녀의 이런 슬픔은 어떻게 설명해야 할까? 후회가 이 불쌍한 여자를 갉아먹기 시작한 걸까? 아니면, 그녀의 허영심은 더 호화로운 것을 기대했던 것일까?

식사의 두 번째 코스를 먹으면서 눈을 들어 그녀를 봤을 때 나는 가슴이 아프기까지 했다. 그 불쌍한 여인은 백작의 아무 의미 없는 어떤 질문에 대답하면서 목구멍에서 끓어오르는 흐느낌을 애써 삼키고 있었다. 그녀는 입에서 손수건을 떼지 않고 겁에 질린 동물처럼 소심하게 우리를 쳐다보며 자기가 울고 싶은 걸 우리가 알아차렸는지 살폈다.

"오늘 왜 이렇게 시무룩한 표정이지?" 백작이 물었다. "이런! 표트르 예고리치, 이건 당신 잘못이오! 아내를 좀 즐겁게 해줘요! 여러분, 키스를 요구합니다. 하하! 물론 나한테 하라는 게 아니라… 이 사람들 말이오! 서러워라!"

"서러워라!" 칼리닌이 그 말을 따라 했다.

우르베닌은 불그스레한 얼굴 가득 미소를 머금고서 자리에서 일어나 눈을 껌벅거렸다. 올렌카는 손님들의 환호성과 외치는 소리에 못 이겨 살짝 몸을 일으키고는 우르베닌에게 생기 없는 입술을 내밀었다. 그는 키스했다. 올렌카는 또다시 키스하지 않으려고 입술을 꽉 다물고 두려운 듯이 나를 힐끗 쳐다봤다. 내 눈빛은 아마도 좋지 않았을 것이다. 그 눈빛을 포착한 후 그녀는 갑자기 얼굴을 붉히면서 손수건을 꺼내 코를 풀기 시작했다. 어떻게든 지독하게 곤혹스러운 자신의 상태를 숨기고 싶은 것이었다. 그녀가 내 앞에 있는 것을 부끄러워한다는, 이 키스와 결혼을 부끄러워한다는 생각이 들었다.

'내가 무슨 상관이지?' 나는 그런 생각이 들었지만, 그와 동시에 그녀가 곤혹스러워하는 이유를 파악하려고 계속 그녀에게서 눈을 떼지 않았다.

그 불쌍한 여인은 내 시선을 견디지 못했다. 수치심으로 빨개진 그녀의 얼굴색은 곧 사라졌지만, 정작 그녀의 눈에서는 눈물이 쏟아졌다. 일찍이 본 적이 없는 진짜 눈물이었다. 손수건을 얼굴에 대고 그녀는 일어나서 밖으로 뛰쳐나갔다.

"올가 니콜라예브나는 두통이 났습니다." 나는 서둘러 그녀가 나간 것을 설명했다. "오늘 아침에 제게 하소연했어요."

"그만해, 동생." 백작이 농담을 했다. "두통과는 아무 상관도 없어. 키스 때문에 모든 게 엉망이 돼서 당황한 거예요, 여러분. 나는 신랑을 엄중히 꾸짖을 겁니다! 신부에게 키스 기술을 가르치지 않은 거예요. 하하!"

백작의 재치에 손님들은 즐거워하며 웃었다. 하지만 웃어서는 안 되는 일이었다.

5분, 10분이 흘렀지만 어린 신부는 돌아오지 않았다. 침묵이 찾아왔다. 심지어 백작조차도 농담을 멈췄다. 올렌카의 부재는 그녀가 아무 말도 없이 갑자기 나가버렸기 때문에 더욱 두드러진 것이었다. 그것이 무엇보다 예의에 어긋난 행동이라는 것은 차치하고라도 올렌카는 마치 남편과 억지로 키스하게 되어 화가 난 것처럼 키스를 한 직후 자리를 뜬 것이었다. 부끄러워서 나갔다고 생각할 수는 없었다. 1, 2분 정도는 그럴 수 있지만 영원히 그럴 수는 없는 것인데, 그녀가 없는 처음 10분간이 우리에게는 영원으로 여겨지고 있었다. 남자들의 술에 취한 머릿속에는 얼마나 안 좋은 생각들이 스쳐 지나갔으며 사랑스러운 숙녀들의 입술에는 얼마나 많은 뒷말이 준비되어 있었던가! 신부가 자리에서 일어나 나가버리다니, 지방 '상류 사회'의 연애 이야기에 마침맞은 얼마나 극적이고 효과적인 장면인가!

우르베닌은 불안하게 주위를 둘러보기 시작했다.

"흥분해서 그런 건지도…." 그가 중얼거렸다. "아니면 드레스 어딘가가 풀렸을 수도 있습니다. 누가 알겠어요, 이런 여자들을 말이에요! 이제 올 거예요. 금방."

하지만 10분이 더 지나도 그녀가 나타나지 않자 그는 내가 안쓰러운 마음이 들 정도로 참담한, 애원하는 눈빛으로 나를 바라봤다.

'가서 그녀를 찾아도 괜찮을까요?' 그의 눈이 말했다. '이봐요, 이 끔찍한 상황을 벗어날 수 있도록 나를 좀 도와주지 않겠소? 당신은 여기서 제일 똑똑하고 용감하며 수완이 좋은 사람이니 나를 좀 도와줘요!'

나는 그의 참담한 눈빛의 간청에 귀를 기울여 그를 돕기로 결심했다. 내가 그를 어떻게 도왔는지 독자들은 나중에 보게 될 것이다. 한 가지만 말해주겠다. '도와주는 바보' 역할을 하던 나 자신을 떠올려 보면, 크릴로프 우화에서 은둔자를 도와준 곰[17]은 내 생각에 맹수의 위엄을 모두 잃고 쓸모없고 천진난만한 유충으로 변하고 말았다는 것이다. 나와 그 곰이 유일하게 닮은 점은 우리의 도움이 가져올 나쁜 결과를 예견하지 못하고 진심으로 누군가를 돕고자 했다는 것이지만, 우리 둘 사이의 차이는 엄청난 것이었다. 내가 우르베닌의 머리에 던진 돌이 몇 배는 더 무거웠던 것이다.

"올가 니콜라예브나는 어디 있지?" 나는 샐러드를 내놓던 하인에게 물었다.

"정원으로 나갔습니다." 그가 대답했다.

"이건 정말 유례없는 일이에요, 메담(숙녀분들)!" 나는 농담조로 숙녀들에게 말했다. "신부는 사라졌고 내 와인은 시큼해졌어

---

[17] I. A. 크릴로프(1769-1844)의 <은둔자와 곰>(1804)을 말한다. 이 우화에서 곰은 은둔자와 친구가 되는데 그는 잠자는 동안 파리에게 괴롭힘을 당한다. 파리를 쫓아내려는 모든 노력이 실패하자 절망한 곰은 돌을 던져 친구의 두개골을 부숴버리게 된다.

요! … 신부의 치아가 죄다 아팠다고 해도, 난 신부를 찾아서 여기로 데려와야 해요! 들러리는 의무를 수행하는 인물이니 들러리의 힘을 보여주러 갑니다!"

나는 일어서서 내 친구 백작의 큰 박수를 받으며 식당에서 정원으로 나갔다. 내리쬐는 오후의 뜨거운 햇살이 와인으로 달아오른 내 머리에 내리꽂혔다. 숨 막히는 열기와 습한 공기가 얼굴을 덮쳤다. 나는 옆쪽 오솔길 중 하나를 따라 어떤 선율을 휘파람으로 불며 무작정 걸어가면서 내가 가진 추적 능력을 '최대한' 발휘하며 평범한 수색자의 역할을 하고 있었다. 덤불, 정자, 동굴을 모두 확인하고 왼쪽이 아니라 오른쪽 길로 걸어온 것을 후회하기 시작할 무렵 갑자기 이상한 소리가 들렸다. 누군가 웃거나 우는 소리였다. 내가 마지막으로 살펴보려고 했던 동굴에서 나는 소리였다. 재빨리 동굴 안으로 들어가자 습한 기운과 곰팡이, 버섯, 석회 냄새가 나를 에워쌌다. 그리고 내가 찾던 대상이 보였다.

그녀는 검은 이끼로 뒤덮인 나무 기둥에 기대서 공포와 절망으로 가득 찬 눈으로 나를 바라보며 머리카락을 뜯고 있었다. 그녀의 눈에서는 스펀지를 누를 때처럼 눈물이 쏟아졌다.

"내가 무슨 짓을 한 거죠? 무슨 짓을 한 거야!" 그녀가 중얼거렸다.

"그래, 올랴, 무슨 짓을 한 거람!" 나는 그녀 앞에 서서 팔짱을 끼고 말했다.

"내가 왜 그와 결혼했을까요? 눈은 어디다 뒀죠? 머리는 어디다 뒀냐고요?"

"그래, 올랴. 당신의 행보는 설명하기 어렵죠. 경험 부족으로 설명하자니 너무 너그럽고, 타락으로 설명하자니… 그러고 싶지 않군요."

"오늘 난 깨달았어요. 오늘에야! 왜 어제 알지 못했을까요? 지금은 모든 게 돌이킬 수 없고, 모든 걸 잃고 말았어요! 모든 걸, 모든 걸! 내가 사랑하고 나를 사랑하는 남자와 결혼할 수 있었는데!"

"누구 말인가요, 올랴?" 내가 물었다.

"당신이죠!" 그녀는 나를 똑바로, 대놓고 바라보며 말했다. "하지만 난 너무 성급했어요! 내가 멍청했어요! 당신은 똑똑하고, 고귀하고, 젊고… 부자잖아요. 내가 다가갈 수 없을 것 같았단 말이에요!"

"그만해요, 올랴." 나는 그녀의 손을 잡으며 말했다. "자, 이제 눈물을 닦고 돌아가요. 사람들이 기다리고 있어요. 자, 그만 울고, 그만." 나는 그녀의 손에 입을 맞췄다. "이제 그만해요, 꼬마 아가씨! 어리석은 짓을 했으니 대가를 치러야죠. 당신 잘못이에요. 이제 진정해요, 진정해!"

"하지만 당신은 날 사랑하죠? 네? 당신은 이렇게 크고 잘생겼는데! 날 사랑하는 거죠?"

"가야 할 시간이에요, 내 사랑." 내가 그녀의 이마에 키스하고 허리에 팔을 감고 있다는 것을, 그녀가 뜨거운 입김으로 나를 불태우고 내 목에 매달려 있다는 것을 깨달으며 나는 크나큰 두려움 속에서 말했다.

"그만해요!" 나는 중얼거렸다. "인제 그만! "

5분쯤 후에 나는 그녀를 팔에 안고 동굴 밖으로 데리고 나와서 새로운 느낌으로 마음이 설렌 그녀를 땅에 내려놓았다. 입구에 다 왔을 때 나는 프셰호츠키를 발견했다. 그는 거기 서서 나를 비웃으며 조용히 박수를 보냈다. 나는 그를 쏘아보고는 올가의 팔을 잡고 집으로 향했다.

"당신은 오늘 여기서 사라지게 될 거야!" 나는 주위를 둘러보고는 프셰호츠키에게 말했다. "이렇게 염탐을 하고서 그냥 지나가지는 못할 거라고!"

내 키스가 뜨거웠던지 올가의 얼굴은 불타는 것처럼 달아올라 있었다. 그녀의 얼굴에는 방금 흘렸던 눈물의 흔적조차 없었다.

"지금 나는, 흔히 말하듯이, 이판사판이에요!" 그녀는 중얼거리며 나와 함께 집을 향해 걸어가면서 내 팔꿈치를 미친 듯이 움켜쥐고 있었다. "오늘 아침에는 두려워서 어디로 가야 할지 몰랐어요. 근데 지금은… 지금은, 멋지고 선한 내 사람, 행복해서 어디로 가야 할지 모르겠어요! 남편이 앉아서 나를 기다리고 있어요. 하하! 그게 나하고 무슨 상관이에요? 그가 악어나 무서운 뱀이라고 해도… 난 아무것도 두렵지 않아요! 난 당신을 사랑하고 그것 말고는 아무것도 알고 싶지 않아요!"

행복으로 타오르는 그녀의 얼굴과 사랑의 기쁨과 행복으로 가득 찬 그녀의 눈을 바라보며 내 가슴은 이 예쁘고 행복에 겨운 존재의 미래에 대한 두려움에 짓눌렸다. 나를 향한 그녀의 사랑은 나를 심연으로 밀어 넣을 뿐이었다. 미래를 생각하지 않고 웃고 있는 이 여자는 어떻게 끝이 날까? … 내 마음은 동정이나 연민이라고는 결코 부를 수 없을, 그보다 더 강한 감정에 사로잡혀 뒤흔들렸다. 나는 멈춰 서서 올가의 어깨를 잡았다. 이보다 더 아름답고 우아한 존재를, 동시에 더 가엾은 존재를 나는 전에 한 번도 본 적이 없었다. 판단하고 계산하고 생각할 시간이 없었다. 나는 감정에 휩싸여 그녀에게 말했다.

"지금 우리 집에 가자, 올가! 지금 바로!"

"뭐라고요? 뭐라고 했어요?" 그녀는 다소 엄숙한 내 말투에 어안이 벙벙해서 물었다.

"당장 우리 집으로 가자고!"

올가는 미소를 지으며 내게 뒤쪽의 집을 가리켰다.

"뭐가 어떻다는 거지?" 나는 말했다. "내가 오늘 데려가든 내일 데려가든 똑같지 않아? 빠르면 빠를수록 좋지. 가자!"

"그렇지만… 그건 뭔가 이상하죠."

"소문이 무서운 거야? 그래, 보기 드문 굉장한 추문이 나겠지만, 수천 개의 추문이 생긴다 해도 네가 여기 있는 것보다는 나아! 너를 여기 두고 갈 수는 없어! 내 말 알겠어, 올가? 여자들의 나약한 논리는 집어치우고 내 말대로 해! 파멸하고 싶지 않다면 내 말대로 하란 말이야!"

올가의 눈은 나를 이해하지 못함을 말해주고 있었다. 그 사이 시간은 흘러갔고 **그곳에서** 사람들이 우리를 기다리고 있는 상황에서 그 오솔길에 더 머물러 있을 시간은 없었다. 결정을 내려야 했다. 나는 이제 사실상 내 아내가 된 '붉은 옷을 입은 아가씨'를 내 품으로 꼭 끌어당겼다. 그 순간 나는 내가 그녀를 정말로 사랑하고, 남편의 사랑으로 그녀를 사랑하고, 그녀는 **내 것**이며 그녀의 운명은 내 양심에 달린 것만 같았다. 나는 내가 이 피조물과 영원히, 돌이킬 수 없이 묶여 있다는 것을 알게 되었다.

"내 말 잘 들어, 내 사랑, 내 보물!" 나는 말했다. "이건 용기 있는 행동이야. 우리는 사랑하는 사람들과 틀어질 것이고 수많은 비난과 눈물 어린 하소연이 우리 머리 위로 쏟아질 거야. 심지어 내 경력을 망치고 피할 수 없는 수많은 불편이 내게 초래될 수도 있어. 하지만, 내 사랑, 모든 건 결정됐어! 넌 내 아내가 될 거야. 내게 더 훌륭한 아내는 필요하지 않아. 다른 여자들은 맘대로 하라고 해! 내가 살아 있는 한 난 널 행복하게 해줄 거야. 눈에 넣어도 아프지 않게 널 지켜주고, 교육하고, 여자가 되게 할 거야! 내가 약속할게. 여기 네 앞에 손을 들고 맹세해!"

나는 가장 애절한 장면을 연기하는 젠느 프르미에(남자 주인공)처럼 진심으로, 열정적으로 말했다. 나는 멋지게 말을 했다. 우리의 머리 위를 날아가던 독수리가 내게 날갯짓으로 박수를 친 것은 공연한 일이 아니었다. 나의 올랴는 내가 내민 손을 자기의 작은 손으로 잡고 부드럽게 입을 맞추었다. 그러나 그것은 동의의 표시가 아니었다. 이전에 한 번도 연설을 들어본 적이 없는, 경험이 부족한 여자의 어리석은 작은 얼굴은 당혹스러워하고 있었다. 그녀는 여전히 내 말을 알아듣지 못했던 것이다.

"당신 집으로 가자고 말하는데…." 그녀가 생각을 하며 입을 열었다. "정확히 이해를 못 하겠어요. **그 사람이** 뭐라고 할지 모른단 말이에요?"

"그가 무슨 말을 하든 신경 쓸 이유가 뭐야?"

"무슨 소리예요? 아뇨, 세료자, 더 이상 말하지 않는 게 좋겠어요. 제발 그 얘긴 그만해요. 당신은 날 사랑해요. 그리고 난 그이상은 필요하지 않아요. 당신의 사랑만 있으면 지옥에서도 살수 있어요."

"하지만 어떻게 살려고, 이 바보야?"

"난 여기서 살 거예요. 그리고 당신은… 당신은 매일같이 올 거고요. 당신을 만나러 내가 나올게요."

"하지만 당신이 그렇게 산다고 상상하면 등골이 오싹해져! … 밤에는 남편, 낮에는 나… 아니, 그건 불가능해! 올랴, 지금 이 순간 나는 너를 너무 사랑해서… 미치도록 질투가 나. 내가 이런 감정을 느낄 수 있다고는 생각도 하지 못했어."

하지만 이 무슨 무분별이란 말인가! 나는 그녀의 허리를 감고있었고 그녀는 언제라도 누군가가 오솔길을 걸어와서 우리를 볼지도 모르는 순간에 내 손을 부드럽게 쓰다듬고 있었다.

"가자." 나는 손을 떼며 말했다. "옷을 입어, 그리고 가자!"

"하지만 어떻게 이 모든 걸 그렇게 빨리…." 그녀가 징징거리는 목소리로 중얼거렸다. "당신은 불 속으로 달려들기라도 할 것처럼 서두르네요. 무슨 생각을 하는지 모르겠어요! 결혼식이 끝나자마자 도망치다니! 사람들이 뭐라고 하겠어요!"

그러면서 올렌카는 어깨를 으쓱했다. 그녀의 얼굴에 너무나 당혹스럽고 놀랍고 이해가 안 되는 표정이 드러나 있어서 나는 손을 내젓고는 그녀가 '인생의 문제'를 결정할 기회를 다음으로 미루었다. 게다가 대화를 계속 나눌 시간도 없었다. 우리가 테라스의 돌계단을 올라갈 때 사람들이 말하는 소리가 들렸다. 식당 문 앞에서 올랴는 머리를 다듬고 드레스를 살핀 후 안으로 들어갔다. 그녀의 얼굴에서 당황한 기색은 눈에 띄지 않았다. 그녀는 내 예상과는 전혀 달리 정말 대담하게 들어갔다.

"여러분! 여러분께 도망자를 돌려드립니다." 내가 들어가서 자리에 앉으면서 말했다. "찾느라 힘들었습니다. 지쳐 쓰러질 정도예요. 정원에 나가 보니 그녀가 오솔길을 거닐고 있는 게 보이더군요. '여기 왜 온 거예요?'라고 내가 묻자 '그냥 답답해서요'라고 대답하는 거예요."

올랴는 나와 손님들, 그리고 남편을 보고는 웃음을 터트렸다. 그녀는 갑자기 웃음이 나고 즐거워졌다. 그녀의 얼굴에서 나는 자신에게 갑자기 찾아온 이 행복을 모든 손님과 나누고 싶은 욕망을 읽었다. 그 행복을 말로 표현할 수 없었던 그녀는 웃음에 그것을 쏟아부었다.

"저 정말 우습네요!" 그녀가 말했다. "웃음이 나는데 왜 웃는지는 모르겠어요. 백작님, 웃어주세요!"

"서러워라!" 칼리닌이 소리쳤다.

우르베닌은 기침을 하며 물음이 담긴 눈빛으로 올랴를 바라봤다.

"왜요?"

"'서러워라'라고 소리치잖아." 우르베닌은 히죽히죽 웃으며 자리에서 일어나 냅킨으로 입술을 닦았다.

올가는 일어나서 그가 가만히 있는 자기 입술에 키스하도록 내버려 뒀다. 차가운 키스였지만 그 키스는 내 가슴에 붙은 불을 타오르게 했고 나는 어느 때라도 불꽃을 터뜨릴 상태였다. 나는 돌아서서 입술을 꾹 다물고 저녁 식사가 끝나기를 기다렸다. 다행히도 곧 끝이 났기에 망정이지 그렇지 않았다면 더는 견딜 수 없었을 것이다.

"이리 와봐!" 저녁 식사 후 나는 백작에게 다가가며 말했다.

백작은 놀란 눈으로 나를 쳐다보더니 내가 이끄는 대로 빈방으로 나를 따라 들어왔다.

"뭐가 필요한 거야, 친구?" 그는 양복 조끼의 단추를 풀고 트림을 하면서 물었다.

"둘 중 하나를 골라." 나는 분노에 휩싸여 겨우 몸을 지탱하며 말했다. "나, 아니면 프셰호츠키! 한 시간 안에 그 악당이 자네 마을을 떠날 거라고 약속하지 않으면 난 다시는 자네 집에 발을 들이지 않을 거야! … 대답할 시간을 30초 주지!"

백작은 입에 물고 있던 엽궐련을 떨어뜨리고는 두 팔을 벌렸다.

"무슨 일이야, 세료자?" 그가 눈을 크게 뜨고 물었다. "자네 얼굴이 창백해!"

"제발 쓸데없는 말은 하지 마! 나는 그 스파이, 모리배, 악당이자 자네의 친구인 프셰호츠키를 견딜 수가 없어. 그러니 우리가 좋은 관계를 유지하기 위해서라도 그가 이곳에서 즉시 없어져야 한다고 요구하겠어!"

"하지만 그가 자네에게 무슨 짓을 했는데?" 백작이 놀란 표정을 지었다. "왜 그를 그렇게 공격하는 거지?"

"자네에게 묻겠네. 나야, 아니면 그자야?"

"하지만, 친구, 자네는 나를 지독히 난감한 처지에 놓이게 했어. 잠깐만, 자네 코트에 깃털이 있어. 자네는 나한테 불가능한 걸 요구하고 있다고!"

"잘 있게!" 내가 말했다. "자네와 나는 이제 모르는 사람이야."

그리고 나는 단호히 몸을 돌려 현관으로 가서 옷을 입고 급히 나갔다. 말에 안장을 얹으라고 지시하려고 정원을 가로질러 하인들의 부엌으로 가다가 누군가를 만나는 바람에 나는 멈춰 서게 됐다. 나데즈다 칼리니나가 작은 커피잔을 손에 들고 내 쪽으로 걸어오고 있었다. 그녀 역시 우르베닌의 결혼식에 있었지만 나는 뭔지 모를 두려움 때문에 그녀와 이야기하는 것을 피했고 온종일 한 번도 그녀에게 다가가거나 말을 걸지 않았다.

"세르게이 페트로비치." 내가 모자를 약간 들어 올리며 그녀를 지나쳐가자 그녀는 부자연스럽게 낮은 목소리로 말했다. "잠깐만요!"

"뭐 시킬 일이라도?" 나는 그녀에게 가서 물었다.

"아뇨, 당신에게 제가 시킬 일은 없죠. 당신은 제 하인이 아닌 걸요." 그녀는 창백하게 질린 채 내 얼굴을 똑바로 쳐다봤다. "서둘러 어딘가로 가고 계시는데, 너무 급하지 않다면 잠시만 시간을 내주실 수 있을까요?"

"물론입니다. 물어볼 필요도 없죠."

"그렇다면 자리에 좀 앉죠. 세르게이 페트로비치, 당신은," 자리에 앉자 그녀가 말을 이었다. "오늘 당신은 저를 만나는 게 두려운 것처럼 온종일 저를 보지 않으려고 하고 피했어요. 그래서 오늘 저는 작심하고 당신과 말을 해보기로 결심했어요. 저는 자존심이 강하고 자부심이 있어요. 만나자고 사람을 귀찮게 할 줄도 모르죠. 하지만 일생에 한 번은 자존심을 희생할 수 있어요."

"그게 무슨 말인지?"

"오늘 저는 당신에게 물어보기로 작정했어요. 저로서는 정말 힘들고 굴욕스러운 질문이어서…. 어떻게 견딜지 모르겠네요. 당신은 대답하면서 저를 쳐다보지도 않는군요. 정말로 제가 가엾지 않은가요, 세르게이 페트로비치?"

나데즈다는 나를 바라보며 약하게 고개를 흔들었다. 그녀의 얼굴은 더욱 창백해졌고 윗입술이 떨리면서 비틀어졌다.

"세르게이 페트로비치! 어떤 오해와 변덕 때문에 당신과… 제 사이가 멀어진 것 같아요. 대화를 하면 모든 게 예전으로 돌아갈 것 같아요. 이렇게 생각하지 않았다면 지금 당신에게 하려고 하는 질문을 할 결심이 생기지 않았을 거예요. 저는요, 세르게이 페트로비치, 불행해요. 당신은 그걸 알아야 해요. 저는 사는 게 사는 게 아니에요. 모든 것이 메말라 버렸어요. 더 중요한 건 희망을 품어야 할지 아닌지 알 수 없는 불확실성이에요. 저에 대한 당신의 행동은 너무나 이해할 수가 없어서 어떤 확실한 결론도 내릴 수가 없어요. 제게 말해줘요, 그러면 어떻게 해야 할지 알 수 있겠죠. 그러면 제 삶에 어떤 방향성이라도 생길 거예요. 그러면 제가 뭐라도 결정할 수 있겠죠."

"나데즈다 니콜라예브나, 제게 뭔가를 물어보고 싶은 거군요." 나는 예감하고 있던 질문에 대한 대답을 머릿속으로 준비하며 말했다.

"네, 묻고 싶어요. 굴욕적인 질문이어서… 누군가 제 말을 엿듣는다면 푸쉬킨의 타티아나[18]처럼… 제가 당신에게 뭔가를 조르고 있다고 생각할 거예요. 하지만 어쩔 수 없어서 억지로 묻는 거랍니다."

사실, 그것은 강요된 질문이었다. 나데즈다가 그 질문을 하려고 내게 얼굴을 돌렸을 때 나는 겁이 났다. 그녀는 떨고 있었고, 덜덜 떨리는 손가락을 움켜쥐고 그 운명적인 말을 천천히, 우울하게 쥐어 짜내고 있었다. 그녀는 무서우리만큼 창백했다.

"제가 희망을 품어도 되나요?" 그녀가 마침내 낮게 읊조렸다. "두려워하지 말고 직설적으로 말해줘요. 대답이 무엇이든 불확실한 것보다는 나으니까요. 네? 제가 희망을 품어도 되나요?"

그녀는 대답을 기다렸다. 하지만 그때 나는 합리적인 대답을 할 수 없을 정도의 정신 상태였다. 술에 취해 있었고, 동굴에서 일어난 사건에 동요하고, 프셰호츠키의 염탐 행위와 올가의 우유부단함에 분노하고, 백작과 어리석은 대화를 하고 난 뒤여서 나는 나데즈다의 말이 거의 들리지 않았다.

---

[18] 푸쉬킨의 <예브게니 오네긴>에서 권태에 사로잡힌 귀족 오네긴에게 차이고 공작부인이 된 지주의 딸

"희망을 품어도 되나요?" 그녀가 반복해서 물었다. "대답 좀 해줘요!"

"글쎄, 지금은 대답할 상태가 아니에요, 나데즈다 니콜라예브나!" 나는 일어서며 손을 내저었다. "지금은 어떤 대답도 할 수가 없어요. 미안하지만 저는 당신 말이 들리지도 않았고, 그래서 이해하지도 못했어요. 저는 멍청하고 화가 나 있는 상태예요. 정말이지, 당신은 공연히 고민하고 있었던 거예요."

나는 다시 한번 손을 내젓고는 나데즈다를 남겨두고 떠났다. 나중에 정신이 들고 나서야 나는 그녀의 간단하고 소박한 질문에 대답하지 않은 내가 얼마나 어리석고 잔인한지를 깨달았다. 나는 무엇 때문에 대답하지 않았던 것일까?

과거를 편견 없이 바라볼 수 있게 된 지금 나는 나의 잔인함을 마음의 상태 때문이었다고 해명하지 않을 것이다. 그녀에게 대답하지 않음으로써 나는 나를 과시하며 거드름을 피운 것 같다. 인간의 마음을 이해하기란 어렵다. 그러나 훨씬 더 어려운 것은 자신의 마음을 이해하는 것이다. 정말로 내가 거드름을 피운 것이라면 신께 용서를 구한다! 다른 사람의 고통을 조롱하는 것은 용서할 수 없는 일이기는 하지만 말이다.

사흘 동안 나는 우리에 갇힌 늑대처럼 이 구석 저 구석 돌아다니며 집 밖으로 나가지 않으려고 혼신의 힘을 쏟았다. 나의 관심을 기다리며 참을성 있게 책상 위에 놓여 있는 서류 더미에 손도 대지 않았고, 아무도 맞이하지 않았고, 폴리카르프와 언쟁을 벌이고 짜증을 냈다. 나는 백작의 영지에 들어가지 않았고 이런 고

집으로 인해 꽤나 정신적으로 시달렸다. 나는 모자를 수없이 집어 들었다가 내려놓곤 했다. 때로는 세상 모든 사람을 무시하고 죽이 되든 밥이 되든 올가를 만나러 가려고 결심했다가도 냉정하게 집에 있는 것으로 끝이 나곤 했다.

백작의 저택으로 가는 것은 내 이성이 허락지 않았다. 다시는 그의 집에 발을 들여놓지 않겠다고 맹세했는데 어떻게 내 자존심을, 자부심을 희생할 수 있겠는가? 우리가 그렇게 어리석은 대화를 나눈 후 아무 일도 없었다는 듯이 내가 백작을 찾아간다면 콧수염을 기른 이 허세 덩어리가 어떻게 생각하겠는가? 그것은 내가 옳지 않았음을 고백한다는 뜻이 아닐까?

더 나아가, 정직한 사람으로서 나는 올가와의 관계는 어떤 것이든 끊었어야 했다. 더 이상의 우리 관계는 그녀를 파멸로 이끌 뿐이었다. 그녀는 우르베닌과 결혼함으로써 실수를 저질렀지만 나와 어울리는 것으로 또 다른 실수를 저질렀다. 늙은 남편과 함께 살면서 동시에 몰래 애인을 둔다면 예쁘기만 하고 타락한 여자나 다름없지 않은가? 원칙적으로 그런 삶이 얼마나 혐오스러운지는 말할 것도 없고, 그 결과도 생각해야 했다.

나는 얼마나 겁쟁이인가! 나는 결과가 두렵고, 현재가 두렵고, 과거가 두려웠다. 평범한 사람이라면 나의 논리를 비웃을 것이다. 그런 사람은 구석구석 돌아다니지도, 머리를 움켜쥐고 가능한 온갖 계획을 세우지 않았을 것이고, 그 대신 모든 것을 인생에 맡겨 놓을 것이다. 맷돌조차도 가루로 만드는 게 인생이다. 인생은 인간의 도움이나 허락을 구하지 않고 모든 것을 소화할 것이다. 하지만 나는 다심하다 못해 비겁할 정도이다. 나는 올가에 대한 연민으로 마음이 아파서 구석구석 돌아다니면서도 그와 동시에 내가 열정적으로 했던 제안에 그녀가 동의해서 내가 약속한 대로 우리 집에 와서 영원히 있을 생각을 하면 겁에 질렸던 것이다! 그녀가 내 말을 따랐다면 어떻게 되었을까? 이 '영원히'는 얼마나 오래 지속되었을 것이며, 나와 함께하는 삶은 가엾은 올가에게 어떤 것이 되었을까? 나는 그녀에게 가족을 만들어 주지 않았을 것이므로 그녀를 행복하게 해주지도 못했을 것이다. 아니, 나는 올가에게 가지 말아야 했다!

그렇지만 내 마음은 그녀를 맹렬히 갈망했다. 나는 랑데부(만남)에 가지 못하는 첫사랑에 빠진 소년처럼 그녀를 갈망했다. 동굴에서 있었던 사건을 경험한 나는 새로운 만남을 갈망했고 내 머릿속에서는 올가의 도발적인 모습이 한순간도 떠나지 않았다. 그녀 역시 나를 기다리며 그리움에 가슴이 타들어 가고 있다는 것을 나는 알고 있었다.

백작은 내게 편지를 연이어 보냈는데, 편지는 올 때마다 점점 더 울먹이는 투였고 점점 더 굴욕적으로 되어 갔다. 그는 내게 '모든 것을 잊고' 와달라고 애원했고, 프셰호츠키를 대신해 사과하면서 이 '선하고 단순하지만 다소 한계가 있는 사람'을 용서해 달라고 청했다. 그리고 내가 아무것도 아닌 일로 오랜 우정을 끊는다는 것에 놀라워했다. 마지막 편지 중 하나에서 그는 자신이 직접 오겠다며, 내가 원한다면 프셰호츠키를 데리고 오겠다고 약속했다. 비록 프셰호츠키는 '자신이 뭘 잘못했다고 느끼는 건 아니지만' 내게 용서를 구할 것이라고 하면서 말이다. 나는 편지를 읽고는 그에 대한 답으로 그가 보낸 모든 전령에게 나를 좀 내버려두라고 요청했다. 나는 거드름을 피울 줄 알았던 것이다!

그러다가 신경이 극도로 예민해진 내가 창가에 서서 백작의 영지가 아닌 다른 어떤 곳으로든 떠나야겠다고 결심했을 때, 올가의 집에서 나를 기다리고 있을 사랑의 장면을 그리면서 자책하는 것으로 괴로움에 짓눌려 있었을 때, 문이 조용히 열리더니 뒤에서 가벼운 발소리가 들렸고 곧 작고 예쁜 두 팔이 내 목을 감싸는 것이었다.

"올가, 너야?" 나는 뒤를 돌아보며 물었다.

나는 그녀의 뜨거운 숨결, 내 목에 매달린 방식, 심지어 냄새로도 그녀를 알 수 있었다. 내 뺨에 머리를 대고 그녀는 너무나 행복해 보였다. 그녀는 행복해서 아무 말도 하지 못했다. 나는 그녀를 내 가슴에 눌렀다. 그러자 사흘 내내 나를 괴롭혔던 그 울적함과 물음들은 어디론가 사라져 버렸다! 나는 기쁨에 겨워 어린 학생처럼 웃고 뛰었다.

올가는 파리한 안색과 화려한 연갈색 머리에 잘 어울리는 파란색 실크 드레스를 입고 있었다. 드레스는 최신 유행으로 엄청나게 비싸 보였다. 아마도 우르베닌의 월급 1/4은 들었을 것이었다.

"오늘 얼마나 예쁜지 모르겠어!" 나는 올가를 팔로 들어 올려 그녀의 목에 키스하며 말했다. "그래, 넌 어때? 어떻게 여길? 잘 지내고 있어?"

"그렇지만 여긴 정말 별로야!" 그녀는 내 서재를 힐끗 보며 말했다. "당신은 부자고 월급도 많이 받으면서, 너무… 평범하게 사는걸!"

"모든 사람이 백작처럼 호화롭게 살 수는 없지, 내 사랑." 내가 말했다. "하지만 내 재산 얘기는 하지 말자. 어떤 착한 천재가 널 내 은신처로 데려온 거지?"

"잠깐만, 세료자, 내 드레스가 구겨지겠어. 날 내려줘. 잠깐 들른 거야, 자기야! 집에는 백작의 세탁부인 아카티하에게 간다고 했어. 그녀는 당신 집 건너 건너에 살고 있어. 나 좀 내려줘, 창피하잖아. 왜 이렇게 오랫동안 오지 않았어?"

나는 뭐라고 대답하고서 그녀를 맞은편에 앉혔다. 그리고 그녀의 아름다움을 관조하기 시작했다. 우리는 잠시 서로를 응시하며 침묵했다.

"넌 정말 예뻐, 올가!" 나는 한숨을 쉬었다. "네가 너무 예뻐서 심지어 안타깝고 모욕감을 느낄 정도야!"

"왜 안타깝다는 거야?"

"빌어먹을, 네가 누구 손에 들어가 있는지 아니까."

"하지만 자기에게 뭐가 더 필요해? 난 자기 거라고! 이렇게 왔잖아. 있잖아, 세료자, 내가 자기한테 뭘… 물어본다면 사실대로 말해줄 거야?"

"그야 물론이지."

"내가 표트르 예고리치와 결혼하지 않았다면 자기가 나와 결혼했을까?"

나는 "아마 아니겠지"라고 말하고 싶었지만, 그렇지 않아도 이

156

미 불쌍한 올랴의 마음을 괴롭히고 상처를 찔러서 무슨 소용이 있겠는가?

"물론이야." 나는 진실을 말하는 사람의 말투로 말했다.

올랴는 한숨을 쉬며 고개를 숙였다.

"내가 얼마나 큰 실수를 했는지…. 너무나 큰 실수를 한 거야! 그리고 무엇보다 최악인 건 바로잡을 수 없다는 거야! 이혼해서는 안 되는 걸까?"

"안 되지."

"내가 왜 그렇게 서둘렀는지 모르겠어! 우리 여자애들은 너무 멍청하고 변덕스러워. 아무도 우리를 어쩌지 못해! 하지만 되돌리지도 못하고 따질 것도 없어. 따져봐도 울어도 아무 소용없겠지. 세료자, 난 오늘 밤새도록 울었어! 그가… 옆에 누워 있는데 난 자기를 생각하느라… 잠을 잘 수가 없어. 밤에 도망치고 싶다는 생각까지 들었어. 숲속에 있는 아버지에게라도… 말이야. 미친 아버지랑 사는 게 나을 거야. 이렇게… 그 사람의…."

"이런저런 생각을 해봐야 도움이 안 돼, 올랴. 테네보에서 나와 함께 올 때, 부자에게 시집간다고 기뻐했을 때, 그때 생각을 했어야지. 지금은 긴말을 연습해 봐야 이미 늦었어."

"늦었어. 그럼 이렇게 있는 거지 뭐!" 올랴는 단호하게 손을 휘저으며 말했다. "더 나빠지지 않는 한 여전히 살 수는 있어. 그럼 안녕! 이제 갈 시간이야."

"아니, 안녕은 아냐!"

나는 잃어버린 사흘을 보상이라도 하려는 것처럼 올랴를 끌어당겨 얼굴에 키스를 퍼부었다. 그녀는 추위에 떠는 어린 양처럼 내 몸에 밀착하여 뜨거운 숨결로 내 얼굴을 덮혔다. 정적이 흘렀다.

"남편이 아내를 죽였다!" 내 앵무새가 울부짖었다.

올랴는 몸을 부르르 떨며 내 품에서 벗어나 무슨 일이냐는 눈빛으로 나를 쳐다봤다.

"저건 내 앵무새야, 내 사랑." 내가 말했다. "진정해."

"남편이 아내를 죽였다!" 이반 데미야늬치는 반복해서 떠들었다.

올랴는 일어나서 조용히 모자를 쓰고 내게 손을 내밀었다. 그녀의 얼굴에는 공포의 표정이 어려 있었다.

"우르베닌이 알면 어떡하지?" 그녀는 커다란 눈으로 나를 보며 물었다. "정말로 나를 죽일 거야!"

"이런, 그만." 나는 웃었다. "그가 너를 죽이게 내버려 둔다면 내가 괜찮은 사람이겠지! 그가 살인 같은 비상한 일을 벌일 능력이 있을 리가…. 가는 거야? 그래, 잘 가, 우리 아기…. 기다릴게. 내일은 네가 살던 오두막 근처 숲으로 내가 갈게."

올랴를 배웅하고 서재로 돌아온 나는 거기 있는 폴리카르프를 만났다. 그는 방 한가운데 서서 나를 노려보며 경멸적으로 고개를 흔들었다.

"다음번에 여기서 이런 일이 있어서는 안 됩니다, 세르게이 페트로비치!" 그는 엄한 부모 같은 말투로 말했다. "그런 건 제가 바라지 않아요."

"뭘 말인가?"

"바로 그 일요. 제가 못 봤을 거로 생각해요? 모든 걸 다 봤어요. 그 여자가 감히 여기 들어오게 하지 마세요! 여기서 사랑놀이를 벌여서는 안 된다고요! 그런 짓은 다른 곳에서…."

나는 기분이 좋았기 때문에 폴리카르프가 염탐을 하고 훈계조로 말을 해도 화가 나지 않았다. 나는 웃으며 그를 부엌으로 보냈다.

올가가 다녀간 후 내가 채 정신을 차리기도 전에 새로운 손님이 나를 찾아왔다. 시끄러운 소리를 내며 마차가 우리 집 문 앞까지 다가오자 폴리카르프는 이쪽저쪽 침을 뱉으며 저주의 말을 중얼거리면서 '이… 그… 육시랄 놈'이, 그러니까 그가 진심으로 증오하는 백작이 왔다고 알렸다. 백작은 들어와서 눈물 젖은 눈으로 나를 보고는 고개를 흔들었다.

"자네는 나를 외면하는군. 말하고 싶지 않은 거지."

"난 외면하고 있지 않네." 내가 말했다.

"난 자네를 정말 좋아했어, 세료자. 그런데 자네는… 사소한 일 때문에! 무엇 때문에 날 모욕하는 거야? 무엇 때문에?"

백작은 자리에 앉아서 한숨을 쉬며 고개를 내저었다.

"바보 놀음은 그만해!" 내가 말했다. "이제 됐어!"

이 약하고 초췌한 작은 인간에게 내가 미치는 영향력은 그를 경멸할 때도 그에게 똑같이 강하게 작용했다. 내 경멸적인 말투는 그를 불쾌하게 한 것이 아니라 그 반대였던 것이다. "이제 됐어!"라는 내 말을 듣자마자 그는 튀어 올라 나를 껴안기 시작했다.

"내가 그를 데려왔어. 마차에 앉아 있는데…. 그가 사과했으면 좋겠나?"

"그럼 자네는 그가 뭘 잘못했는지 아나?"

"아니."

"아주 좋은 일이군. 사과할 필요는 없고, 앞으로 다시 한번 그런 일이 생기면 그때는 내가 화를 내는 게 아니라 어떤 조치를 할 거라고 그에게 경고하게."

"그럼 이제 화평한 거지, 세료자? 좋아, 좋아! 진작 이렇게 했어야지. 자네들이 왜 싸웠는지 누가 알겠어! 꼭 여학생들같이! 아, 그건 그렇고, 친구! 혹시… 보드카 반 잔 있나? 목말라 죽겠어."

나는 보드카를 가져오라고 했다. 백작은 두 잔을 마시고 소파에 누워 수다를 떨기 시작했다.

"방금 올랴와 마주쳤다네, 친구. 기가 막힌 여자야! 우르베닌이 싫어지기 시작했다는 걸 자네에게 말해야겠군. 그러니까, 올렌카가 좋아지기 시작한다는 뜻이지. 지독하게 예뻐! 그녀를 꼬실까 생각 중이야."

"유부녀를 건드리면 안 되지!" 나는 한숨을 쉬었다.

"글쎄, 그 늙은이한테는…. 표트르 예고리치한테서 아내를 슬쩍한다고 죄가 되지는 않아. 그녀는 그에겐 과분해. 그는 개처럼 자기가 먹지도 않으면서 다른 사람들에게 주지도 않아. 나는 오늘부터 접근하기 시작해서 차근차근 진행해 보겠어. 저런 여자는… 음… 그냥 끝내줘, 친구! 군침이 흐르는군!"

백작은 세 번째 잔을 마시고는 말을 계속했다.

"내가 여기 여자들 중에 또 누가 마음에 드는지 알아? 나덴카, 그 멍청이 칼리닌의 딸 말이야. 불타는 갈색 머리에 핏기 없이 하얀, 알지, 그런 눈을 가진… 낚싯대를 또 하나 던져야겠어. 성령 강림절에 파티를 열 거야. 음악과 노래, 문학의 밤 말이야. 그녀를 초대하려고 일부러 여는 거야. 그리고, 친구, 알고 보니까 여기는 아주 재미있는 곳이야! 사교계도, 여자들도… 그리고…. 여기 자네 집에서… 잠깐 낮잠 좀 자도 될까?"

"그래. 그렇지만 프셰호츠키와 마차는 어쩌고?"

"기다리라고 해, 젠장! … 나도 그를 좋아하지 않는다고, 친구."

백작은 팔꿈치를 대고 몸을 조금 일으키더니 은밀한 소리로 말했다.

"오로지 필요하기 때문에… 필요해서 데리고 있는 거야. 뭐, 그 자식은 될 대로 되라지!"

백작의 팔꿈치가 풀리더니 머리가 쿠션 위로 떨어졌다. 잠시 후 코 고는 소리가 들렸다.

그날 저녁 백작이 떠나고 나자 세 번째 손님이 왔다. 의사인 파벨 이바노비치였다. 그는 내게 나데즈다 니콜라예브나가 아프다는 것과 그녀가… 자기를 최종적으로 거절했다는 사실을 알려주러 온 것이었다. 그 불쌍한 친구는 홀딱 젖은 암탉처럼 눈 뜨고는 못 봐줄 지경이었다.

서정적인 5월이 지나갔다.

라일락과 튤립이 꽃을 피웠다. 그 꽃들과 함께 사랑의 기쁨도 피어날 운명이었다. 사랑은 그 죄악과 고통에도 불구하고 어쨌거나 잊을 수 없는 달콤한 순간들을 우리에게 한 번씩 선사하곤 했다. 하지만 그 어떤 순간들은 몇 달, 몇 년을 바쳐야만 하는 것이다!

6월의 어느 날 저녁, 해는 이미 지고 있었지만 자신의 흔적인 넓은 진홍빛 띠로 먼 서쪽을 여전히 물들이며 잔잔하고 맑은 다음 날을 예고하고 있을 때, 나는 조리카를 타고 우르베닌이 살던 별채로 향했다. 그날 저녁 백작의 저택에서는 '음악의' 밤이 열릴 예정이었다. 손님이 이미 도착하기 시작했음에도 백작은 집에 없었다. 그는 곧 돌아오겠다고 하고는 말을 타러 나갔다는 것이다.

잠시 후 나는 말 고삐를 잡고 현관 옆에 서서 우르베닌의 딸 사샤와 이야기를 나누고 있었다. 우르베닌은 계단에 앉아 턱을 괸 채 대문 너머 먼 곳을 응시하고 있었다. 그는 우울한 표정으로 내 질문에 마지못해 대답하곤 했다. 나는 그를 혼자 있게 내버려 두고 사샤에게 집중했다.

"새엄마는 어디 있어?" 내가 물었다.

"백작님이랑 말 타러 갔어요. 매일 백작님이랑 나가요."

"매일." 우르베닌이 한숨을 쉬며 중얼거렸다.

그 한숨에서 많은 것이 들려왔다. 그것은 내 영혼 역시 괴롭히는 무엇이었고, 스스로 설명하려고 애썼지만 설명할 수 없었던 것이었다. 나는 추측에 빠져들었다.

올가는 매일 백작과 말을 타러 갔다. 그러나 그건 아무것도 아니다. 올가는 백작을 사랑할 수 없었으므로 우르베닌의 질투는 근거 없는 것이었다. 우리는 백작이 아니라 **다른 무언가를** 질투하는 것이었는데, 그 무언가를 나는 너무 오랫동안 이해할 수가 없었다. 이 '다른 무언가'는 올가와 나 사이를 완전히 막는 벽이었다. 그녀는 나를 여전히 사랑했지만, 이전에 설명한 그 방문 이후 두 번 다시 나를 보러 오지 않았고, 우리 집 밖에서 나를 만났을 때 이상하게 화를 내며 내 질문에 끝끝내 대답하지 않았다. 그녀는 내 애무에 뜨겁게 반응했지만, 그녀의 반응은 너무 격렬하고도 흠칫흠칫 두려워하는 것이었기 때문에 우리의 짧은 만남은 내 기억 속에 고통스러운 당혹감만을 남겼을 뿐이었다. 그녀는 양심의 가책을 느꼈고, 그건 분명한 일이었다. 그러나 죄책감을 느끼는 그녀의 얼굴에서 그것이 정확히 무엇인지는 읽을 수가 없었다.

"새엄마는 잘 지내시니?" 나는 사샤에게 물었다.

"잘 지내요. 하지만 밤에만 이가 아파요. 새엄마는 울었어요."

"울었다고?" 우르베닌이 사샤에게 얼굴을 돌렸다. "네가 봤어? 넌 꿈을 꾼 거야, 아가."

올가는 이가 아픈 게 아니었다. 그녀가 울고 있었다면 그것은 통증 때문이 아니라 다른 어떤 것 때문이었다. 나는 사샤와 이야기를 더 하고 싶었지만, 말발굽 소리가 나더니 곧 보기 흉하게 안장에서 뛰어내리는 기수와 우아한 여전사를 봤기 때문에 그럴 수가 없었다. 반가워하는 모습을 올가에게 감추기 위해 나는 사샤를 팔에 안고 그 애의 금발 머리카락을 손가락으로 만지작거리며 이마에 입을 맞췄다.

"정말 예쁘구나, 사샤!" 내가 말했다. "곱슬머리가 어쩌면 이렇게 아름다운지!"

올가를 나를 힐끗 보더니 말없이 고개만 숙이고는 백작의 팔에 기대어 별채로 들어갔다. 우르베닌이 일어나서 그녀를 따라 갔다.

백작은 5분쯤 후에 별채에서 나왔다. 그는 그 어느 때보다 쾌활했고 얼굴도 상쾌해 보였다.

"축하해 줘!" 그가 내 팔을 잡고 킥킥 웃으며 말했다.

"뭘?"

"승리한 걸 말이야. 한 번만 더 이렇게 나가면, 고귀한 조상들의 유골을 걸고 맹세컨대, 이 꽃의 꽃잎을 따게 될 거야."

"하지만 아직은 아닌 거야?"

"아직? 거의 다 돼 가! 10분 동안 '손에 손을' 쥐고 있었지." 백작이 노래를 불렀다. "그리고… 그녀는 한 번도 손을 빼지 않았어. 키스를 했어! 하지만 내일까지 기다리자고. 그리고 이제 가세. 사람들이 기다리고 있어. 아, 맞아! 자네하고 할 이야기가 하나 있어, 친구. 말해주게. 사람들이 말하기를 자네가… 나덴카 칼리니나에게 꿍꿍이속이 있다고 하던데, 그게 사실이야?"

"그건 왜?"

"만약 사실이라면 내가 방해하지 않을게. 남의 것에 손을 대는 건 내 원칙이 아니야. 혹시 자네가 전혀 그런 생각이 없다면, 그렇다면, 물론….”

"없네."

"메르시(고마워), 친구."

백작은 토끼 두 마리를 한 번에 죽이기를 꿈꿨고 자기가 성공하리라고 확신했다. 그리고 그날 저녁 나는 그의 토끼몰이를 지켜봤다. 그것은 잘 그린 만화처럼 멍청하면서 재미있었다. 그것을 보면서 내가 할 수 있는 일이라곤 백작의 저속함을 비웃거나 분개하는 것뿐이었다. 하지만 이 경솔한 토끼몰이가 어떤 이들의 도덕적 타락과 다른 이들의 죽음, 그리고 또 다른 이들의 범죄로 끝날 것이라고는 아무도 생각하지 못했을 것이다!

백작은 토끼 두 마리만 죽인 것이 아니었다! 그는 토끼들을 죽였지만 가죽과 고기를 얻지는 못했다.

나는 그가 은밀하게 올가의 손을 꽉 쥐는 것을 봤다. 그녀는 매번 친근한 미소로 그를 맞았지만 보낼 때는 경멸적으로 얼굴을 찡그렸다. 그는 자기와 나 사이에 비밀이 없다는 것을 보여주고 싶어서 심지어 한 번은 내 앞에서 그녀의 손에 키스하기도 했다.

"바보 같으니!" 그녀는 손을 닦으며 내 귀에 속삭였다.

"이것 봐, 올가!" 백작이 가고 난 후 내가 말했다. "나한테 뭔가 하고 싶은 말이 있는 것 같은데. 그렇지?"

나는 캐묻듯이 그녀의 얼굴을 쳐다봤다. 그녀는 도둑질하다 잡힌 고양이처럼 얼굴이 빨개져서 두려워하며 눈을 깜박거렸다.

"올가," 내가 엄숙하게 말했다. "내게 말해야 해! 내가 요구하고 있잖아!"

"그래, 자기한테 할 말이 좀 있어." 그녀는 내 손을 꼭 잡고 속삭이듯 말했다. "난 자기를 사랑해. 자기 없이는 못 살아. 하지만… 나를 보러 오지 마, 내 사랑! 더 이상 나를 사랑하지 말고 내게 말할 때 존칭을 써줘. 난 더는 계속할 수가 없어. 그래서는 안 돼. 그러니까 나를 사랑한다는 모습도 보이지 말아 줘."

"하지만 왜 그래야 해?"

"그게 내가 원하는 거니까. 이유는 알 필요 없고, 내가 말하지도 않을 거야. 사람들이 오고 있어. 저리 가줘."

나는 그녀에게서 떨어지지 않았고 그녀는 직접 우리의 대화를 끝내야 했다. 마침 옆을 지나가던 남편의 팔을 잡고 그녀는 위선적인 미소를 지으며 내게 묵례하고 걸어갔다.

이날 저녁 백작의 특별한 관심은 그의 또 다른 토끼, 나덴카 칼리니나에게로 향했다. 그는 저녁 내내 그녀 주위를 맴돌면서 우스갯소리를 하고 농담을 하며 시시덕거린 반면… 핼쑥한 얼굴에 괴로운 그녀는 억지 미소를 짓느라 입술을 실룩거렸다. 칼리닌 판사는 수염을 쓰다듬으며 의미심장하게 기침을 하면서 그들을 계속 지켜봤다. 백작의 구애에 그는 기분이 좋았다. 사위가 백작이라니! 현의 쾌활한 미식가에게 이보다 더 달콤한 꿈이 있을까? 백작이 딸에게 구애를 시작한 순간부터 그의 콧대는 한껏 높아졌다. 나와 대화하면서 얼마나 거만한 눈빛으로 나를 견주어보던지, 얼마나 음험하게 기침을 해대던지! '자네는 우리를 거북해하고 떠나버렸지만 우리에겐 전혀 문제 되지 않아! 이제 우리에겐 백작이 있어!'

7

다음 날 저녁 나는 다시 백작의 저택으로 갔다. 이번에는 사샤가 아니라 그녀의 고등학생 오빠와 대화를 나누었다. 그 소년은 나를 정원으로 데려가더니 마음속에 있던 말을 쏟아 부었다. 쏟아지는 그의 말은 그와 '새엄마'의 생활에 관한 내 질문에서 유발된 것이었다.

"그 여자와 잘 아는 사이시죠." 그는 긴장한 듯 교복 단추를 풀며 말을 꺼냈다. "그 여자에게 이야기하실 테지만 전 겁나지 않아요. 마음대로 말하세요! 그 여자는 사악하고 천박해요!"

그러면서 그는 올가가 자기 방을 빼앗았고 우르베닌의 집에서 10년 동안 일했던 늙은 유모를 쫓아냈으며 끊임없이 소리를 지르고 못되게 군다고 말했다.

"어제 내 동생 사샤의 머리카락을 칭찬하셨잖아요. 정말 예쁜 머리죠? 진짜 리넨 같아요! 하지만 오늘 아침에 올가가 다 잘라 버렸다고요!"

'질투야!' 올가가 전혀 알지도 못하는 미용에 주제넘게 나선 것은 내게 그렇게 해석되었다.

"당신이 자기 머리카락이 아니라 사샤의 머리카락을 칭찬해서 질투하는 것 같았어요!" 소년이 내 생각을 확인해 줬다. "그 여자는 아빠도 괴롭혔어요. 아빠는 그 여자에게 많은 돈을 쓰면서 일은 뒷전으로 미루고… 다시 술을 마시기 시작했어요! 또다시요! 그 여자는 바보예요. 가난하고 좁은 집에서 살아야 한다고 종일 토록 울고 있어요. 아빠가 돈이 없는 게 아빠 잘못인가요?" 소년은 내게 많은 슬픈 이야기를 해줬다. 그는 맹목적인 아버지가 보지 못하거나 보고 싶지 않은 것들을 보았다. 불쌍한 소년의 아버지는 능멸당했고 여동생과 늙은 유모 역시 능멸당했다. 그 소년은 모은 책을 보관하고 잡아 온 꾀꼬리에게 먹이를 주던 작은 안식처마저 빼앗겼다. 어리석고 전지전능한 계모는 모든 것을 모욕했고, 모든 것을 조롱했다! 그러나 그 불쌍한 소년은 그 젊은 계모가 자기 가족에게 가한 끔찍한 모욕은 상상도 하지 못했었는데, 나는 그날 저녁 그와 대화를 나눈 후 그런 모욕적인 장면을 목격했다. 그 모욕 앞에서는 모든 것이 시시했으니, 사샤가 머리카락을 잘린 일은 그에 비하면 아무것도 아니었다.

그날 저녁 늦게 나는 백작의 집에 앉아 있었다. 우리는 여느 때처럼 술을 마셨다. 백작은 완전히 취했고 나는 약간 취기만 오른 상태였다.

"오늘은 벌써 올가가 은연중에 허리를 만지게 해줬어." 그가 중얼거렸다. "내일은 좀 더 진도를 나갈 거야."

"그럼, 나쟈는? 나쟈와는 어떤데?"

"진행하고 있어! 그녀와는 이제 겨우 시작일 뿐이야. 아직은 눈으로 대화하는 단계지. 난 그녀의 검고 슬픈 눈빛을 읽는 게 좋아. 말로는 전달할 수 없는, 영혼으로만 이해할 수 있는 뭔가가 그 속에 있거든. 한 잔 더 할까?"

"그런 대화를 몇 시간 동안 그녀가 참으면서 한다면 분명 자네를 좋아하는 거군. 그녀의 아빠도 자네를 좋아해."

"아빠? 그 얼간이 말이야? 하하! 그 멍청이는 내 의도가 정직한지 아닌지 의심하고 있지!"

백작은 기침을 하고 나서 술을 마셨다.

"그는 내가 결혼할 거로 생각해! 내가 결혼할 수 없다는 건 차치하고라도, 정직하게 판단하면, 나로서는 그녀와 결혼하는 것보다 그녀를 유혹하는 게 개인적으로 더 올바른 일이야. 술에 취해 기침만 하는 반늙은이와 평생을 함께하다니… 아이고, 오싹해라! 내 아내라도 다음 날이면 시들어 버리거나 도망칠 거야. 근데 이 시끄러운 소리는 뭐지?"

백작과 나는 벌떡 일어났다. 몇 개의 문들이 거의 동시에 쾅 닫히면서 올가가 우리가 있는 방으로 뛰어 들어왔다. 그녀는 눈처럼 하얗게 질리고 심하게 튕긴 현악기 줄처럼 떨고 있었다. 머리카락은 흐트러져 있었고 눈동자는 커다랬다. 그녀는 숨을 헐떡이며 손가락 사이로 잠옷 앞자락을 계속 구겨대고 있었다.

"올가, 무슨 일이야?" 나는 창백해져서 그녀의 손을 잡고 물었다.

백작은 내가 무심코 반말을 한 것에 놀랐어야 했지만 그 말을 듣지 못했다. 그는 커다란 물음표가 되어 마치 유령을 보는 것처럼 입을 크게 벌리고 눈을 부릅뜬 채 올가를 바라봤다.

"무슨 일이 일어났어요?" 내가 물었다.

"그가 나를 때려요." 올가가 흐느끼며 안락의자에 쓰러졌다.

"그가 때린다고요!"

"그가 누구죠?"

"남편이죠! 난 그와 같이 살 수가 없어요! 난 집을 나왔어요!"

"이건 분노할 일이야!" 백작이 주먹으로 테이블을 두들겼다.
"그에게 무슨 권리가 있어! 이건 폭력이야. 이건… 이건 빌어먹
을 악마 짓이야! 아내를 때린다고? 때리다니! 무엇 때문에 당신
한테 그러는 거지?"

"아무 이유도 없어요." 올랴는 눈물을 닦으며 말했다. "그냥 주
머니에서 손수건을 꺼냈는데 당신이 어제 보낸 편지가 떨어졌어
요. 그는 벌떡 일어나서 그걸 읽더니… 때리기 시작했어요. 그는
내 팔을 붙잡아 꽉 쥐고는 ─ 보세요, 아직도 손에 벌겋게 자국
이 있잖아요. ─ 설명하라고 요구했어요. 난 설명하는 대신 여기
로 달려온 거예요. 제 편이 되어달라고 말이에요! 그는 아내를 그
렇게 거칠게 대할 권리가 없어요! 난 식모가 아니에요! 난 귀족
이라고요!"

백작은 방 안을 왔다 갔다 하며 술에 취해 꼬인 혀로 말도 안
되는 소리를 내뱉기 시작했는데, 맨정신의 언어로 번역하면 <러
시아에서 여성의 지위에 대해>라는 제목을 붙여야 할 것이었다.

"이건 정말 야만적이야! 여기가 뉴질랜드군그래! 저런 사내는
자기 장례식에서 아내가 칼에 베어 죽는 걸 생각하지 않겠어? 야
만인들은 저승에 갈 때 아내를 데리고 간다고 하잖아!"

나는 냉정을 되찾을 수가 없었다. 잠옷 차림으로 갑자기 나타
난 올가를 어떻게 이해해야 하며, 어떤 생각을 하고 어떤 결정을

내려야 할까? 그녀가 구타당했다면, 그녀의 존엄성이 묘욕당했다면, 왜 아버지나 가정부… 마지막으로, 어쨌든 그녀와 가까이 있던 우리 집으로 달려가지 않았을까? 정말 모욕을 당한 걸까? 내 가슴은 순박한 우르베닌의 결백을 말하고 있었다. 진실을 감지하면서 내 가슴은 지금 망연자실해 있을 그 남편이 느꼈을 것과 똑같은 고통으로 죄어왔다. 나는 아무것도 묻지 않고 어디서부터 시작해야 할지도 모른 채 올가를 진정시키기 시작했고 그녀에게 와인을 권했다.

"아, 얼마나 큰 실수를 한 건지! 얼마나 큰 실수를!" 그녀는 와인 잔을 입술에 대고 눈물을 흘리며 한숨을 내쉬었다. "내게 구애할 때 그는 정말 얼마나 차분한 사람인 척했는지! 난 그가 사람이 아니라 천사라고 생각했다고요!"

"주머니에서 떨어진 편지를 보고 그가 좋아하길 바랐나요?" 내가 물었다. "그가 웃기를 바랐어요?"

"그 얘기는 하지 말자고!" 백작이 끼어들었다. "무슨 일이 있었다고 해도, 그의 행동은 비열해! 그런 식으로 여자를 대해선 안 되지! 내가 결투를 신청하겠어! 그에게 보여주겠어! 날 믿어, 올가 니콜라예브나, 그는 빠져나가지 못할 거야."

백작은 부부 사이의 일에 그가 끼어들도록 아무도 허락하지 않았음에도 어린 칠면조처럼 교만을 떨었다. 나는 남의 아내에 대해 복수하겠다는 것이 그 방의 벽을 넘어가지 못할 술 취한 말장난일 뿐 내일 아침이면 결투는 까맣게 잊히게 되리라는 것을 알았기 때문에 아무 말도 하지 않았고, 그와 대립하지도 않았다.

하지만 올가는 왜 침묵했을까? 나는 그녀가 백작이 제안한 호의를 거절하지 않을 거로 생각하고 싶지는 않았다. 나는 술 취한 백작이 부부 사이 일을 판결하는 걸 기꺼이 동의할 정도로 이 어리석고 아름다운 고양이가 자존심이 없다고 믿고 싶지는 않았다.

"진흙으로 놈을 뭉개버리겠어!" 기사 작위를 새로 받은 기사가 외쳤다. "마지막으로는 얼굴을 때려주지! 내일!"

그녀는 술에 취해 사람을 모욕한 이 악당의 입을 다물게 하지 않았다! 그 사람에게 죄가 있다면 오직 속았다는 것, 그리고 속고 있다는 것밖에는 없는데 말이다. 우르베닌은 그녀의 팔을 강하게 움켜잡음으로써 그녀가 백작의 집으로 추악하게 도망치게 된 빌미를 주었던 것인데, 정신 연령이 철부지인 술 취한 인간이 이제 그녀의 눈앞에서 성실한 사람의 이름을 짓밟고 그에게 진흙 구정물을 퍼붓고 있었다. 그는 지금 자신이 속았다는 것을 자각하고 우울에 짓눌려, 알 수 없는 상태에 짓눌려 시들어가고 있을 것이 분명한데 말이다. 그런데도 그녀는 심지어 눈썹 하나 까딱하지 않았다!

백작이 분노를 쏟아붓고 올가가 눈물을 닦는 동안 하인이 구운 꿩고기를 가져왔다. 백작은 손님인 그녀에게 반 마리를 주었다. 그녀는 고개를 흔들며 거절했는데, 좀 있다가는 기계적으로 칼과 포크를 잡고 먹기 시작했다. 꿩고기에 이어 큰 잔으로 와인이 이어졌고 이내 눈 주변의 분홍색 반점 몇 개와 드문드문 들리는 깊은 한숨을 제외하고는 그녀에게 눈물의 흔적은 전혀 남지 않았다.

금세 웃음소리가 들렸다. 위로를 받자 상처는 잊어버린 아이처럼 올가는 웃고 있었다. 그녀를 바라보며 백작도 웃었다.

"내가 무슨 생각을 했는지 알아?" 그가 그녀 옆에 앉아 말하기 시작했다. "우리 집에서 아마추어 연극 공연을 열고 싶어. 여성이 멋진 역할을 하는 연극을 만들 거야. 어? 어떻게 생각해?"

그들은 아마추어 연극 이야기를 하기 시작했다. 불과 한 시간 전에 풀어헤친 머리에 창백한 얼굴로 울면서 달려온 올가의 겁에 질린 표정과 이 바보 같은 대화를 어떻게 연결할 수 있겠는가! 그 두려움, 그 눈물은 얼마나 값싼 것이었던가!

그러는 사이 시간이 흘러갔다. 12시였다. 조신한 여성들은 이 시간이면 잠자리에 든다. 올가는 벌써 갔어야 할 시간이었다. 그러나 12시 반이 지나고, 1시가 지나도 그녀는 여전히 자리에 앉아서 백작과 이야기하고 있었다.

"잘 시간이야." 나는 시계를 보며 말했다. "난 가네. 내가 데려가 줄까요, 올가 니콜라예브나?"

올가는 나와 백작을 번갈아 쳐다봤다.

"어디로 가겠어요?" 그녀가 읊조렸다. "그에게 돌아갈 수는 없어요."

"그렇지, 그렇고 말고, 그에게 돌아갈 수는 없어." 백작이 말했다. "그가 다시 당신을 때리지 않을 거라고 누가 장담하겠어? 안 되지, 안 돼!"

나는 방을 돌아다녔다. 정적이 흘렀다. 나는 이 구석에서 저 구석으로 왔다 갔다 했고, 내 친구와 내 애인은 내 걸음을 지켜봤다. 나는 그 침묵과 그 눈빛이 뭔지 알 것 같았다. 뭔가를 기대하며 초조해하는 눈빛이었다. 나는 모자를 내려놓고 소파에 앉았다.

"자, 그러면," 백작이 중얼거리며 초조하게 손을 비볐다. "이제… 일이 이렇게…."

1시 반이 지났다. 백작은 재빨리 시계를 쳐다보고는 얼굴을 찡그린 채 방을 서성거렸다. 그가 내게 던진 눈빛을 보면 무언가, 필요하지만 낯간지럽고 유쾌하지 않은 어떤 말을 하고 싶은 게 분명했다.

"이봐, 세료자!" 마침내 그는 내 옆에 앉아서 내 귀에 대고 속삭였다. "기분 나빠하지 말게, 친구. 자네는 당연히 내 입장을 이해할 거야. 그러니 내 요청을 이상하고 뻔뻔스럽다고 여기지 않겠지."

"어서 말해! 우물쭈물할 필요가 없잖아!"

"저기… 무슨 일인지 알지 않나… 그게… 가 달라고, 이 친구야! 자네는 우리를 방해하고 있어. 그녀는 우리 집에 머물 거네. 쫓아내서 미안하지만… 자네는 내 조바심을 이해할 거야."

"알았어."

나는 친구가 역겨웠다. 내게 결벽증이 있지 않았다면, 그가 열병을 앓듯이 떨면서 우르베닌의 아내와 단둘이 있게 해달라고 부탁했을 때 나는 그를 벌레처럼 짓밟아 버렸을지도 모른다. 숲과 성난 호수의 품에서 자라난, 극적인 죽음을 꿈꾸던 서정적인 '붉은 옷을 입은 아가씨를' 그가, 술에 찌들고 병이 든, 나약한 은둔자인 그가 취하고 싶다니! 안 된다, 그녀는 그에게서 1km 거리에도 있어서는 안 되는 것이다!

나는 그녀에게 다가갔다.

"난 갈 거야." 내가 말했다.

그녀는 고개를 끄덕였다.

"내가 여기서 떠나야 해? 그래?" 나는 그녀의 상기된 예쁜 얼굴에서 진실을 읽으려고 애쓰면서 물었다. "그렇냐고?"

그녀는 길고 검은 속눈썹을 희미하게 움직이며 그렇다고 대답했다.

"생각은 해본 거야?"

그녀는 성가신 바람을 피해 돌아서는 것처럼 나를 외면했다. 말하고 싶지 않은 것이었다. 그리고 왜 그래야 한단 말인가? 이 기나긴 문제는 짧게 대답할 수 없는 것이었고, 지금은 길게 말할 시간도, 장소도 아니었다.

나는 모자를 쓰고 작별 인사도 하지 않고 떠났다. 나중에 올가는 내게 내가 떠나자마자, 내 발소리가 바람 소리와 정원의 소음에 묻히자마자, 술에 취한 백작은 이미 자기를 껴안고 있었다고 말했다. 그녀는 눈을 감고 입과 콧구멍을 막고서도 혐오감 때문에 서 있기가 힘들었다. 그의 품에서 벗어나 호수로 뛰어들 뻔한 순간도 있었다. 머리카락을 뜯으며 흐느꼈던 순간도 있었다. 제 몸을 판다는 것은 쉬운 일이 아닌 것이다!

그 집에서 나와서 조리카가 서 있는 마구간으로 향하면서 나는 관리인의 집을 지나쳐야 했다. 나는 창문을 들여다봤다. 다 타서 그을음투성이가 된 등잔의 죽어 가는 불빛 아래 표트르 예고리치가 식탁에 앉아 있었다. 그의 얼굴은 보이지 않았다. 손으로 가리고 있었던 것이다. 그러나 그의 축 늘어진 뚱뚱한 모습에서 고뇌와 슬픔, 절망이 느껴졌기 때문에 얼굴을 보지 않아도 그의 마음 상태를 이해할 수 있었다. 그의 앞에는 병이 두 개 놓여 있었다. 하나는 비어 있었고, 다른 하나는 이제 막 딴 것이었다. 둘 다 보드카 병이었다. 그 불쌍한 남자는 자기 자신과 사람들이 아니라 술에서 평안을 찾고 있었다.

5분 후 나는 집으로 돌아가고 있었다. 끔찍하게 어두웠다. 호수는 성이 나서 거품을 일으키고 있었다. 방금 더러운 일을 목격한 죄인인 내가 감히 황량한 평온 속에 있는 자기를 방해하는 것에 성이 난 것 같았다. 너무 어두워서 호수가 보이지는 않았다. 보이지 않는 괴물이 포효하는 것 같았고, 나를 감싸고 있는 어둠 자체가 포효하는 것 같았다.

나는 조리카를 멈춰 세우고 눈을 감고 포효하는 괴물을 생각했다.

'지금 돌아가서 그들을 없애버리면 어떻게 될까?'

마음속에서 끔찍한 분노가 치밀어 올랐다. 오랜 시간 타락한 채 살아온 이후에도 내 안에 남아 있던 선하고 정직한 모든 것들, 내가 소중히 여기고 아끼고 자랑스러워했던 모든 것들이 모욕당하고 침을 맞았으며 진흙으로 더럽혀진 것이다.

나는 일찍이 타락한 여자들을 알았고 그들을 돈으로 사고 그들에 대해 배웠지만, 그들에게는 내가 그 5월의 아침에 숲을 지나 테네보 장터로 갈 때 봤던 천진난만한 혈색과 진지한 푸른 눈이 없었다. 골수까지 썩어 빠진 나는 모든 것을 용서하고 모든 사악한 것에 관용을 가지라고 가르치고 약점까지도 관대하게 봐왔었다. 나는 진흙에게 진흙이어서는 안 된다고 요구해서는 안 되고, 어쩔 수 없는 상황 때문에 진흙에 빠진 금화를 비난해서는 안 된다는 신념이 있었다. 그러나 금화가 진흙에 녹아들어 진흙과 한 덩어리로 섞일 수 있다는 것을 전에는 몰랐었다. 그러니까 금도 녹는 것이다!

강한 돌풍에 모자가 머리에서 떨어져 나가 옆의 어둠 속으로 날아가 버렸다. 모자는 조리카의 얼굴을 스치며 날아갔다. 조리카는 겁에 질려 뒷발로 펄쩍 뛰었다가 익숙한 길로 빠르게 달려갔다.

집에 도착하자마자 나는 침대에 쓰러졌다. 폴리카르프는 내 옷을 벗겨주겠다고 하다가 악마라고 애꿎은 욕을 먹었다.

"자기가 악마지." 폴리카르프는 침대에서 멀어져 가며 투덜거렸다.

"뭐라고 했어? 뭐라고 했냐고?" 나는 벌떡 일어났다.

"귀머거리 신부한테 성찬식을 두 번 올릴 수는 없답니다."

"아아… 넌 내게 아직도 감히 무례하게 말하는구나!" 나는 불쌍한 하인에게 쓰디쓴 말을 있는 대로 퍼부으며 몸을 떨었다. "나가! 내 눈앞에서 사라져, 이 비열한 악당! 나가라고!"

그리고 나는 그가 방에서 나갈 때까지 기다리지 못하고 침대에 쓰러져 어린아이처럼 흐느껴 울었다. 팽팽하게 당겨진 신경이 더는 견뎌낼 수가 없었다. 무력한 분노, 상처받은 감정, 질투 — 이 모든 것이 어떤 식으로든 분출되어야 했던 것이다.

"남편이 아내를 죽였다!" 내 앵무새가 얇은 깃털을 펄럭이며 비명을 질렀다.

이 외침의 영향을 받아서인지 나는 우르베닌이 아내를 죽였을 지도 모른다는 생각이 들었다.

잠이 들었을 때 나는 살인을 목격했다. 고통스럽고 질식할 것 같 은 악몽이었다. 내 손이 차가운 무언가를 쓰다듬고 있는 것 같았고 눈을 뜨기만 하면 시체가 보일 것 같았다. 나는 우르베닌이 내 머 리맡에 서서 애원하는 눈빛으로 나를 바라보고 있는 환영을 봤다.

방금 설명한 밤이 지나가자 적막한 시간이 찾아왔다.

나는 집에 들어앉아 나가지도 않고 업무가 있을 때만 외출했 다가 돌아왔다. 할 일이 가득 쌓여 있어서 지루할 틈은 없었다. 아침부터 밤까지 나는 책상에 앉아 글을 휘갈기거나 내 수사망 에 들어온 사람을 신문했다. 백작의 영지는 이제 더는 나를 유혹 하지 않았다.

나는 올가를 지워버렸다. 수레에서 떨어진 것은 잃어버린 것이 라고, 그녀는 정확히 내 수레에서 떨어진 것, 즉 영원히 잃어버린 것이라고 나는 생각했다. 나는 그녀를 생각하지 않았고 생각하 고 싶지도 않았다.

'멍청하고 음탕한 쓰레기!' 나는 업무에 집중하다가 그녀가 내 상상 속에 떠오를 때마다 그녀를 경멸했다.

잠자리에 들거나 아침에 일어날 때 정말 가끔씩 올가와의 짧았 던 인연과 연애의 다양한 순간들이 떠오르곤 했다. 돌무덤, 그리 고 '붉은 옷을 입은 아가씨'가 살던 숲속의 오두막, 테네보로 가 는 길, 동굴에서의 만남이 떠올랐고… 그러면 심장이 세차게 뛰기 시작했다. 나는 가슴을 짓누르는 통증을 느꼈다. 하지만 이 모든 것은 오래가지 않았다. 힘겨운 기억이 눈부신 기억을 금방 억눌렀던 것이다. 과거의 어떤 시가 현재의 더러움을 견딜 수 있을까? 올가와 끝이 난 지금, 나는 이미 예전처럼 그 '시'를 멀리서 바라보지 않았다. 이제 나는 그 시를 착시적 기만, 거짓말, 위선으로 봤고… 내 눈에서 그 시는 절반의 매력을 잃었다.

백작은 이제 내게 완전히 역겨운 존재가 됐다. 나는 그를 보지 않아서 다행이었고 그의 콧수염 난 얼굴이 내 상상 속에 소심하게 나타날 때면 언제나 화가 났다. 그는 매일 내게 편지를 보내어 '더 이상 고독한 은둔자가 아닌 사람'을 찾아와 달라고 간청했다. 그의 편지에 따르는 것은 나 자신을 불쾌하게 하는 일이었다.

'다 끝났어!' 나는 생각했다. '감사한 일이지. 나는 지쳤어.'

나는 백작과 모든 관계를 끊기로 결심했고, 이 결심은 조금도 힘들지 않았다. 이제 나는 더는 프셰호츠키 때문에 그와 다툰 이후 집에 거의 앉아 있지 못했던 3주 전의 내가 아니었다. 미끼는 이미 없었다.

두문불출한 채 집에 있던 나는 지루해져서 의사인 파벨 이바노비치에게 대화나 나누러 오라고 청하는 편지를 보냈다. 어떤 이유에서인지 답장이 오지 않자 나는 또다시 편지를 보냈다. 두 번째 편지도 첫 편지와 같은 반응을 받았다. 이 착한 '실눈뜨기'는 화가 난 척하는 게 분명했다. 나덴카 칼리니나에게 거절당한 이 불쌍한 남자는 자신의 불행이 나로 인한 것으로 생각했다. 그에게는 화를 낼 권리가 있었고, 이전에 그가 화를 낸 적이 없었다면 그것은 화내는 방법을 몰랐기 때문이었다.

'대체 언제 그걸 깨우친 거지?' 나는 편지의 답장을 받지 못하여 궁금해하고 있었다.

고집스럽게 두문불출하고 지낸 지 3주째 되던 날 백작이 나를 찾아왔다. 그는 찾아오지도 않고 편지에 답장도 보내지 않은 나를 질책한 후 소파에 누웠다. 그리고 제일 좋아하는 주제인 여자 이야기를 하다가 코를 골기 시작했다.

"나는 이해하고 있어." 그가 나른하게 눈을 감고 머리 아래 손을 대며 말했다. "자네는 예민하고 섬세한 사람이야. 우리 집에 오지 않은 건 우리 둘을 망칠까 봐… 방해할까 봐 걱정해서겠지. 때를 모르는 손님은 타타르족보다 더 나쁘고 신혼에 오는 손님은 뿔 달린 악마보다 더 나쁘지. 난 자네를 이해해. 하지만, 친구, 자네는 손님이 아니라 내 친구이고 내가 자네를 좋아하고 존경한다는 걸 잊은 거야. 자네가 와 있으면 조화가 이루어질 뿐이라고…. 조화 말이야, 친구! 말로는 표현할 수조차 없는 그런 조화!"

백작이 머리 아래서 한쪽 손을 꺼내 내저었다.

"그녀와 사는 게 좋은 건지 나쁜 건지 나 자신도 모르겠어. 악마도 모를 거야! '다시 한번'을 위해서라면 정말로 내 인생의 절반을 바칠 것 같은 순간들도 있지만 바보처럼 구석구석 방을 돌아다니며 울부짖을 것 같은 날도 있어."

"뭐 때문에?"

"난 이 올가를 이해할 수가 없어, 친구. 그녀는 일종의 열병이지 여자가 아니야. 열병이 나면 열이 났다가 오한이 났다가 하잖

아. 그녀도 딱 그렇다고. 하루에도 몇 번씩 변하곤 해. 어떤 날은 즐겁고 다음 날은 눈물을 삼키고 기도할 정도로 지루하고… 어떤 때는 나를 사랑하고 또 어떤 때는 아니야. 어떤 순간에는 그 어떤 여자도 하지 못할 애무를 해주기도 해. 하지만 가끔은 이런 때도 있다네. 불현듯 잠이 깨서 눈을 떴는데 어떤 얼굴이 나를 보고 있는 거야. 끔찍하고 거친 어떤 얼굴… 악의와 혐오로 뒤틀린 얼굴 말이야. 그런 얼굴을 보면 모든 매력이 사라져버려. 그런데 그녀는 자주 그런 식으로 나를 쳐다보는 거야."

"혐오스럽게?"

"그렇지! … 도무지 이해가 안 돼. 그녀는 오직 사랑하기 때문에 내게 왔다고 주장해. 그런데 단 하루도 그런 얼굴을 보지 않는 밤이 없어. 이건 어떻게 설명되지? 물론, 믿고 싶지는 않지만, 그녀는 내가 견딜 수 없는데 내가 지금 사주는 그 옷들 때문에 내게 자신을 바쳤다는 생각이 들기 시작해. 그녀는 광적으로 옷을 좋아해! 새 드레스를 입으면 아침부터 밤까지 거울 앞에 서 있을 수 있고 프릴이 망가졌다고 낮이고 밤이고 울 수도 있어. 성질이 끔찍하더라고! 그녀가 나에 대해 가장 좋아하는 건 내가 백작이라는 사실이야. 내가 백작이 아니었다면 그녀는 절대로 나를 사랑하지 않았을 거야. 점심이나 저녁 식사를 하면서 내가 귀족 사회와 어울리지 않는다고 눈물을 흘리며 나를 비난하지 않은 적이 없어. 그녀는 그 사회의 여왕이 되고 싶은 거야. 이상한 여자야!"

백작은 몽롱한 눈빛으로 천장을 올려다보며 잠시 생각에 잠겼다. 놀랍게도 이번에 그는 평소와는 달리 술에 취해 있지 않다는 사실을 나는 알아차렸다. 이것은 놀라운 일이었고, 심지어 감동적이기까지 했다.

"한데, 자네는 오늘 지극히 정상적이군." 내가 말했다. "취하지도 않았고 보드카를 달라고 하지도 않네. 꿈을 꾸고 있는 것 같은 이런 상태는 뭘 뜻하는 거지?"

"글쎄! 술 마실 시간이 없었어. 계속 생각을 하고 있었으니까. 세료자, 농담이 아니라 나는 진지하게 그녀에게 빠졌다고 말해야겠어. 정말 그녀를 좋아해. 그럴 만도 하지. 외모는 말할 것도 없고 정말 보기 드문 여자거든. 그렇게 똑똑하지는 않지만 그 느낌과 우아함, 신선함이라니! 그녀는 내가 지금까지 사랑을 누려온 아말리야, 안젤리카, 그루샤와는 비교도 할 수 없을 정도야. 그녀는 내게 다른 세상, 전혀 낯선 세상에서 온 사람이야."

"철학하고 있군!" 나는 웃기 시작했다.

"난 마치 사랑이라는 걸 하게 된 것처럼 빠져 버렸었어! 하지만 이제는 내가 쓸데없는 노력을 하고 있다는 걸 알게 됐어. 내게 이런 거짓된 흥분을 불러일으킨 건 가면이었어. 천진난만하게 밝은 그 혈색은 화장 때문이었고 사랑의 키스는 새 드레스를 사달라는 요청이었어. 나는 그녀를 아내로서 집에 데려왔지만 그녀는 돈을 받는 정부같이 굴고 있어. 하지만 이제 됐어! 나는 마음속의 불안을 진정시키고 올가를 정부로 보기 시작한 참이야. 이제 됐어!"

"그래서? 그 남편은 어때?"

"남편? 흠… 어떤 것 같아?"

"이 순간 그 남편보다 더 불행한 사람은 상상하기 어렵다고 생각하네."

"그렇게 생각해? 괜한 생각이야. 그는 불한당이고, 그따위 악당에게 난 전혀 동정심이 들지 않아. 악당은 절대로 불행할 수가 없지. 항상 탈출구를 찾을 거야."

"대체 무엇 때문에 그렇게 그를 욕하는 건가?"

"그는 나쁜 놈이니까. 내가 그를 존경하고 친구로 믿었다는 걸 알잖아. 나는, 그리고 자네조차도 모두 그를 정직하고 훌륭한, 속임수는 쓸 줄 모르는 사람이라고 생각했어. 하지만 그동안 그는 내 걸 강탈하고 사기를 쳤어! 관리인이라는 지위를 이용해서 내 재산을 마음대로 처분했단 말이네. 그가 훔치지 않은 건 부동산뿐이야."

나는 우르베닌이 지극히 청렴하고 사심 없는 사람이라고 알고 있었기에 백작의 말을 듣고 벌떡 일어나서 그에게 다가갔다.

"그가 도둑질하는 현장을 잡았어?" 내가 물었다.

"아니. 하지만 믿을 만한 소식통을 통해 그가 도둑질했다는 건 알고 있어."

"어떤 소식통인지 물어봐도 되나?"

"괜한 비난을 하는 건 아니니까 걱정하지 말게. 올가가 그에 관해 모든 걸 말해줬어. 그녀는 그의 아내가 되기 전에도 그가 닭과 거위를 마을로 보내는 걸 자기 눈으로 봤다고 했어. 내 거위와 닭이 그의 고등학생 아들에게 숙소를 제공하는 어떤 후원자에게 가는 걸 그녀가 한두 번 본 게 아니야. 그뿐만 아니라 그녀는 그가 그곳으로 밀가루, 기장, 돼지기름을 보내는 것도 봤어. 이 모든 건 아무것도 아니라고 쳐. 하지만 그것들이 그의 물건이란 말이야? 이건 돈의 문제가 아니라 원칙의 문제야. 원칙을 어겼다는 거지! 다음으로, 그녀는 그의 찬장에 지폐 다발이 있는 걸 봤어. 그게 누구 돈이고 어디서 났는지 묻자 그는 돈이 있다는 사실을 말하지 말라고 요구했어. 그가 쥐꼬리만큼도 돈이 없다는 걸 알잖아, 친구! 그의 월급은 간신히 먹고살 정도라네. 설명해 보게, 그가 어디서 돈을 구했겠나?"

"이 멍청한 인간아, 그 작고 더러운 인간의 말을 믿어?" 나는 마음속 깊이 분개하며 소리쳤다. "그녀는 그에게서 도망쳐서 온 동네에 그의 이름을 먹칠하는 것만으로는 부족한 거야. 그를 더 배신할 게 남아 있었던 거라고! 그렇게 작은 몸속에 온갖 사악함을 다 숨기고 있어! 닭, 거위, 기장… 주인님, 주인님! 자네는 정치 - 경제적 감각도 없고 농업에 대해 무지한 나머지 선물로 주지 않았으면 여우와 족제비가 먹고 말았을 닭을 선물로 보냈다는 사실에 불쾌감을 느끼는군. 하지만 우르베닌이 자네에게 제출하는 그 방대한 보고서를 자네는 한 번이라도 확인해 봤나? 수천, 수만의 수를 세어본 적이 있어? 아니지! 그러니 자네와 무슨 말을 하겠나? 자넨 멍청하고 잔인해. 정부의 남편을 쫓아내 버리면 좋겠는데 방법을 모르는 거잖아!"

"나와 올가의 관계는 이것과 아무런 상관도 없어. 그가 그녀의 남편이든 아니든, 일단 그가 도둑질을 했다면 나는 그를 대놓고 도둑이라고 불러야 하는 거지. 하지만 그런 부정행위 건은 제쳐두자고. 말해보게, 월급을 받으면서 매일같이 술에 취해 있는 건 정당한 건가, 아닌가? 그는 매일 술에 취해 있어! 하루도 휘청

거리는 모습을 보이지 않는 날이 없어! 괜찮은 사람이라면 그렇게 하지 않지."

"그렇게 술을 마시는 거야말로 그가 괜찮은 사람이기 때문이야." 내가 말했다.

"자네는 그런 신사들을 두둔하려는 열정 같은 게 있나 보군. 하지만 나는 자비를 베풀지 않기로 결심했어. 오늘 나는 그에게 정산을 해줬고 다른 사람을 위해 자리를 비워 달라고 했어. 내 인내심은 바닥났어."

백작에게 그가 부당하고 비현실적이며 어리석다고 설득해 봐야 소용없다는 생각이 들었다. 백작 앞에서 우르베닌을 두둔해서는 안 되는 것이다.

5일 후에 나는 우르베닌이 고등학생 아들과 어린 딸을 데리고 도시로 이주했다는 소식을 들었다. 사람들 말로는, 그는 술에 취해 반쯤 죽은 상태로 갔고 짐마차에서 두 번이나 떨어졌다고 했다. 고등학생과 사샤는 가는 길 내내 울고 있었다.

우르베닌이 떠난 지 얼마 지나지 않아 나는 내 의지에 반하여 백작의 저택을 방문하게 되었다. 백작의 마구간 중 하나에 도둑이 들어 자물쇠를 부수고 값비싼 안장 몇 개를 훔쳐 달아난 일이 생긴 것이다. 예심 판사(즉, 나)에게 이 사건이 통보되었기에 놀렌스 볼렌스(좋든 싫든) 나는 그곳에 가야만 했다.

나는 술에 취해 화가 나 있는 백작과 맞닥뜨렸다. 그는 우울함을 피할 곳을 찾아서 온 방을 돌아다니고 있었지만 찾지 못했다.

"이 올가에게 난 완전히 지쳤어!" 그는 손을 휘저으며 말했다.

"그녀는 오늘 아침에 나한테 화가 나서 물에 빠져 죽겠다고 협박을 하고는 집을 나갔는데, 보다시피 아직도 나타나지 않고 있어. 그녀가 물에 빠져 죽지 않을 거라는 건 알고 있지만 어쨌든 꺼림칙한 기분이야. 어제는 온종일 삐쳐서 그릇을 부쉈고, 그 전날에는 초콜릿을 마구 먹었어. 천성이 어떻게 돼 먹은 건지 도무지 알 수가 없어!"

나는 할 수 있는 만큼 백작을 위로하고 그와 함께 저녁을 먹었다.

"이제, 이런 아이 같은 짓은 집어치워야 할 때야." 그는 식사 내내 중얼거렸다. "때가 된 거야. 어리석고 우스꽝스럽잖아. 게다가 고백하자면, 그녀는 변덕이 죽 끓듯 해서 난 벌써 질리기 시작했어. 내게는 나덴카 칼리니나처럼 조용하고 한결같고 겸손한 사람이 필요해, 알잖아. 멋진 여자야!"

저녁 식사 후 정원을 거닐다가 나는 '익사한 여자'를 만났다. 나를 보자 그녀는 얼굴이 무서울 정도로 빨개져서 — 이상한 여자다. — 행복하게 웃었다. 그녀의 얼굴에는 부끄러움과 기쁨, 슬픔과 행복이 뒤섞여 있었다. 그녀는 곁눈질로 나를 보더니 달려와서 아무 말 없이 내 목에 매달리는 것이었다.

"사랑해." 그녀는 내 목을 꽉 누르며 속삭였다. "너무 보고 싶었어. 당신이 오지 않았다면 나는 죽었을 거야."

나는 그녀를 껴안고 말없이 정자로 데려갔다. 10분 후 그녀와 헤어지면서 나는 주머니에서 25루블짜리 지폐를 꺼내 그녀에게 건넸다. 그녀는 눈이 휘둥그레졌다.

"이게 뭐야?"

"오늘의 사랑에 대한 대가를 지불하는 거야."

올가는 이해하지 못하고 놀란 표정으로 나를 계속 쳐다봤다.

"있잖아, 어떤 여자들은," 내가 설명했다. "돈 때문에 사랑을 해. 그들은 몸을 파는 여자들이지. 그들에게는 돈을 지불해야 해. 가져가라고! 다른 사람의 돈은 받으면서 내 돈은 왜 받고 싶지 않아? 나는 은혜를 입고 싶지는 않아!"

이런 모욕을 주면서 내가 아무리 냉소적으로 굴어도 올가는 내 말을 이해하지 못했다. 그녀는 아직 인생을 몰랐고 '돈으로 얻을 수 있는' 여자가 무엇을 의미하는지 이해하지 못했다.

8월의 어느 멋진 날이었다.

여름 햇살은 따사로웠고 푸른 하늘은 저 멀리서 다정하게 손짓했지만, 공기 중에는 이미 가을의 기운이 느껴졌다. 침울한 숲의 푸르렀던 나뭇잎들 중 수명을 다한 잎들은 이미 황금빛으로 변했고 어두워진 들판은 쓸쓸하고 우울한 표정을 짓고 있었다.

피할 수 없는 무거운 가을에 대한 불길한 예감이 우리 속에도 똬리를 틀고 있었다. 파국이 이미 가까이 와 있음을 예견하는 것은 어렵지 않았다. 답답하고 후덥지근한 공기를 상쾌하게 일소하기 위해 언젠가는 천둥이 치고 비가 오리라는 것이 분명했다! 천둥이 치기 전 하늘에 무거운 먹구름이 몰려오면 후덥지근하고 답답해지는 법인데 이미 우리에게는 도덕적으로 숨 막히는 분위기가 내려앉아 있었다. 우리의 움직임과 미소, 그리고 우리가 하는 말들 등 모든 것에 그런 분위기가 나타나 있었다.

나는 가벼운 승합마차를 타고 가는 중이었다. 내 옆에는 치안 판사의 딸인 나덴카가 앉아 있었다. 눈처럼 창백한 얼굴에 턱과 입술은 금방이라도 울 것같이 떨렸고 깊은 눈망울에는 슬픔이 가득했지만, 그녀는 가는 내내 웃으면서 굉장히 즐거운 척했다.

우리의 앞뒤에는 크기도, 종류도, 연식도 다양한 탈 것들이 움직이고 있었다. 양옆으로는 말을 탄 기병들과 여자 기수들이 있었다. 카르네예프 백작은 사냥꾼이라기보다는 광대 비슷한 녹색 사냥복을 입고 있었는데 앞뒤로 몸을 굽히면서 자신의 흑마를 무자비하게 널뛰게 했다. 그의 굽은 몸과 초췌한 얼굴에 수시로 떠오르는 아픈 표정을 보면 그가 처음 말을 타는 건 아닐까 하는 생각이 들 수도 있었다. 그의 등에는 새 연발총이 흔들거리며 매달려 있고 옆구리에 달린 가방에는 총에 맞아 퍼덕거리는 도요새가 들어 있었다.

기병단의 보석은 올렌카 우르베니나였다. 백작이 선물한 흑마 위에 앉아 검은 승마복을 입고 모자에 흰 깃털을 단 그녀는 이제 불과 몇 달 전에 숲에서 만났던 '붉은 옷을 입은 아가씨'와는 닮은 점이 없었다. 지금 그녀의 모습에는 무언가 엄숙하고 '귀부인' 같은 게 있었다. 채찍을 휘두르고 미소를 짓는 그녀의 모든 동작은 귀족적이고 위엄 있게 보이려는 계산에서 나온 것이었다. 그녀의 움직임과 미소에는 도발적이면서 불을 뿜어내는 듯한 무언가가 있었다. 그녀는 오만하게 점잔을 빼며 고개를 치켜들었고 앉아 있는 말의 높이에서 사회 전체를 향해 경멸을 쏟아붓고 있었다. 마치 우리의 고결한 여성들이 자기에게 보내는 시끄러운 소리 따위는 개의치 않는다는 듯한 태도였다. 그녀는 '백작과 함께하는' 자신의 지위, 자신의 당돌함을 과시하며 교태를 부렸다. 백작이 벌써 그녀에게 질려서 그녀를 떨구어 버릴 기회를 매 순간 기다리고 있다는 것을 마치 모른다는 듯이 말이다.

"백작이 나를 쫓아내려고 해." 기병단이 마당을 빠져나간 후 그녀는 큰 소리로 웃으며 내게 말했었다. 그러므로 그녀는 자신이 처한 상황을 잘 알고 있었을 것이다.

그런데 왜 그렇게 크게 웃었을까? 나는 그녀를 바라보며 의아했다. 이 숲속의 쁘띠 부르주아는 어떻게 그토록 생기 넘칠 수 있었을까? 그녀는 언제 그렇게 우아하게 안장에 앉는 법을 배우고, 콧구멍을 그렇게 당당하게 실룩거리면서 거만한 몸짓으로 과시하는 법을 배웠을까?

"타락한 여자는 돼지나 마찬가지야." 파벨 이바노비치 박사는 내게 이렇게 말했었다. "그런 여자는 식탁에 앉게 하면 다리를 식탁에 올려놓는다고."

그러나 이 설명은 지나치게 단순하다. 그 누구도 나만큼 올가에게 편파적일 수 없었을 테지만, 또한 나야말로 그녀에게 제일 먼저 돌을 던질 준비가 된 사람이었을 것이다. 그러나 막연한 진실의 목소리가 내게 속삭였다. 그것은 배부르고 사는 것에 흡족한 여자의 생기나 자기 과시가 아니라 가까이 다가온 피할 수 없는 파멸의 예감이자 절망이라고 말이다.

8

우리는 아침부터 떠난 사냥에서 돌아오는 길이었다. 사냥은 잘
되지 않았다. 큰 기대를 걸었던 습지 근처에서 어떤 사냥꾼 일행
을 만났는데 그들은 사냥감이 겁에 질려 다 도망갔다고 알려줬
다. 우리는 도요새 세 마리와 새끼 오리 한 마리를 저세상으로 보
내는 데 성공했지만 열 명의 사냥꾼에게 떨어진 몫은 그게 전부
였다. 말을 탄 여자들 중 한 명에게 치통이 생겼고 결국 우리는
서둘러 돌아와야 했다. 얼마 전에 묶어 놓은 호밀 단이 누렇게 변
한 밭을 따라 우리가 돌아온 길은 침울한 숲과 비교하면 아주 멋
져 보였다. 수평선에는 백작의 영지에 있는 교회와 집이 희게 빛
났다. 그 오른쪽에는 거울 같은 호수의 수면이 넓게 펼쳐져 있었
고 왼쪽에는 돌무덤의 어두운 형체가 보였다.

"정말 무서운 여자예요!" 나덴카는 올가가 우리 마차와 나란
히 갈 때마다 내게 속삭였다. "정말 무서운 여자예요! 아름다운
것만큼이나 사악해요. 당신이 그 결혼식 들러리를 선 게 오래되
기나 했어요? 저 여자는 웨딩 슈즈가 닳아 없어지기도 전에 다른
사람의 비단신을 신고 다른 사람의 다이아몬드를 자랑하고 있어
요. 사람이 이렇게 기이하고도 빠르게 변신한다는 게 믿기지 않
아요. 그런 게 저 여자의 본능이라고 해도 적어도 1, 2년 정도는
기다리는 게 인정 있는 행동일 텐데 말이에요."

"살려고 서두르는 거예요! 기다릴 시간이 없으니까!" 나는 한숨을 쉬었다.

"저 여자의 남편이 어떻게 지내는지 아세요?"

"술을 퍼마시고 있다고 하더군요."

"그래요, 아빠가 사흘 전에 마을에 가셨는데 어디선가 그가 마차를 타고 가는 걸 보셨어요. 있잖아요, 그는 고개를 한쪽 옆으로 기울인 채 모자도 안 쓰고 얼굴에는 진흙이 잔뜩 묻어 있었대요. 그 사람은 파멸한 거예요! 사람들 말로는 끔찍하게 가난하대요. 먹을 것도 없고 집세도 내지 못할 정도라고요. 불쌍한 사샤는 매일매일 먹을 것도 없이 집에 있어요. 아빠는 이 모든 상황을 백작에게 설명했어요. 하지만 백작이 어떤 사람인지 아시잖아요! 백작은 정직하고 착하지만 생각하고 판단하는 걸 좋아하는 사람이 아니죠. 그는 '내가 100루블을 보내죠'라고 말하고는 돈을 찾아서 보냈어요. 우르베닌에게 그 돈을 받는 것보다 더 큰 모욕은 없을 거라고 저는 생각해요. 그는 백작의 이 작은 적선에 모욕당하고 더욱더 퍼마시기 시작할 거예요."

"그래요, 백작은 어리석죠." 내가 말했다. "그는 저를 통해, 제 이름으로 그 돈을 보낼 수도 있었는데 말이죠."

"그는 그 사람에게 돈을 보낼 권리가 없어요! 제가 당신을 질식시키고 당신은 저를 증오한다면 과연 제게 당신을 먹여 살릴 권리가 있나요?"

"맞는 말입니다."

우리는 침묵하며 생각에 잠겼다. 우르베닌의 운명을 생각하면 항상 마음이 무거웠는데, 그를 파멸시킨 여자가 지금 내 눈앞에서 질주하고 있으니 여러 가지 상념이 밀려들었다. 그와 그의 아이들은 어떻게 될까? 그녀는 결국 어떻게 끝이 날까? 이 나약하고 한심한 백작은 어떤 도덕적 시궁창에서 생을 마감할까?

내 옆에는 품위 있고 존경받을 만한 유일한 존재가 앉아 있었다. 우리 현에서 나는 내가 사랑하고 존경할 수 있는 사람, 나보다 우위에 있기 때문에 나를 무시할 권리가 있는 사람을 단 두 명 알고 있었다. 나데즈다 니콜라예브나와 파벨 이바노비치 박사가 그들이었다. 그들을 기다리고 있던 것은 무엇일까?

"나데즈다 니콜라예브나!" 나는 그녀에게 말했다. "제가 원했던 건 아니지만 저는 당신에게 큰 악행을 저질렀고, 그런 만큼 당신이 솔직해지기를 기대할 자격이 전혀 없는 사람입니다. 하지만, 맹세컨대, 아무도 저만큼 당신을 이해하지는 못할 겁니다. 당신의 슬픔은 저의 슬픔이고, 당신의 행복은 저의 행복입니다. 지금 제가 당신에게 질문하는 것을 쓸데없는 호기심이라고 의심하지 마십시오. 말해봐요, 당신은 왜 이 피그미 같은 백작이 접근하도록 내버려 두는 거죠? 그를 쫓아내고 그의 파렴치한 호의를 무시하지 못하는 이유가 뭡니까? 그의 구애는 반듯한 여성에게는 명예롭지 않은 일이란 말입니다! 뒷말하기 좋아하는 이 사람들에게 왜 당신 이름과 그의 이름을 엮을 빌미를 제공합니까?"

나덴카는 내 얼굴에서 진심을 읽기라도 했다는 듯이 초롱초롱한 눈빛으로 나를 바라보며 즐겁게 웃었다.

"그들이 뭐라고 하는데요?" 그녀가 물었다.

"당신 아버지와 당신이 백작을 꼬시려고 하고 있다고, 그런데 백작은 결국에는 당신을 바보로 만들 거라고들 합니다."

"그들은 백작을 모르기 때문에 그렇게 말하는 거예요!" 나덴카가 울분을 터트렸다. "뻔뻔한 수다쟁이들! 그들은 사람들의 나쁜 면만 보는 데 이골이 나 있죠. 좋은 점을 이해할 수준이 아니니까요!"

"그럼 당신은 그에게서 좋은 점을 찾았나요?"

"네, 찾았어요! 제가 그의 진실한 의도를 확신하지 않았다면 그가 가까이 오도록 하지 않았을 것이라는 걸 당신이 가장 먼저 알아야 해요!"

"그러니까 당신들 사이의 일은 벌써 '진실한 의도'까지 이르렀다는 건가요?" 나는 놀랐다. "조만간…. 그런데 당신은 뭘 근거로 그의 의도가 진실하다는 겁니까?"

"알고 싶으세요?" 그녀가 물었다. 그녀의 눈은 반짝이고 있었다. "그 수다쟁이들의 말이 거짓말은 아니에요. 전 그와 결혼하고 싶어요! 놀란 표정 짓지 말고, 웃지 말아요! 당신은 사랑 없이 결혼하는 것은 부정한 일이라고, 그리고 또 다른 여러 말들을 하시겠죠. 하지만… 제가 어떻게 하겠어요? 이 세상에서 잉여 인간으로 여겨지는 건 정말 힘들어요. 목적 없이 사는 건 끔찍한 일이죠. 당신이 그토록 싫어하는 이 남자가 저를 아내로 맞아주면 제게는 인생의 임무가 생기게 될 거예요. 제가 그를 고쳐주고, 술도 끊게 하고, 일하는 걸 가르칠 거예요. 저 사람을 좀 봐요! 지금은 사람 같아 보이지 않지만 제가 그를 사람으로 만들 거예요."

"그리고 기타 등등, 기타 등등이겠죠." 내가 말했다. "당신은 그의 막대한 재산을 보존하고 선행을 베풀겠죠. 온 지역이 당신을 축복하고 불쌍한 사람들의 생을 위로하기 위해 하늘이 보내준 천사로 여기게 되겠죠. 당신은 어머니가 되어 그의 아이들을 키우겠죠. 그래요, 대단한 임무네요! 당신은 똑똑한 여자인데, 고등학생같이 판단하고 있어요!"

"글쎄요, 제 생각이 아무짝에도 쓸모없다고 치죠. 우스꽝스럽고 순진한 생각이라고 치죠. 하지만 저는 그 생각으로 살아가고 있어요. 그 덕분에 저는 더 건강하고 명랑해졌어요. 제 기대를 꺾지 말아줘요. 제가 스스로 낙심하게 내버려 둬요. 하지만 지금은 그러지 않을 거예요. 언젠가… 나중에, 먼 훗날에는…. 이 얘기는 그만하죠!"

"무례한 질문 하나만 더 하겠습니다. 청혼을 기다리고 있는 건가요?"

"네. 오늘 그에게서 받은 쪽지를 보니 오늘 밤에 제 운명이 결정될 것 같아요. 오늘 밤… 그는 제게 매우 중요한 할 말이 있다고 썼어요. 자기 인생의 행복이 제 대답에 달리게 될 거라고요."

"솔직하게 말해줘서 고마워요." 내가 대답했다.

나덴카가 받은 그 쪽지의 의미는 내게 아주 분명했다. 그 불쌍한 여자는 사악한 제안을 기대하고 있는 것이었다. 나는 그녀에게 그런 일이 일어나지 않도록 해주기로 결심했다.

"벌써 우리 숲에 다 왔어요." 백작이 마차와 나란히 달리며 말했다. "나데즈다 니콜라예브나, 잠시 쉬었다 갈까요?"

그는 대답을 기다리지도 않고 손뼉을 치더니 울려 퍼지는 커다란 소리로 명령을 내렸다.

"휴식!"

우리는 숲 가장자리에 자리를 잡았다. 태양은 나무들 뒤에 숨어서 제일 키 큰 오리나무 꼭대기만 금빛을 띤 보라색으로 물들이며 저 멀리 보이는 백작의 교회 황금 십자가 위에서 놀고 있었다. 화들짝 놀란 황조롱이와 꾀꼬리들이 우리 머리 위로 날아갔다. 남자들 중 누군가가 총을 쏘는 바람에 이 깃털의 왕국은 더 큰 공포에 휩싸였다. 불안한 새들이 콘서트를 시작했다. 이런 종류의 콘서트는 봄과 여름에는 아름답게 들렸지만 다가오는 쌀쌀한 가을이 감지되면 신경을 자극하는 소리가 되어 새들이 멀리 날아갈 날이 임박했다는 것을 알게 해준다.

울창한 숲에서 저녁의 신선한 내음이 퍼져 나왔다. 여자들은 코가 파래졌고 추위에 예민한 백작은 손을 비비기 시작했다. 사모바르 숯 냄새와 찻잔 부딪치는 소리가 이보다 더 좋을 수는 없었다. 애꾸눈 쿠지마가 촐랑촐랑 숨을 헐떡이며 키 큰 풀숲에서 코냑이 든 상자를 꺼내 왔다. 우리는 몸을 녹이기 시작했다.

신선하고 시원한 공기를 마시며 오래 걷는 것은 식욕을 돋우는 그 어떤 인위적인 음식보다 입맛을 돌게 한다. 긴 산책을 한 후 철갑상어 고기, 캐비어, 구운 꿩고기, 그리고 기타 진미들을 보면 이른 봄날 아침의 장미를 보는 것만큼이나 눈이 즐거워진다.

"오늘 정말 현명한걸!" 나는 철갑상어 고기 한 조각을 자르면서 백작에게 말했다. "그 어느 때보다 현명해. 이보다 더 잘 차릴 수는 없었을 거야."

"백작님과 내가 함께 차린 겁니다!" 칼리닌이 마차에서 다과와 와인, 그릇을 담은 바구니를 나르는 마부들을 향해 윙크하며 말했다. "멋진 소풍이 될 거예요. 마지막에는 샴페인으로 마무리할 거고요."

치안 판사의 얼굴은 그 어느 때보다 만족스러운 표정으로 빛나고 있었다. 그는 오늘 밤에 나덴카가 청혼을 받을 것이라고 생각하지 않았을까? 그는 또한 젊은 커플을 축하하기 위해 샴페인을 챙긴 게 아닐까? 나는 그의 얼굴을 힐끗 봤지만 평소와 마찬가지로 분별없는 만족감과 충만감, 그리고 탄탄한 몸 전체에 배어 있는 무표정한 거드름 말고는 아무것도 읽을 수가 없었다.

우리는 즐겁게 다과를 먹었다. 우리 앞의 카펫에 놓여 있는 산해진미에 무관심한 사람은 올가와 나데즈다 니콜라예브나, 둘뿐이었다. 올가는 한쪽 옆에 서서 마차 뒷좌석에 팔꿈치를 대고 백작이 땅에 던진 사냥 망태를 말없이, 꼼짝도 하지 않고 응시하고 있었다. 망태 안에는 총에 맞은 도요새가 퍼덕거리고 있었다. 올가는 그 불행한 새의 죽음을 기다리기라도 하는 듯이 그 움직임을 지켜봤다.

나덴카는 내 옆에 앉아서 신나게 음식을 먹는 사람들의 입을 멍하니 쳐다보고 있었다.

'이 모든 건 도대체 언제 끝이 날까?' 그녀의 지친 눈동자는 이렇게 말하고 있었다.

나는 그녀에게 캐비어 샌드위치를 권했다. 그녀는 고맙다며 샌

드위치를 옆으로 치워버렸다. 먹고 싶은 생각이 없는 게 분명했다.

"올가 니콜라예브나! 앉지 그래?" 백작이 올가에게 소리쳤다.

올가는 대답하지 않고 동상처럼 가만히 서서 계속해서 새를 바라봤다.

"사람들이 저렇게 비정해요." 나는 올가에게 다가서며 말했다. "당신은 여자인데 이 도요새의 고통을 지켜보면서 그렇게 침착할 수가 있나요? 새가 몸부림치는 것을 보느니 차라리 죽이라고 하는 게 나을 텐데요."

"다른 사람들도 고통받고 있잖아요. 그러니까 저놈도 고통받게 놔둬요." 올가는 나를 쳐다보지 않고 눈썹을 찡그리며 말했다.

"누가 또 고통받고 있다는 거죠?"

"날 가만 내버려 둬!" 올가가 쉰 소리로 말했다. "난 오늘 자기와 이야기할 기분이 아니야. 자기의 저 멍청한 백작과도! 저리 가라고!"

그녀는 분노와 눈물이 가득 찬 눈으로 나를 쳐다봤다. 그녀의 얼굴은 창백했고 입술은 떨리고 있었다.

"대단한 변화인걸!" 나는 사냥 망태를 들어 올려 도요새의 숨을 끊으며 말했다. "대단한 말투야! 깜짝 놀랐어! 정말 깜짝 놀랐어!"

"날 좀 가만 내버려 둬, 떠들어대지 말라고! 농담할 기분 아니야!"

"왜 그래, 내 귀염둥이?"

올가는 나를 위아래로 쳐다보고는 돌아섰다.

"사람들은 몸을 파는 타락한 여자들에게 그런 말투로 말하지." 그녀가 말했다. "자기는 나를 그런 식으로 생각해. 그러니 그 성스러운 여자 친구들에게로 돌아가! … 나는 여기서 제일 형편 없고 비열한 사람이잖아. 그 고결한 나덴카와 같이 마차를 타고 갈 때 넌 날 쳐다보는 걸 두려워했어. 그럼, 그들에게로 가! 왜 거기 서 있는 거야? 가라고!"

"그래, 넌 여기서 제일 형편없고 비열해." 나는 분노가 서서히 나를 사로잡는 것을 느끼며 말했다. "그래, 넌 몸 파는 타락한 여자야."

"그래, 자기가 내게 그 망할 놈의 돈을 내밀었을 때가 기억나. 그때는 그게 무슨 뜻인지 이해하지 못했지만 지금은 알아."

분노가 내 존재 전체를 장악했다. 그리고 그 분노는 한때 내 안에서 붉은 옷을 입은 아가씨에게 싹트기 시작한 사랑만큼이나 강렬했다. 어찌 됐든 누가, 어떤 목석이 무심할 수 있었을까? 무자비한 운명에 의해 수렁에 던져진 아름다움이 내 앞에 있었다. 젊음도, 아름다움도, 우아함도 용서받지 못했다. 이 여자가 내게 그 어느 때보다 아름답게 보인 지금, 나는 그녀의 얼굴에 자연의 섭리로 생긴 상실을 느꼈고 내 마음은 운명의 불공평함과 사물의 질서에 대한 고통스러운 울분으로 가득 찼다.

분노의 순간 나는 자신을 통제할 줄 모른다. 올가가 내게서 등을 돌려 떠나지 않았다면 또 어떤 말을 내게서 들었어야 했을지 모른다. 그녀는 조용히 나무를 향해 걸어가더니 곧 나무 뒤로 사라졌다. 우는 것 같았다.

"친애하는 신사 숙녀 여러분!" 칼리닌의 연설 소리가 들렸다. "우리는 모두 통합을 위해⋯ 다 함께 모였습니다. 여기 모인 우리는 모두 서로를 잘 알고 있고 모두 즐기고 있는데, 우리의 오랜 염원이던 이런 통합이 이루어진 것은 다른 누구도 아니고 우리 현의 별이자 우리의 빛이신 분의 덕분입니다. 자, 백작님, 부끄러워하지 마세요. 숙녀분들은 제가 누구를 말하는지 아시겠죠. 헤헤헤! ⋯ 자, 계속합시다. 이 모든 것이 우리의 깨어 있는 젊은⋯ 젊은 카르네예프 백작의 덕이니 제가 건배를 제안하겠습니다. 그런데 누가 이쪽으로 오고 있군요! 저게 누구죠?"

백작의 영지 방향에서 우리가 앉아 있던 공터 쪽으로 마차 한 대가 달려오고 있었다.

"저게 누구지?" 백작이 쌍안경으로 마차가 오는 방향을 보더니 깜짝 놀랐다. "흠⋯ 이상하군. 분명 지나가는 사람들일 거야. 아, 안 돼! 카에탄 카지미로비치의 얼굴이 보여. 누구랑 같이 있는 거지?"

그러더니 백작은 갑자기 벌에 쏘인 것처럼 펄쩍 뛰어올랐다. 그의 얼굴은 죽은 사람처럼 창백해졌고 쌍안경이 그의 손에서 떨어졌다. 그는 잡힌 쥐처럼 눈동자를 이리저리 굴리면서 마치 도움을 요청하듯 시선을 내게 고정했다가, 그다음에는 나데즈다에게 고정했다. 사람들의 관심은 대부분 다가오는 마차에 쏠려 있었기에 그가 당혹해하는 모습을 모두가 포착한 것은 아니었다.

"세료자, 잠깐만 이리 와봐!" 그가 소곤거리며 내 팔을 잡고 옆으로 데려갔다. "친구, 세상에서 제일 훌륭한 친구인 자네에게 간청하네. 질문도, 뭐냐고 묻는 눈빛도 하지 말고, 놀라지도 말게! 나중에 다 말해줄게! 맹세컨대, 자네에겐 한 치의 비밀도 남겨놓지 않을 거야. 내 인생에 너무 끔찍한 재앙이, 자네에게 말로 표현할 수도 없는 재앙이 닥쳤어! 나중에 모든 걸 알게 될 테니 지금은 묻지 말아주게! 도와줘!"

그사이 마차는 점점 가까이 다가왔다. 마침내 마차가 멈췄다. 그리고 백작의 어리석은 비밀은 우리 현의 자산이 되고 말았다. 프세호츠키가 미소를 띤 채 숨을 헐떡거리며 마차에서 내렸다. 그는 갈색 새 양복을 입고 있었다. 그에 뒤이어 스물세 살 정도의 젊은 여성이 민첩하게 뛰어내렸다. 키가 크고 매끈한 금발의 그녀는 균형 잡히긴 했지만 호감 가지 않는 이목구비와 짙푸른 눈의 소유자였다. 나는 그 아무 표정 없던 파란 눈, 분 바른 코, 무겁지만 화려한 드레스와 양손에 낀 커다란 팔찌들이 기억난다. 저녁의 습한 냄새와 엎질러진 코냑 냄새가 어떤 향수의 알싸한 향에 묻혀버렸던 기억이 난다.

"여기 사람들이 정말 많네요!" 낯선 여자가 서툰 러시아어로 말했다. "다들 무척 즐거운가 봐요! 안녕, 알렉시스!"

그녀는 알렉시스에게 다가가서 뺨을 내밀었다. 백작은 재빨리 키스를 하고 불안한 눈빛으로 자신의 손님들을 살펴봤다.

"소개해 드리죠, 제 아내입니다!" 그가 중얼거렸다. "그리고 소샤, 이쪽은 내 좋은 지인들이야. 음… 기침이 나네."

"난 방금 도착했어요! 카에탄은 나한테 쉬라고 해요! 하지만 오는 내내 잤는데 왜 쉬어야 하냐고요! 난 사냥하러 가는 게 더 좋아요! 그래서 옷을 입고 나왔죠. 카에탄, 내 담배 어딨어?"

프셰호츠키는 금발 여자에게 다가가서 금색 담뱃갑을 건넸다.

"그리고 이쪽은 제 처남입니다." 백작은 프셰호츠키를 가리키며 계속 중얼거렸다. "이리 와, 도와줘!" 그는 팔꿈치로 나를 밀었다. "날 좀 구해줘, 제발!"

사람들 말로는 칼리닌은 갑자기 몸 상태가 나빠졌고 나데즈다는 그를 돕고 싶었지만 자리에서 일어나지 못했다고 한다. 많은 사람이 서둘러 자기들 마차로 가서 떠났다고 한다. 나는 이 모든 것을 보지 못했다. 나는 숲으로 들어가서 앞은 쳐다보지도 않고 발길 가는 대로 길을 찾아갔던 기억이 난다.

⋯⋯ 지워진 부분 ⋯⋯[ii]

내 발에는 끈적끈적한 진흙 덩어리가 달라붙어 있었고 숲에서 나왔을 때 내 온몸은 진흙투성이가 되어 있었다. 아마도 개울을 건너야 했던 것 같지만 상황이 기억나지 않는다. 너무 지치고 피곤해서 마치 몽둥이로 심하게 얻어맞은 것 같았다. 나는 백작의 영지로 가서 조리카를 타고 갔어야 했다. 그러나 나는 그렇게 하지 않고 걸어서 집으로 향했다. 나는 백작도, 그의 저주받은 영지도 차마 볼 수가 없었던 것이다.

⋯⋯ 지워진 부분 ⋯⋯[iii]

가는 길은 호숫가를 따라 이어졌다. 물속 괴물이 이미 저녁 노래를 울부짖기 시작했다. 하얀 볏을 가진 높은 물결이 광활한 수면 전체를 뒤덮고 있었다. 허공에는 우르릉거리는 소리와 구르는 소리가 울려 퍼졌다. 차갑고 축축한 바람이 뼛속까지 스며들었다. 왼쪽에는 성난 호수가 있고 오른쪽에는 음울한 숲의 단조로운 소음이 들려왔다. 나는 마치 대질 심문을 하듯 자연과 일대일로 맞선 기분이었다. 그 모든 분노, 그 모든 소음과 울부짖음이 나만을 상대하고 있는 것 같았다. 다른 상황이었다면 두려웠을지도 모르지만 지금 나는 나를 둘러싼 거인들을 거의 알아차리지 못했다. 내 안에서 몰아치는 폭풍에 비하면 자연의 분노는 무엇이었을까?

…… 지워진 부분 ……[iv]

집에 도착해서 나는 옷도 벗지 않고 침대에 쓰러졌다.

"또 시작이군, 뻔뻔한 놈, 옷을 다 입고 호수에서 헤엄을 치다니!" 폴리카르프가 진흙이 묻은 젖은 옷을 벗기며 으르렁거렸다. "또 시작이야, 내가 벌 받는 거야! 고상하고 교양 있다고 생각하겠지만 굴뚝 청소부보다 못해. 대학에서 뭘 배웠는지 모르겠어."

나는 사람의 목소리도 얼굴도 견딜 수가 없어서 폴리카르프에게 날 내버려 두라고 소리치고 싶었지만 목구멍에 말이 걸려 나오지 않았다. 혀도 역시 몸의 다른 부분들만큼이나 쇠약하고 지쳐 있었던 것이다. 나는 괴롭기 짝이 없었지만 폴리카르프가 흠뻑 젖은 속옷까지 모두 벗기도록 놔둬야 했다.

"그리고 몸이라도 좀 돌려봐요!" 하인은 투덜거리며 나를 작은 인형처럼 좌우로 굴렸다. "내일은 사표를 낼 거야! 아무리, 아무리… 돈을 많이 줘도 안 돼! 이 멍청이와는 이제 끝이야! 여기 있다가는 내가 죽을 거야!"

상쾌하고 따뜻한 속옷을 입어도 내 몸은 따뜻해지지 않았고 마음도 진정되지 않았다. 나는 이가 덜덜 떨릴 정도로 분노와 두려움에 떨고 있었다. 이 두려움은 설명할 수 없는 것이었다. 귀신도, 무덤에서 나온 자들도, 심지어 내 머리맡에 걸려 있는 전임자인 포스펠로프의 초상화조차도 나를 두렵게 하지는 못했었다. 그는 생기 잃은 눈을 내게서 떼지 않고 윙크하는 것처럼 보였지만, 나는 그를 볼 때 조금도 동요하지 않았었다. 내 미래는 명료하지는 않았지만, 그럼에도 나를 위협하는 것은 아무것도 없고 가까운 장래에 먹구름이 드리워지지는 않을 것이라는 점은 거의 확실하게 말할 수 있었다. 죽음은 아직 멀었고 질병은 무섭지 않았으며 나는 개인적인 불행 따위는 중요하게 생각하지 않았다. 그렇다면 내가 두려워했던 것은 무엇이며 무엇 때문에 이가 덜덜 떨렸던 것일까?

내 분노 역시도 납득되지 않았다. 백작의 '비밀'이 나를 그렇게 화나게 할 수는 없었다. 나는 백작이나 그가 내게 숨겼던 결혼에 대해 전혀 신경 쓰지 않았다.

남은 것은 당시 내 마음의 상태를 신경 쇠약과 피로로 설명하는 것뿐이었다. 그 밖의 다른 설명은 할 수가 없었다.

폴리카르프가 나간 후 나는 잠을 자려고 이불을 머리까지 덮었다. 어둡고 조용했다. 앵무새가 새장 안에서 안절부절못하며 뒤척이는 소리와 폴리카르프의 방에서 나는 째깍거리는 벽시계 소리가 들렸지만, 나머지 모든 곳은 평화롭고 조용했다. 나는 쌓인 육체적, 정신적 피로에 사로잡혀 곯아떨어지기 시작했다. 증오스러운 형상들이 안개구름으로 바뀌어 가는 것처럼 어떤 무거운 것이 내게서 서서히 내려가는 것을 느낄 수 있었다. 나는 심지어 꿈도 꾸기 시작했던 기억이 난다. 꿈속에서 나는 어느 화창한 겨울 아침에 상트 페테르부르크의 네프스키 광장을 따라 걷다가 할 일이 없어 상점 창문을 들여다보고 있었다. 내 마음은 가볍고 즐거웠다. 서둘러 가야 할 곳도, 해야 할 일도 없는 완전한 자유였다. 우리 마을과 백작의 영지, 성난 차가운 호수에서 멀리 떨어져 있다는 인식이 나를 더 평화롭고 즐겁게 해주었다. 나는 제일 큰 창 앞에 멈춰 서서 여자 모자들을 보기 시작했다. 내게 익숙한 모자들이었다. 그중 하나를 올가가 쓰고 있는 것을, 다른 하나는 나덴카가 쓰고 있는 것을, 그리고 세 번째 모자가 사냥 당일 갑자기 온 소샤의 금발에 씌어 있는 것을 봤다. 모자들 아래에서 익숙한 얼굴들이 내게 미소를 지었다. 내가 그들에게 뭔가를 말하고 싶어 하자 그들 셋이 한꺼번에 하나의 크고 붉은 얼굴로 합쳐졌다. 그 얼굴은 성이 난 듯 눈을 부릅뜨고 혀를 내밀었다. 뒤에서 누군가가 내 목을 꽉 눌렀다.

"남편이 아내를 죽였다!" 붉은 얼굴이 외쳤다. 나는 뭔가에 쏘인 것처럼 몸을 떨고 비명을 지르면서 침대에서 뛰어내렸다. 심장이 무섭게 쿵쾅거리고 이마에 식은땀이 났다.

"남편이 아내를 죽였다!" 앵무새가 되풀이해 외쳤다. "설탕 좀 줘요! 당신은 정말 멍청해요! 바보!"

"앵무새였어." 나는 다시 침대에 누워 마음을 진정시켰다. "다행이다."

그때 웅얼거리는 듯한 단조로운 소리가 들렸다. 지붕에 떨어지는 빗소리였다. 호숫가를 따라 걸을 때 서쪽에서 봤던 구름이 이제 온 하늘을 덮고 있었다. 번개가 희미하게 번쩍이며 죽은 포스펠로프의 초상화를 비추었다. 천둥은 이제 내 머리 바로 위에서 울렸다.

'이번 여름의 마지막 천둥이군.' 나는 생각했다.

나는 처음 천둥 치고 비가 오던 일이 기억났다. 내가 처음 산림 관리인의 오두막에 갔을 때 숲에서 이번과 똑같이 천둥이 쳤었다. 그때 나는 '붉은 옷을 입은 아가씨'와 함께 창가에 서서 번갯불에 소나무가 번쩍이는 것을 바라보고 있었다. 그 아름다운 생명체의 눈에 두려움이 빛나고 있었다. 그녀는 자기 어머니가 벼락을 맞아 숨졌다며 자신도 극적인 죽음을 갈망한다고 했었다. 그녀는 우리 현에서 가장 부유한 여자 귀족들이 입는 것처럼 옷을 입고 싶어 했다. 그녀는 자신의 아름다움이 그런 화려함에 걸맞다고 느꼈다. 그리고 자신의 허영심을 인식하고 자랑스러워하면서 돌무덤에 올라가서 그곳에서 극적인 죽음을 맞고 싶어 했다.

그녀의 꿈은… 비록 돌무덤에서는 아니지만…[v]

나는 잠들 수 있다는 희망을 완전히 접어버리고 일어나 침대에 앉았다. 빗소리의 낮은 웅얼거림은 점차 성난 포효로 바뀌어 갔다. 내 마음에 두려움과 분노가 전혀 없었을 때 나는 그 포효를 너무나 사랑했었다. 이제 그 포효는 불길하게 느껴졌다. 천둥이 치고 연이어 또 천둥이 쳤다.

"남편이 아내를 죽였다!" 앵무새가 꽥꽥거렸다.

그게 앵무새의 마지막 말이 되었다. 나는 극심한 두려움에 눈을 감고 어둠 속에서 더듬거리며 새장을 찾아서 구석에 던져버렸다.

"지옥에나 가버려!" 나는 새장 부서지는 소리와 앵무새의 비명을 들으며 고함을 질렀다.

기품 있는 가엾은 새! 구석으로 날아간 새는 무사하지 못했다. 다음 날 새장에는 차가운 시체가 들어 있었다. 나는 무엇 때문에 그 새를 죽였을까? 만약 남편이 자기 아내를 죽였다는, 그 새의 가장 좋아하는 구절이 연상시키 …… 지워진 부분 ……vi

내 전임자인 포스펠로프의 어머니는 내게 집을 넘겨주면서 내가 모르는 사람들의 사진까지 포함해서 모든 세간에 대해 돈을 청구했다. 하지만 그녀는 그 귀중한 앵무새에 대해서는 한 푼도 받지 않았다. 핀란드로 떠나기 전날 그녀는 밤새도록 자기의 기품 있는 새에게 작별 인사를 했다. 그 흐느끼던 작별의 울음소리가 기억난다. 자기가 돌아올 때까지 친구를 잘 지켜달라고 그녀가 눈물로 부탁하던 기억이 난다. 나는 그녀의 앵무새가 나와 알게 된 것을 후회하지 않을 것이라고 약속했다. 그런데 나는 그 약속을 지키지 않았다. 나는 새를 죽였다. 그 노파가 자기 앵무새의 운명을 안다면 뭐라고 할지 상상이 된다!

누군가 조심스럽게 우리 집 창문을 두드렸다. 내가 살던 작은 집은 길의 제일 끄트머리에 있어서 날씨가 험악할 때면 지나가는 사람들이 하룻밤 묵을 곳을 찾아 창문을 두드리는 소리가 종종 들리곤 했다. 이번에는 지나가는 사람이 아니었다. 창문으로 가서 번개가 번쩍일 때까지 기다렸더니 어떤 키 크고 마른 남자의 어두운 실루엣이 보였다. 그는 창문 앞에 서 있었고 추위에 몸을 웅크리고 있는 것 같았다. 나는 창문을 열었다.

"누구세요? 무슨 일이시죠?" 내가 물었다.

"세르게이 페트로비치, 나예요!" 애처로운 목소리가 들렸다. 골수까지 시리고 겁에 질린 사람 같은 목소리였다. "나라고요! 당신을 보러 왔어요, 내 소중한 친구!"

그 어두운 실루엣의 애처로운 목소리가 의사인 내 친구 파벨 이바노비치의 목소리라는 것을 알아차리고 나는 깜짝 놀랐다. 평소 규칙적인 생활을 하고 항상 자정 전에 잠자리에 들던 '실눈뜨기'의 방문은 나로서는 이해할 수 없는 일이었다. 도대체 무슨 일로 그가 자신의 규칙을 어기고 새벽 2시에, 그것도 이런 악천후 속에서 우리 집 앞에 나타난 것일까?

"무슨 일이죠?" 나는 마음 깊은 곳에서 불청객을 지옥으로 보내면서 물었다.

"미안해요, 친구. 문을 두드리고 싶었지만 폴리카르프는 아마도 지금은 죽은 듯이 자고 있을 것 같아서요. 그래서 창문을 두드리기로 했어요."

"그러니까, 무슨 일인데요?"

파벨 이바노비치는 창문에 더욱 가까이 다가와서 알아들을 수 없는 무슨 말을 중얼거렸다. 그는 떨고 있었고 술 취한 사람 같았다.

"말을 해요!" 나는 인내심을 잃고 말했다.

"당신이… 화가 났다는 건 알겠어요. 하지만… 무슨 일이 일어났는지 당신이 전부 안다면 잠을 방해받고 부적절한 시간에 방문을 받은 것 같은 사소한 일로 그렇게 화를 내지는 않을 겁니다. 지금은 잠잘 때가 아니에요! 아, 맙소사! 30년 동안 살아 왔지만 오늘처럼 끔찍하게 불행한 날은 처음이에요! 난 불행해요, 세르게이 페트로비치!"

"아, 도대체 무슨 일이 일어났다는 거죠? 그리고 그게 나와는 무슨 상관이고요? 난 지금 서 있는 것도 힘들어요. 사람들을 만날 상태가 아니라고요."

"세르게이 페트로비치," '실눈뜨기'가 어둠 속에서 비에 젖은 손을 내 얼굴로 뻗으면서 울음 섞인 소리로 말했다. "정직한 사람! 내 친구!"

그리고 나는 남자의 울음소리를 들었다. 의사는 울고 있었다.

"파벨 이바노비치, 집으로 가세요!" 나는 잠시 말없이 있다가 말했다. "지금은 당신과 이야기할 수가 없어요. 나는 내 기분도, 당신 기분도 다 무서워요. 우리는 서로 이해하지 못할 겁니다."

"사랑하는 친구!" 의사가 애원하는 목소리로 말했다. "**그녀**와 결혼하세요."

"당신은 미쳤군요!" 나는 창문을 쾅 닫으며 말했다.

앵무새 다음으로 의사가 내 기분의 두 번째 희생자였다. 나는 그에게 들어오라고 하지 않았고, 그의 코앞에서 창문을 쾅 닫았다. 여자라도 결투를 신청했을 만큼 무례하고 거친 두 가지 행동이어서, ……vii 그러나 유순하고 점잖은 '실눈뜨기'에게는 결투라는 개념이 없었다. 그는 화를 낸다는 것이 무슨 뜻인지 모르는 사람이었다.

2분쯤 후 번개가 번쩍였다. 창밖을 내다보니 나의 손님이 웅크리고 있는 모습이 보였다. 그는 마치 구걸하는 거지 같은 자세를 하고 있었다. 아마도 그는 내가 자기를 **용서해서** 자기가 말하도록 해주기를 기다리고 있었을 것이다.

다행히도 내 속에서 양심이 꿈틀거리기 시작했다. 자연이 내게 그토록 잔인하고 추악한 본성을 심어 놓았다는 것이 안타까웠다! 나의 마음 밑바닥은 건강한 내 육신만큼이나 단단했다. (부분 생략)viii 나는 가서 창문을 열었다.

"방으로 들어와요!" 내가 말했다.

"시간이 없어요! … 일분일초가 천금 같아요! 가엾은 나덴카가 음독했습니다. 그래서 의사가 그녀 곁을 떠나면 안 된단 말입니다. 그 가엾은 여인을 간신히 구할 수 있었어요. 이게 불행이 아니면 뭔가요? 그런데 당신은 내 말을 듣지도 않고 창문을 쾅 닫을 수가 있는 겁니까?"

"어쨌거나… 살았군요?"

"어쨌거나… 사람들은 불행에 대해 그런 식으로 말하지 않아요, 친구! 이 영리하고 정직한 사람이 백작 같은 놈 때문에 생을 마감하려 할 줄 누가 알았겠어요? 아니죠, 친구, 불행하게도 여자는 완벽할 수가 없어요! 아무리 영리하고 완벽한 여자라도 그 속에는 자신도, 사람들도 살기 힘들게 만드는 못이 들어앉아 있어요. 나쟈를 한번 봐요. 그녀는 왜 그런 짓을 했을까요? 자기애, 자기애죠! 병적인 자기애! 그녀는 당신에게 상처를 주기 위해 백작과 결혼할 생각이었어요. 그의 돈이나 지위가 필요한 게 아니었어요. 그녀는 괴물 같은 자기애를 만족시키고 싶었을 뿐인 겁니다. 그런데 갑자기 실패라니! … 알다시피, **그의** 아내가 온 거죠. 알고 보니 이 호색한은 유부남이었어요. 사람들은 또 여자들이 인내력이 강하다고, 남자들보다 더 잘 견뎌낼 줄 안다고 합니다! … 하지만 그런 한심한 이유로 유황성냥을 잡는다면 인내력은 어디 있다는 거죠? 그건 인내력이 아니라 허영심입니다!"

"감기 걸리겠어요."

"내가 방금 본 건 그 어떤 감기보다 더한 겁니다. 그 눈빛, 그 창백함…. 아! 사랑도 실패하고, 당신 마음을 괴롭히려던 시도도 실패하고, 거기에 더해 자살까지 실패했어요. 이보다 더 큰 불행은 상상하기 어렵죠! … 친애하는 친구여, 당신에게 조금이라도 동정심이 있다면, 혹시… 혹시 당신이 그녀를 만난다면… 그게 그러니까, 당신이 그녀에게 가지 않을 이유가 있을까요? 그녀를 사랑했잖아요! 이제는 사랑하지 않는다고 하더라도 그녀를 위해 당신의 자유를 좀 희생하면 안 되겠어요? 사람의 생명은 소중하니까 그걸 위해서라면… 모든 것을 바칠 수 있잖아요! 한 생명을 구해줘요!"

누군가 우리 집 문을 세차게 두드렸다. 나는 몸이 떨렸다. 심장에 피가 돌았다! … 나는 예감을 믿지 않지만 이번에는 허튼 불안이 아니었다. 길거리에서 우리 집 문을 두드리고 있었다.

"거기 누구요?" 나는 창문으로 소리쳤다.

"주인을 뵈러 왔습니다!"

"무슨 일인데요?"

"백작의 편지입니다, 귀하. 사람이 살해당했습니다!"

양가죽 코트를 입은 어두운 형상이 창문으로 다가와서 날씨에 저주를 퍼부으며 내게 편지를 건넸다. 나는 재빨리 창문에서 물러나 촛불을 켜고 내용을 읽었다.

제발 모든 걸 잊고 **지금 당장** 오게! 올가가 살해당했어. 나는 제
정신이 아니고 지금 미칠 것 같네.

자네의 A. K.

올가가 살해당했다! 그 짧은 구절에 나는 머리가 빙글빙글 돌고 눈앞이 캄캄해졌다. 나는 침대에 주저앉았고 제대로 생각을 할 힘이 없어서 양손을 떨구고 있었다.

"혹시 파벨 이바노비치 아니신가요?" 전령의 목소리가 들렸다. "막 당신에게 가려고 했습니다. 당신에게 주는 편지도 있어요."

5분 후 나와 '실눈뜨기'는 마차를 타고 백작의 영지로 갔다. 빗줄기가 마차 지붕을 두들기고 눈부신 번개가 계속해서 우리 앞에 번쩍였다.

호수가 포효하는 소리가 들려왔다.

연극의 마지막 막이 오르고 있었다. 두 명의 배우가 찢어질 듯 가슴 아픈 장면을 보러 가고 있었다.

"이제, 어떤 일이 우리를 기다리고 있을까요?" 나는 파벨 이바노비치에게 물었다.

"난 아무 생각도 안 납니다. 모르겠어요."

"나도 모르겠어요."

"언젠가 햄릿이 하늘과 땅의 주께서 자살이라는 죄를 금지한 것을 안타까워한 것처럼 나는 지금 의사가 된 내 운명이 안타깝습니다. 마음속 깊이 후회해요!"

"나 역시 내가 수사 담당 판사인 것을 후회하지 않을 수 없을까 봐 두렵군요." 내가 말했다. "백작이 살인과 자살을 혼동하지 않았다면, 올가가 정말로 **살해당했다면** 내 불쌍한 신경은 무너져내릴 겁니다!"

"당신은 이 사건을 거부할 수도 있습니다."

나는 파벨 이바노비치를 의문의 눈길로 쳐다봤다. 당연히도, 너무 어두웠기에 아무것도 보이지 않았다. 내가 사건을 거부할 **수 있다는** 것을 그는 어떻게 알았을까? 나는 올가의 애인이었지만 올가 자신, 그리고 한때 손뼉을 치며 나를 맞았던 프셰호츠키를 제외하고 누가 이 사실을 알았다는 말인가?

"왜 내가 거부할 수 있다고 생각하죠?" 나는 '실눈뜨기'에게 물었다.

"글쎄요···. 당신은 아플 수도 있고, 사임할 수도 있죠. 당신을 대신할 사람이 있기 때문에 그 어떤 것도 전혀 불명예스럽지 않습니다. 하지만 의사는 완전히 입장이 다르죠."

'단지 그래서?' 나는 생각했다.

마차는 진흙땅 위를 한참이나 무섭게 달린 끝에 마침내 진입로 앞에서 멈췄다. 출입구 바로 위 두 개의 창문이 밝게 빛나고 올가의 침실에 나 있는 맨 오른쪽 창문에서는 희미한 불빛이 새어 나왔지만 다른 창문들은 모두 다 어두운 점으로만 보였다. 계단에서 '올빼미'가 우리를 맞았다. 그녀는 가시 돋친 눈으로 나를 바라봤는데 주름이 자글자글한 그 얼굴은 조롱하는 듯한 사악한 미소로 뒤틀려 있었다.

'당신은 곧 놀라 자빠질 거야!' 그녀의 눈이 말했다.

그녀는 아마도 우리가 술을 마시러 왔다고 생각했을 것이고 집에 비통한 일이 있는 것은 몰랐을 것이다.

"이 할멈을 한번 주의 깊게 보세요." 나는 파벨 이바노비치에게 이렇게 말하며 노파의 모자를 벗겨 완전히 벗겨진 머리가 드러나도록 했다. "이 마녀는 아흔 살이에요, 친구. 언젠가 당신과 내가 이 인물을 해부한다면 우리는 매우 다른 견해에 도달할 거예요. 당신은 노화로 인한 뇌 위축을 발견하겠지만 나는 이 인간이 우리 현에서 제일 영리하고 교활한 존재라고 당신을 설득하겠죠. 치마를 입은 악마라고요!"

홀에 들어간 나는 깜짝 놀랐다. 여기서 내가 목도한 광경은 전혀 예상치 못한 것이었다. 모든 의자와 소파에 사람들이 가득했다. 구석들과 창문들 근처에도 사람들이 무리 지어 서 있었다. 어디서 온 사람들일까? 만약 누군가 내게 여기서 이 사람들을 만날 것이라고 미리 말했더라면 나는 폭소를 터트렸을 것이다. 어느 방에 죽었거나 죽어 가는 올가가 누워 있을 수 있는 상황에서 백작의 집에 그들이 있다는 것은 너무도 어색하고 부적절했다. 그들은 앞부분에서 독자들이 알게 된 바로 그 레스토랑 <런던>의 카르포프 집시 합창단이었다. 방에 들어갔을 때 나는 무리 중 하나에서 옛 친구인 티나를 발견했다. 그녀는 나를 알아보고는 기뻐하며 비명을 질렀다. 내가 손을 내밀자 창백하고 거무스름한 얼굴에 미소가 번지다가 뭔가 말을 하려고 하자 눈에서 눈물이 쏟아졌다. 그녀는 눈물 때문에 말을 하지 못했고 나는 그녀에게서 한마디 말도 이끌어 낼 수가 없었다. 다른 집시들에게 물었더니 그들의 설명은 이러했다. 그날 아침 백작은 시내로 전보를 보내 합창단 전원이 반드시 당일 저녁 9시까지 백작의 집으로 와야 한다고 지시했다. 그들은 이 '지시'를 이행하여 기차를 탔고 8시에는 이미 이 홀에 와 있었다.

"그리고 우리는 백작님과 신사 숙녀 여러분을 기쁘게 해드리고 싶었습니다. 우리는 새 노래를 많이 알고 있습니다! … 그런데 갑자기…."

갑자기 한 사내가 사냥에서 잔인한 살인이 일어났다는 소식과 함께 올가 니콜라예브나의 침대를 준비하라는 명령을 받고 말을 타고 달려왔다. 그 사내는 '돼지처럼' 술에 취해 있었기 때문에 사람들은 그의 말을 믿지 않았지만, 계단에서 소음이 들리고 시커먼 시신이 홀을 통과하자 이제는 의심할 수가 없었다.

"그리고 이제 우리는 어찌해야 할지 모르겠어요! 여기 남아 있어서는 안 돼요. 신부님이 여기 있으면, 딴따라들은 없어져 줘야죠. 게다가 가수들이 모두 불안해서 울고 있어요. 죽은 사람이 있는 집에 있을 수는 없잖아요. 우린 가야 하는데 말을 주지 않아요. 백작은 아파서 자리에 누워 있고 아무도 들여보내 주지 않는데, 하인들은 우리가 말을 달라고 부탁하자 비웃기만 합니다. 이런 날씨에 이렇게 어두운 밤에 걸어서 갈 수는 없어요! 하인들은 끔찍하게 무례해요! … 우리 숙녀들을 위해 사모바르를 부탁하자 우리에게 지옥으로 꺼지라고 했어요.”

이 모든 불만은 나의 관대함을 바라는 눈물의 호소로 끝이 났다. 내가 그들을 위해 마차를 구해줘서 이 ‘저주받은’ 집에서 나가게 해줄 수 없겠냐는 것이었다.

“말이 축사로 들어가지 않았고 마부가 다른 곳에 파견되지 않았다면 당신들은 떠나게 될 겁니다.” 내가 말했다. “내가 지시하죠.”

광대 옷을 입고 멋진 태도로 자신들을 뽐내는 데 익숙한 불쌍한 친구들은 그 야윈 얼굴과 우유부단한 자세와는 전혀 어울리지 않았다. 그들을 역으로 보내주겠다는 나의 약속에 그들은 약간 흥분했다. 남자들의 속삭임은 큰 소리로 바뀌었고 여자들은 울음을 멈췄다.

그 뒤 나는 불이 켜지지 않은 어두운 방들을 지나 백작의 서재로 향하던 중 수많은 문 중 하나를 들여다보다가 훈훈한 어떤 장면을 목격했다. 소냐와 그녀의 오빠 프셰호츠키가 쉭쉭거리는 사모바르 옆의 테이블에 앉아 있었다. 가벼운 블라우스를 입었지만 여전히 전과 똑같은 팔찌와 반지를 끼고 있던 소냐는 향수병에서 어떤 냄새를 맡으며 나른하고 섬세하게 찻잔을 홀짝이고 있었다. 그녀의 눈은 울어서 빨개져 있었다. 사냥에서 일어난 사건으로 신경이 되는대로 쇠약해져서 그녀의 정신 상태는 한참이나 엉망이었을 것이다. 프셰호츠키는 여느 때와 마찬가지로 목석같은 얼굴을 하고서 찻잔에 담긴 차를 크게 한 모금 마시고는 여동생에게 무언가 말을 하고 있었다. 표정과 몸짓으로 보아 그는 그녀를 진정시키고 울지 말라고 달래고 있는 것이었다.

백작은 말할 필요도 없이 감정적으로 엉망인 상태였다. 축 늘어진 허약한 그는 그 어느 때보다 더 야위고 얼굴이 축나 있었다. 얼굴은 창백했고 입술은 열병을 앓는 것처럼 떨고 있었다. 머리에는 흰 손수건을 두르고 있었는데 거기서 나는 자극적인 식초 냄새가 온 방을 가득 채우고 있었다. 내가 들어가자 그는 누워 있던 소파에서 튀어 올라 가운 앞자락을 펄럭이며 나를 향해 돌진했다.

"어? 어?" 그는 몸을 떨며 숨 막히는 소리로 말을 시작했다. "어쩌지?"

그리고 몇 가지 어정쩡한 소리를 낸 후 소매를 잡고 나를 소파로 끌고 가서 내가 앉기를 기다렸다가 겁에 질린 개처럼 몸을 내게 밀착시키고 하소연을 늘어놓기 시작했다.

"누가 예상이나 할 수 있었겠어? 잠깐만, 친구, 담요를 가져올게. 열이 나. 살해당했다니, 불쌍한 것! 얼마나 잔인하게 살해됐는지 몰라! 아직은 살아 있지만 마을 의사가 오늘 밤 안으로 죽을 거라고 하더군. 끔찍한 날이야! 이 망할 마누라가… 말도 안 되는 상황에서 오다니…. 그건 내가 했던 제일 불행한 실수였어, 세료자. 상트 페테르부르크에서 술김에 결혼한 거야. 자네한테 숨긴 건 부끄러워서였어. 그런데 이제 그녀가 왔고 그녀가 어떤지 자네는 알 수 있을 거야. 한번 보게, 탄식이 나올 테니…. 아, 저주받은 나의 나약함! 순간적인 충동과 보드카가 나를 뭐든지 하게 만든다고! 아내가 온 게 첫 번째 선물이고, 올가와 엮인 추문이 두 번째 선물이야. 세 번째를 기다리고 있네. 무슨 일이 또 일어날 거라는 걸 난 알아. 알고 있다고! 난 미쳐버릴 거야!"

백작은 울면서 보드카 석 잔을 마셨고, 자신을 멍청이, 악당, 술주정뱅이라고 부르면서 흥분하여 꼬여버린 혀로 사냥에서 일어난 비극을 설명했다. 그가 말한 내용은 대략 다음과 같다.

내가 떠난 지 약 2-30분쯤 뒤, 소쟈의 출현이 준 충격이 어느 정도 가라앉고 모인 사람들과 인사를 다 나눈 소쟈가 안주인 역할을 시작했을 때 갑자기 영혼을 찢는 날카로운 비명이 들렸다. 비명은 숲에서 들려온 것으로 네 번이나 반복해서 울려 퍼졌다. 얼마나 이상했던지 그 소리를 들은 사람들이 벌떡 일어나고 개가 짖고 말은 귀를 쫑긋 세울 정도였다. 비명은 부자연스러웠지만 백작은 그것이 여자의 목소리임을 알아차렸다. 절망과 공포가 공명하는 소리였다. 유령을 보거나 아이의 갑작스러운 죽음을 목격한 여자가 외칠 법한 그런 비명이었다. 놀란 손님들은 백작을, 백작은 그들을 바라봤다. 3분 정도 쥐 죽은 듯 침묵이 흘렀다.

신사 숙녀들이 말없이 서로를 살펴보는 동안 마부와 하인들은 비명이 들리는 곳을 향해 달려갔다. 비보를 처음으로 전해온 하인은 늙은 마부 일리야였다. 그는 창백한 얼굴에 동공이 확장된 상태로 숲에서 공터까지 달려왔다. 그는 뭔가를 말하고 싶어 했지만 너무 숨이 차고 흥분한 상태여서 한참 동안 입을 열지 못했다. 마침내 그가 정신을 차리고서 성호를 그으며 말했다.

"마님이 살해당했어요!"

무슨 마님 말인가? 누가 죽였다는 것인가? 그러나 일리야는 이 질문에 아무런 대답도 하지 못했다. 두 번째 전령 역할을 하게 된 사람은 그들이 예상하지 못했던 사람으로서 그의 등장에 사람들은 혼비백산했다. 이 남자의 예상치 못한 등장과 모습에 모두들 얼어붙었다. 백작은 그를 보고 올가가 숲속을 헤매고 있었다는 것이 기억나자 심장이 내려앉고 끔찍한 예감이 들면서 다리에 힘이 풀렸다.

백작의 전 관리인이자 올가의 남편인 표트르 예고리치 우르베닌이었다. 일행은 처음에 둔중한 발소리와 덤불 갈라지는 소리를 들었다. 마치 곰이 숲에서 공터로 달려오는 것 같았다. 뒤이어 불운한 표트르 예고리치의 거대한 몸이 나타났다. 그는 공터에 와서 일행을 보자 한 걸음 뒤로 물러나 그 자리에 뿌리 박힌 듯 서있었다. 2분 정도 그는 아무 말도 하지 않고 움직이지도 않았기때문에 모두가 그를 관찰하게 되었다. 그는 평소에 입던 닳아 빠진 회색 재킷과 바지를 입고 있었다. 모자는 쓰지 않았고 헝클어진 머리카락이 땀에 젖은 이마와 관자놀이에 달라붙어 있었다. 보통은 벌겋다가 때로는 울긋불긋해지기도 했던 그의 얼굴은 이번에는 핏기가 없었다. 그의 눈은 부자연스럽게, 정신이 나간 듯이 사방을 둘러보고 있었다. 입술과 손은 떨고 있었다.

그러나 무엇보다도 놀랍고, 망연자실해 있는 구경꾼들의 관심을 사로잡은 것은 피투성이가 된 그의 손이었다. 양손과 소맷부리가 마치 피로 물든 욕조에 들어갔다 나온 것처럼 피에 젖어 있었던 것이다.

3분 정도 멍하니 서 있던 우르베닌은 마치 꿈에서 깨어났다는 듯이 풀밭에 쪼그리고 앉아 신음하기 시작했다. 이상한 냄새를 감지한 개들이 그를 둘러싸고 짖어댔다. 우르베닌은 몽롱한 눈빛으로 일행을 둘러보다가 양손으로 얼굴을 가리더니 또다시 멍해졌다.

"올가, 올가, 무슨 짓을 한 거야!" 그가 신음했다.

그의 가슴에서 소리 없는 흐느낌이 터져 나왔고 강인한 어깨가 들썩거렸다. 그가 얼굴에서 손을 뗐을 때 사람들은 그의 손에서 옮겨진 피가 뺨과 이마에 묻은 것을 봤다.

이 지점에서 백작은 손을 흔들며 보드카 한 잔을 미친 듯이 들이켰다. 그리고 계속해서 말했다.

"그 이후 내 기억은 혼란스러워. 자네가 상상할 수 있듯이 모든 일이 내게는 너무 큰 충격이어서 난 생각할 수 있는 능력을 상실했어. 그다음에 무슨 일이 있었는지 전혀 기억이 나지 않아! 내가 기억하는 건 남자들이 숲에서 찢어진 옷을 입은 피투성이 시신을 데리고 나왔다는 것뿐이야. 나는 그걸 볼 수가 없었어. 사람들이 그녀를 수레에 싣고 떠났어. 신음하는 소리도, 울음소리도 들리지 않았어. 사람들 말로는 그녀가 항상 지니고 다니던 단도에 옆구리를 찔렸다고 해. 기억나나? 그건 내가 선물로 준 거였어. 무딘 단검이야, 이 유리잔 가장자리보다 더 무딘…. 그걸로 그녀를 찌르려면 얼마나 힘을 써야 했겠어! 난 카프카스 사람들의 무기를 좋아했지만, 이젠 그런 것과는 끝이야! 내일 당장 내다 버리라고 할 거야."

백작은 보드카를 한 잔 더 마시고는 말을 이어갔다.

"하지만 이 얼마나 수치스러운 일인가! 이 얼마나 추악한 일이냐 말인가! 우리는 그녀를 집으로 데려왔어. 모두가 절망에 빠졌고 겁에 질려 있어. 그런데 갑자기, 그 젠장맞을 집시들, 요란스러운 노래가 들리는 거야! … 그들은 일렬로 늘어서서 목청껏 노래를 부르기 시작했어! … 반갑게 맞아주고 싶었는데 때가 아주 좋지 않게 된 거야. 바보 이반 비슷한 거지. 장례식을 맞닥뜨리고는 환호하며 '옮겨야죠. 하지만 옮겨서 훔쳐 가면 안 돼요!'라고 소리쳤잖아. 그래, 동생! 나는 손님들을 즐겁게 해주고 싶어서 집시들을 초대했지만 모든 게 엉망진창이 됐어. 불러와야 할 건 집시가 아니라 의사와 성직자야. 그리고 지금 난 뭘 해야 할지 모르겠어! 뭘 해야 하지? 절차도, 관례도 난 모르네. 누구에게 전화해야 하는지, 누구를 부르러 보내야 하는지…. 경찰이나 검찰이 있어야 할지도 몰라. 아니, 내가 알 리가 없잖아! … 예레미아 신부님이 소식을 듣고 오셔서 너무나 고맙다네. 나는 신부님을 부른다는 생각도 하지 못했어. 친구, 부탁건대, 이 모든 문제를 나 대신 책임져 주게! 세상에나, 난 미치겠어! 아내가 오고, 살인이 일어나고…. 브르르! 내 아내는 지금 어디 있지? 그녀를 봤나?"

"봤어. 프셰호츠키와 차를 마시고 있었어."

"오빠와 같이 있단 말이지. 프셰호츠키, 그놈은 악당이야! 내가 상트 페테르부르크에서 몰래 빠져나왔을 때 그놈이 내가 달아날 낌새를 알고는 달라붙었어. 그동안 얼마나 많은 내 돈을 갈취했는지, 파악할 수도 없을 정도야!"

나는 백작과 오래 이야기할 시간이 없었다. 나는 일어나서 문으로 향했다.

"있잖아." 백작이 나를 막으며 말했다. "그게… 저 우르베닌이 나를 찌르지는 않을까?"

"그가 정말 올가를 칼로 찔렀다는 거야?"

"그렇지, 그가…. 어디서 나타났는지 이해가 안 될 뿐이야! 뭐에 씌어서 숲으로 온 거지? 그리고 왜 하필이면 바로 그 숲에! 그가 숨어서 우리를 기다렸다고 가정해 봐도 내가 다른 곳이 아니라 바로 거기서 잠시 쉬고 싶을 줄 그가 어떻게 알았을까?"

"자네는 아무것도 이해하지 못해." 내가 말했다. "그건 그렇고, 마지막으로 부탁하겠네. 내가 이 사건을 맡게 된다면 내게 자네 판단을 말하지는 말아줘. 자네는 오로지 내 질문에 대답하는 수고만 해주면 되네. 하지만 그 이상은 아니야."

나는 백작을 떠나 올가가 누워 있는 방으로 갔다.

⋯⋯ 지워진 부분 ⋯⋯[ix]

방 안에는 작고 푸른 램프의 불빛에 사람들의 얼굴이 희미하게 비치고 있었다. 그 불빛 아래서 읽거나 쓰는 것은 불가능했다. 올가는 자기 침대에 누워 있었다. 그녀의 머리는 붕대로 감겨 있어서 보이는 부분은 핏기라고는 없는 뾰족한 코와 감긴 눈꺼풀뿐이었다. 내가 들어갔을 때 가슴에는 얼음주머니가 올려져 있었다. ⋯⋯ 지워진 부분 ⋯⋯[x] 올가는 아직 죽지 않았던 것이다. 두 명의 의사가 그녀 옆에서 동분서주하고 있었다. 내가 들어가자 파벨 이바노비치는 실눈을 뜨고 계속해서 헉헉거리며 그녀의 심장에 귀를 기울이고 있었다.

극도로 피곤해 보이고 겉보기에 병약해 보이는 공중 보건의는 침대 옆 안락의자에 앉아 맥박을 재는 척하며 생각에 잠겨 있었다. 방금 볼일을 마친 예레미야 신부는 십자가를 두루마기에 감싸고 떠나려는 참이었다.

"슬퍼하지 마세요, 표트르 예고리치!" 그는 한숨을 쉬며 구석으로 시선을 돌리면서 말했다. "모든 것은 주님의 뜻입니다. 당신이 의지해야 할 사람은 주님입니다."

구석에 있는 의자에는 우르베닌이 앉아 있었다. 그는 너무 많이 변해서 거의 알아볼 수 없을 지경이었다. 하는 일 없이 술에 취해 지낸 최근의 시간이 그의 외모만큼이나 옷차림에도 확연히 나타나 있었다. 옷은 해져 있었고 얼굴도 마찬가지였다.

그 불쌍한 남자는 미동도 없이 주먹으로 머리를 받치고 앉아서 침대에서 눈을 떼지 않았다. 그의 손과 얼굴은 여전히 핏자국으로 뒤덮여 있었다. 그는 씻는 것도 잊었던 것이다.

아, 내 영혼의 예언, 그리고 내 불쌍한 새의 예언!

내가 죽인 그 기품 있는 새가 남편이 아내를 죽였다고 외쳤을 때 내 상상 속에서는 언제나 우르베닌이 모습을 드러냈다. 왜일까? … 나는 질투심 많은 남편이 종종 부정한 아내를 죽인다는 것을 알고 있었다. 그와 동시에 우르베닌은 사람을 죽이지 못한다는 것도 알고 있었다. 그래서 나는 올가가 남편에 의해 살해당했을 가능성은 터무니없는 생각으로 일축했다.

'그인가, 그가 아닌가?' 나는 그의 비참한 얼굴을 바라보며 자문했다.

솔직히 말해서, 백작의 이야기와 그의 손과 얼굴에서 내가 본 피에도 불구하고 그가 맞는다는 대답은 나오지 않았다.

'그가 살인을 했다면 이미 오래전에 손과 얼굴에서 피를 씻어 냈을 거야.' 나는 한 동료 수사관의 명제를 떠올렸다. '살인자는 피해자의 피를 참을 수가 없다.'

머리를 더 쓰고 싶었다면 비슷한 상황을 많이 기억할 수 있었 겠지만 너무 섣부른 결론을 내리지는 말아야 했다.

"안녕하세요." 보건소 의사가 내게 말했다. "와주셔서 매우 기 쁩니다. 그런데 이 집의 주인은 누구죠?"

"여기는 주인이 없습니다. 이곳을 지배하고 있는 건 혼돈이 죠." 내가 말했다.

"멋진 문구지만 제게는 전혀 도움이 되지 않는군요." 공중 보 건의는 가래 섞인 기침을 했다. "여기로 포트와인이나 샴페인을 한 병만 가져다 달라고 세 시간 동안 간청하고 있는데 아무도 제 요청을 들어주지 않네요. 죄다 귀머거리예요! 세 시간 전에 주문 한 얼음이 방금 들어왔어요. 이게 도대체 뭐죠? 사람이 죽어 가 고 있는데 저들은 꼭 비웃고 있는 것 같아요! 백작은 서재에서 술 을 퍼마시고 있는데 여기는 한 잔도 주지 않다니요! 제가 시내 약 국으로 사람을 보내려니까, 말들이 다 죽어 가고 모두 취해서 갈 사람이 없다고 합니다. 병원에서 약과 붕대를 가져올 사람을 보 내 달라고 했더니 거의 서 있을 수조차 없이 취한 사람을 보내는 은혜를 베풀었더군요. 두 시간 전에 그를 보냈는데 어땠겠어요? 지금 막 갔다고 해요. 이런 무례한 일이 어디 있나요? 다들 술에 취해 있고, 무례하고, 미개해요. 모두 멍청이들이에요! 신께 맹세코 이렇게 무정한 사람들은 생전 처음 봐요!"

의사의 분노는 정당했다. 그는 조금도 과장하지 않았다. 오히려⋯ 백작의 영지에서 벌어진 그 모든 무질서와 추문에 분노를 표출하자면 밤을 새워도 충분하지 않았을 것이다. 게으르고 무자비하며 타락한 하인들은 역겨움 그 자체였다. 고인 물이 되어 오래도록 그곳에서 일한 하인들 중에 살이 찌지 않은 사람은 한 명도 없었다.

나는 와인을 구하러 나갔다. 한두 번 따귀를 때린 끝에 내가 샴페인과 쥐오줌풀 물약을 구해오자 의사는 매우 기뻐했다. 한 시간 후 ⋯⋯ 지워진 부분 ⋯⋯[xi] 병원에서 남자 간호사 한 명이 필요한 모든 것을 가지고 도착했다.

파벨 이바노비치는 올가의 입에 샴페인 한 숟가락을 밀어 넣는 데 성공했다. 그녀는 열심히 삼키려고 애를 쓰며 신음했다. 그다음 의사들은 그녀에게 호프만 용액[19] 같은 것을 주사했다.

"올가 니콜라예브나!" 공중 보건의가 그녀의 귀에 대고 소리쳤다. "올가 니콜라예브나!"

"그녀가 의식을 되찾기를 기대하는 것은 어렵습니다!" 파벨 이바노비치가 한숨을 쉬었다. "피를 너무 많이 흘렸어요. 게다가 둔

---

[19] 독일의 의사이자 화학자였던 프리드리히 호프만(1660-1742)이 최초로 만든 의약품. 황산 에테르와 알코올을 혼합하여 만든 용액으로 각성제나 안정제로 쓰였다.

기로 머리를 맞은 것 때문에 뇌진탕이 수반되었을 겁니다.”

뇌진탕 여부는 내가 판단할 수 있는 것이 아니었다. 다만 올가는 가까스로 눈을 뜨고 마실 것을 달라고 요청했다. 각성제가 효과를 발했던 것이다.

“이제 물어보고 싶은 걸 물어봐도 됩니다.” 파벨 이바노비치가 내 팔꿈치를 밀었다. “물어보세요.”

나는 침대로 다가갔다. 올가의 눈이 나를 향했다.

“여기가 어디야?” 그녀가 물었다.

“올가 니콜라예브나!” 내가 말하기 시작했다. “나를 알아보겠습니까?”

올가는 몇 초간 나를 쳐다보더니 눈을 감았다.

“응!” 그녀는 신음했다. “응!”

“나는 예심 판사 지노비예프입니다. 영광스럽게도 당신과 알고 지냈고, 기억하겠지만 당신 결혼식의 들러리이기도 했습니다.”

“자기야?” 올가는 왼손을 앞으로 내밀려 읊조렸다. “앉아.”

“정신이 나갔군.” ‘실눈뜨기’가 한숨을 쉬었다.

“나는 지노비예프 예심 판사입니다.” 나는 계속 말했다. “기억하겠지만, 나는 사냥에 함께 했습니다. 기분이 어떠세요?”

“핵심적인 질문을 하세요!” 공중 보건의가 속삭였다. “얼마나 오래 의식을 유지할 수 있을지 장담할 수 없습니다.”

“제발, 가르치지 말아요!” 나는 화를 냈다. “뭘 말해야 하는지는 내가 압니다. 올가 니콜라예브나,” 나는 올가를 향해 계속 말했다. “어제 있었던 일을 기억해 보세요. 내가 도와줄게요. 1시에 당신은 말을 타고 사람들과 함께 사냥을 나갔습니다. 사냥은 네 시간 동안 계속됐고… 숲 공터에서 잠시 쉬었죠. 기억나요?"

"그리고 네가… 네가… 죽였어."

"도요새요? 내가 총에 맞은 도요새를 죽인 후에 당신은 얼굴을 찌푸리고 일행에게서 멀어져 갔죠. 당신은 숲으로 갔어요. …… 지워진 부분 ……xii 이제 있는 힘을 다해서 기억을 되살려 보세요. 당신은 숲속을 걷다가 정체불명의 누군가에게 공격당했습니다. 예심 판사로서 묻겠습니다. 그게 누구였습니까?"

올가는 눈을 뜨고 나를 쳐다봤다.

"그 사람의 이름을 말해주세요! 여기 나 말고도 세 사람이 더 있습니다."

올가는 거절의 뜻으로 고개를 흔들었다.

"당신은 그의 이름을 말해야 합니다." 나는 계속했다. "그는 무거운 처벌을 받을 것입니다. 법이 그의 야만성에 값비싼 대가를 치르게 할 것입니다! 그는 노역에 처해질 거예요. …… 지워진 부분 ……xiii 당신 말을 기다리고 있습니다."

올가는 미소를 지으며 고개를 흔들어 거절했다. 더 이상의 질문은 아무 소용이 없었다. 나는 올가에게서 한마디 말도, 움직임도 더는 끌어내지 못했다. 4시 45분에 그녀는 숨을 거두었다.

9

　내가 요청한 장로와 목격자들이 마을에서 도착한 것은 아침 6시였다. 범죄 현장으로 가는 것은 불가능했다. 밤새 내리기 시작한 비가 양동이를 들이붓는 것처럼 여전히 쏟아지고 있었기 때문이었다. 작은 웅덩이는 호수로 변해 있었다. 하늘은 잿빛이었고 햇빛이 비칠 기미가 보이지 않았다. 비에 젖은 나무들은 나뭇가지를 음울하게 축 늘어뜨리고 바람이 불 때마다 큰 빗방울을 우박처럼 뿌렸다. 그곳으로 가는 것은 불가능했다. 게다가 불필요한 일이었을 수도 있었다. 핏자국, 사람 발자국 등 범죄의 흔적은 밤새 내린 비에 씻겨 내려갔을 가능성이 컸기 때문이다. 하지만 절차상 범죄 현장을 조사해야 했기 때문에 나는 경찰이 도착할 때까지 그 답사를 연기해야 했다. 그동안 나는 대략적인 보고서를 작성하고 목격자들을 신문하는 일에 착수했다. 나는 먼저 집시들을 신문했다. 불쌍한 가수들은 밤새 홀에 앉아 역까지 데려다줄 말이 제공되기를 기다렸다. 그러나 그들은 말을 받지 못했다. 하인들은 그들을 백작에게 보내면서 그와 동시에 백작이 아무도 들여보내지 말라고 했다고 경고했다. 그들이 아침에 요청했던 사모바르도 주지 않았다. 죽은 여자가 누워 있는 낯선 집의 이상하고 불분명한 상황, 언제 떠날 수 있을지 모르는 불확실함, 축축하고 음산한 날씨, 이 모든 것이 가엾은 집시들을 절망에 빠뜨리는 바람에 그들은 하룻밤 사이에 마르고 수척해졌다. 그들은 겁에 질린 듯, 혹은 엄중한 심판을 기다리는 듯 이 구석 저 구석을 서성거리고 다녔다. 나의 신문은 그들의 고통을 더욱 가중했다. 우선, 내가 장시간 신문했기 때문에 그들이 '저주받은' 집을 떠나는 것이 오랫동안 지연되었고, 둘째, 그것은 그들을 겁에 질리게 했다. 이 단순한 사람들은 자신들이 살인 혐의를 강하게 받고 있다고 상상하면서 눈물을 흘리며 자신들은 죄가 없고 아무것도 모른다고 나를 설득하기 시작했다. 내가 공직자임을 알게 된 티나는 우리의 이전 관계는 완전히 잊고서 나와 이야기를 나눌 때 마치 채찍질 당하는 소녀처럼 공포에 떨면서 꼼짝도 하지 못했다. 내가 그들에게 걱정하지 말라고, 나는 그들을 증인과 정의의 조력자로만 보고 있다고 안심시키자 그들은 한목소리로 자신들은 아무것도 목격한 적이 없고 아무것도 모른다고 하면서 신이 나중에라도 자신들을 법조계 사람들과 가깝게 지내는 일이 없도록 해주기를 바라는 것이었다.

나는 그들에게 역에서 어떤 길로 이동했는지, 살인이 일어난 숲은 지나갔는지, 누군가 잠시라도 일행에게서 따로 떨어져 있은 적이 있는지, 영혼을 찢는 듯한 올가의 비명을 들었는지 물었다.[xiv] 이 신문으로는 아무런 진전도 이루어지지 않았다. 겁에 질린 집시들은 합창단에서 두 명의 청년을 뽑아서 수레를 빌려 오도록 마을로 보냈었다. 그 불쌍한 사람들은 떠나기를 간절히 원했던 것이다. 불행히도 이미 마을에는 살인에 대한 소문이 퍼져 있었기에 그 거무튀튀한 사절들을 의심스럽게 생각하여 그들을 잡아서 내게 끌고 왔다. 저녁이 되어서야 초주검이 된 합창단은 악몽에서 벗어나 자유롭게 숨을 쉬며 다섯 대의 수레를 세 배나 비싼 값에 빌려서 백작의 저택을 떠날 수 있었다. 그들은 나중에 방문에 대한 대가는 받았지만, 백작의 저택에서 겪은 정신적 고통에 대해서는 아무것도 보상받지 못했다.

그들의 신문을 끝낸 후 나는 '올빼미'의 방을 수색했다.[xv] 나는 그 노파의 트렁크에서 온갖 종류의 수많은 쓰레기를 발견했지만 낡은 보닛 모자와 바느질한 스타킹을 모두 살펴본 후에도 노파가 백작이나 그의 손님에게서 훔쳤을지도 모르는 돈이나 귀중품은 찾지 못했다. 언젠가 티나에게서 훔쳐 간 물건도 찾지 못했다. 분명 그 늙은 마녀는 자기만 아는 다른 은닉처가 있는 것 같았다.

나는 사전 정보와 조사 내용을 담은 조서를 여기에 공개하지는 않겠다. 너무 길고 대부분 잊어버렸기 때문이다. 여기서는 전체적인 선에서 짧게 이야기하겠다. 나는 제일 먼저 올가를 발견한 상태를 설명하는 것으로 시작하여 그녀를 조사한 내용을 자세히 설명했다. 이 조사에서 올가는 내게 인지가 있는 상태로 대답을 했으며 또한 의도적으로 살인자의 이름을 숨기고 있는 것이 분명했다. 그녀는 살인자가 처벌받는 것을 **원하지 않았기** 때문에 이는 필연적으로 살인자가 그녀와 가깝고 그녀에게 소중한 사람이라는 생각을 불러일으킨다.

나는 얼마 지나지 않아 도착한 경찰과 함께 드레스를 조사한 결과 무척 많은 것을 알게 되었다. 그녀가 말을 탈 때 입었던 실크 안감의 벨벳 재킷은 여전히 축축한 상태였다. 단검에 찔린 천공이 있는 오른쪽은 피에 흠뻑 젖어 있었고 곳곳에 응고된 피가 묻어 있었다. 출혈이 심해서 올가가 현장에서 죽지 않은 게 신기할 정도였다. 왼쪽도 피투성이였다. 왼쪽 소매는 어깨와 손목이 찢어져 있었다. 윗단추 두 개가 뜯어졌는데 조사 과정에서 단추를 발견하지는 못했다. 승마복인 검은색 캐시미어 치마는 끔찍하게 구겨진 상태였다. 올가를 숲에서 마차로, 마차에서 침대로 옮긴 결과였다. 그다음 치마를 올가에게서 벗겨서 아무렇게나 뭉쳐 그 상태로 침대 밑으로 던졌던 것이다. 허리띠는 찢어져 있었다. 약 15cm 정도 길게 찢어진 것은 아마도 그녀를 끌어당기고 운반하는 과정에서 그런 것 같았다. 그녀가 살아 있을 때 생긴 것일 수도 있기는 했다. 올가는 옷을 수선하는 것을 좋아하지 않았고 누구에게 맡겨 수선해야 할지 몰라서 코트 아래에 찢어진 부분을 숨기고 있었을 수도 있는 것이다. 나는 그것이 나중에 검사가 발언을 통해 강조한 가해자의 야만적인 범행과는 관련이 없다고 생각한다. 허리띠의 오른쪽 부분과 오른쪽 주머니는 피에 흠뻑 젖어 있었다. 주머니에 있던 손수건과 장갑은 형태가 없는 녹슨 색 덩어리처럼 보였다. 치마의 허리띠부터 끝부분에 이르기까지 다양한 모양과 크기의 핏자국이 곳곳에 흩어져 있었다. 나중에 심문에서 밝혀졌듯이 그것들은 대부분 올가를 태우고 옮긴 마부와 하인들의 피 묻은 손바닥과 손가락 자국들이었다. 블라우스는 피투성이였고 둔기에 찔린 천공 부분이 제일 많이 피로 덮여 있었다. 재킷과 마찬가지로 왼쪽 어깨와 손목 부분이 찢어져 있었다. 소맷부리는 반쯤 뜯어져 있었다.

올가가 소지하고 있던 금시계, 긴 금목걸이, 다이아몬드 브로치, 귀걸이, 반지, 은화가 든 지갑이 옷과 함께 그대로 있는 것이 발견되었다. 분명 금전적 목적은 범행 동기가 아니었던 것이다.

올가가 사망한 다음 날 '실눈뜨기'와 공중 보건의가 내 입회하에 수행한 검시 결과 매우 긴 조서가 작성되었는데 여기에 그 전반적인 특징을 전하겠다. 외상 검사에서 의사는 다음과 같은 상처를 발견했다. 머리 왼쪽 관자뼈와 정수리뼈 경계 부분에 뼈를 관통하는 길이 4cm 정도의 상처가 있었다. 상처 가장자리는 고르지 않고 똑바르지도 않았다. 나중에 우리가 결정했듯이 아마도 단검 자루 같은 무딘 도구에 의해 생긴 것으로 추정된다. 목에는 경추 높이에서 붉은 줄이 눈에 띄는데 이 붉은 줄은 목의 뒤쪽에서 절반을 가로지르며 반원 모양을 이루고 있다. 이 줄 전체에 피부 병변과 경미한 멍이 관찰된다. 왼팔에는 손목에서 약 2.5cm 위쪽에 푸른 자국이 네 개 발견되었는데, 하나는 손등 쪽에, 다른 세 개는 손바닥 쪽에 나 있었다. 이는 손가락의 압력에 의해 발생했을 가능성이 크다. 이것은 자국 중 하나가 손톱에 의해 생긴 작은 찰과상이라는 사실에서도 확인된다. 이 자국들의 위치에 해당하는 재킷의 왼쪽 소매가 찢어지고 블라우스의 왼쪽 소맷부리가 반쯤 뜯어져 있었다는 것을 독자들은 기억할 것이다. 겨드랑이 중앙에서 아래쪽으로 수직으로 선을 그렸을 때 네 번째 갈비뼈와 다섯 번째 갈비뼈 사이에 2.5cm 정도 길이의 벌어진 상처가 있다. 그 가장자리는 마치 자른 것처럼 고른, 액체 상태의 피와 응고된 피로 흠뻑 젖어 있다. 관통되면서 난 상처였다.

날카로운 무기에 의해 생긴 것인데, 우리가 모은 사전 자료에서 알 수 있듯이 단검의 너비가 상처의 크기와 일치하므로 그 무기는 단검으로 보인다.

내상 검사 결과 오른쪽 폐와 흉막 손상이 있고 폐에 염증과 흉막강 출혈이 발견되었다.

내가 기억하는 한 의사들의 결론은 대략 다음과 같았다. 1) 사망에 이른 원인은 과다 출혈이며, 출혈이 일어난 것은 가슴 오른쪽에 벌어진 상처 때문으로 설명된다. 2) 머리의 상처는 중상에 속하지만, 가슴의 상처가 치명상이라는 것은 의심의 여지가 없다. 3) 머리의 상처는 둔기, 가슴의 상처는 날카로운 양날의 칼에 의해 생긴 것이다. 4) 위에서 설명한 상처 중 어느 것도 자해가 될 수 없다. 5) 여성을 성적으로 욕보이려는 시도는 없었을 가능성이 크다.

나는 문제를 상자 속에 오래도록 보관했다가 나중에 반복하지 않기 위해 나의 조사와 두세 차례의 신문, 그리고 검시 보고서를 읽고 받은 첫인상에 기반하여 내가 그려낸 살인 현장을 여기서 독자들에게 전달하려 한다.

일행에게서 떨어져 나온 올가는 숲속을 걸어 다녔다. 몽상에 잠겨 있었든, 슬픈 생각에 빠져 있었든, (독자들은 그 불운한 날 저녁 그녀의 기분을 기억할 것이다.) 그녀는 숲속 깊은 곳을 헤매고 있었다. 그곳에서 그녀는 살인자를 만났다. 그녀가 나무 아래 서서 생각에 잠겨 있을 때 어떤 사람이 그녀에게 다가가서 말을 걸기 시작했다. 그 사람은 수상한 사람은 아니었다. 그렇지 않앗다면 그녀는 도움을 청하는 고함을 질렀겠지만 그래도 그 고함은 영혼을 찢는 소리는 아니었을 것이다. 그녀와 이야기를 나눈 후 살인자는 그녀의 재킷과 블라우스 소매가 찢어지고 네 개의 자국이 흔적으로 남도록 그녀의 왼팔을 거세게 잡아당겼다. 그녀가 사람들이 들었던 비명을 질렀던 것은 이 지점이었을 것이다. 그녀는 고통 때문에 울부짖었고 살인자의 얼굴과 움직임에서 그의 의도를 읽었을 것이다. 그녀가 다시 비명을 지르지 못하도록 하기 위해서인지, 아니면 분노의 감정 때문이었는지 모르지만, 그는 옷깃 근처의 가슴을 움켜잡았다. 그 증거는 뜯어진 윗단추 두 개와 의사들이 목에서 발견한 붉은 줄이다. 살인자는 그녀의 가슴을 잡고 흔들면서 목에 걸고 있던 금목걸이를 잡아당겼다. 목걸이의 마찰과 압력으로 줄무늬가 생긴 것이다. 그런 다음 범인은 막대기나 올가의 허리띠에 달려 있던 단검 자루 같은 둔기로 그녀의 머리를 가격했다. 광란에 휩싸여서, 혹은 이 상처 하나로는 충분치 않다고 깨닫고서 그는 단검을 꺼내 그녀의 오른쪽 옆구리를 힘껏 찔렀다. 내가 '힘껏'이라고 한 것은 단검의 칼날이 무디었기 때문이다.

위의 자료들을 바탕으로 내가 그릴 수 있었던 그림의 암울한 모습은 이런 것이다. 범인이 누구냐는 질문은 대답하기 어려운 것 같지 않았다. 첫째, 살인자는 금전적 목적으로 범행한 것이 아니라 다른 어떤 이유로 일을 저질렀다. 따라서 호수에서 낚시를 하던 떠돌이 부랑자나 불량배를 의심할 필요는 없었다. 피해자의 비명 때문에 강도가 놀랐을 리는 없다. 브로치와 시계를 뺏는 것은 순식간이었을 것이다.

둘째, 올가는 살인자의 이름을 일부러 말하지 않았는데, 살인자가 단순한 강도였다면 그러지 않았을 것이다. 분명히 살인자는 그녀에게 소중한 사람이었고, 자기 때문에 그가 가혹한 처벌을 받는 것을 원하지 않았던 것이다. 그런 사람들은 그녀의 미친 아버지거나, 그녀가 사랑하지는 않았지만 아마도 죄책감을 느꼈을 남편, 아니면 그녀가 마음속으로 빚을 졌다고 느꼈을지도 모르는 백작일 수도 있다.

하인들이 나중에 증언했듯이, 살인이 일어난 날 저녁 그녀의 미친 아버지는 숲속 오두막에 앉아 저녁 내내 경찰서장에게 편지를 쓰고 있었다. 밤낮으로 자기 집을 둘러싸고 있는 가상의 도둑을 엄중하게 통제해 달라고 요청하는 편지였다. 살인 전후에 백작은 일행을 떠나지 않았다. 모든 의혹의 무게는 오로지 불행한 우르베닌으로만 쏠리고 있었다. 그의 갑작스러운 등장, 그의 모습 등은 훌륭한 증거로 작용할 수 있을 뿐이었다.

셋째, 최근 올가의 삶은 불륜의 연속이었다. 이런 종류의 불륜은 보통 범죄로 끝나게 되어 있었다. 자신을 사랑하는 늙은 남편, 배신, 질투, 구타, 결혼식 한두 달 만에 애인인 백작에게로의 도주…. 이런 소설에서 아름다운 여주인공이 살해당했다면 도둑과 사기꾼을 찾지 말고 불륜의 당사자들을 조사하면 된다. 이 세 번째 지점에서 가장 적합한 살인자 역시 우르베닌이었다.

나는 상감 장식 응접실에서 예비 신문을 했다. 그곳은 한때 내가 푹신한 소파에 누워 집시 여자들과 사랑을 나누곤 했던 곳이다. 내가 제일 먼저 신문한 사람은 우르베닌이었다. 그는 올가의 방에서 내게로 불려 왔는데 역시나 구석에 있는 의자에 앉아 빈 침대에서 눈을 떼지 못했다. 그는 잠시 침묵한 채 나를 멍하니 바라보다가, 아마도 내가 수사 담당 예심 판사로서 그를 대할 것이라고 짐작했는지 지치고 상심한 사람의 목소리로 말했다.

"세르게이 페트로비치, 다른 증인들을 먼저 조사하고 나중에 저를 조사해 주세요. 저는… 할 수가 없습니다."

우르베닌은 자신이 증인이라고 생각했거나 증인으로 간주된다고 생각했다.

"아뇨, 지금 여기서 조사해야 합니다." 내가 말했다. "앉으시죠."

우르베닌은 내 맞은편에 앉아서 고개를 숙였다. 그는 아프고 지쳐서 마지못해 대답했고 나는 그에게서 겨우겨우 진술을 쥐어짜 내었다.

그는 자신이 정교회 신자인 쉰 살의 귀족 예고리치 우르베닌이라고 말했다. 그는 인근 K현에 부동산을 소유하고 있으며 그곳 선거 기관에서 일했고 2년 4개월간 명예 치안 판사로 있었다. 이후 파산하게 된 그는 재산을 저당 잡혔고, 일을 해야겠다고 생각했다. 그는 6년 전에 백작에게 고용되었다. 그는 농사일을 좋아했기에 개인을 위해 일하는 것을 부끄러워하지 않았고, 노동을 부끄러워하는 것은 바보들뿐이라고 생각했다. 백작은 그에게 항상 제때 월급을 지급했다. 그래서 그로서는 불평할 일이 없었다. 그는 첫 결혼에서 낳은 아들과 딸이 있다, 등등.

그는 올가를 열정적으로 사랑해서 결혼했다. 그는 자신의 감정을 이겨내려고 길고 고통스러운 투쟁을 벌였지만, 상식도, 중년의 실용적 이성의 논리도 아무런 소용이 없었다. 감정을 못 이기고 결혼할 수밖에 없었던 것이다. 그는 올가가 사랑 때문에 자기와 결혼하지 않았다는 것은 알았지만, 그녀가 도덕적으로 매우 고결하다고 생각했기 때문에 그녀의 지조와 우애만으로 만족하기로 마음먹었다.

늙은이의 절망과 모욕이 시작되는 지점에 도달하자 우르베닌은 '신이 용서할 그녀의 과거'에 대해 이야기하지 않거나 적어도 나중으로 미루게 해달라고 요청했다.

"전 못 하겠습니다. 힘듭니다. 당신도 직접 보셨잖아요."

"좋습니다. 다음 기회로 미루죠. 지금은 한 가지만 말해주세요. 당신이 부인을 때렸다는 게 사실인가요? 어느 날 백작의 편지를 발견하고 그녀를 때렸다고 하던데…."

"그건 사실이 아닙니다. 팔을 붙잡았을 뿐인데 그녀는 대성통곡을 했고, 그날 밤 원망을 쏟아놓으며 도망쳤어요."

"그녀와 백작의 관계를 알고 있었나요?"

"그 얘기는 미루자고 부탁했는데…. 그리고 그게 무슨 소용이 있나요?"

"아주 중요한 이 질문 하나에만 대답해 주세요. 부인과 백작의 관계를 알고 있었습니까?"

"물론입니다."

"그렇게 기록하겠습니다. 그리고 부인의 불륜에 관한 나머지 질문은 다음으로 미루겠습니다. 이제 다른 얘기로 넘어가죠. 그러니까, 어제 올가 니콜라예브나가 살해된 숲에 당신이 어떻게 들어갔는지 설명해 주시겠어요? 당신은 시내에 있었다고 하는데… 대체 어떻게 숲에 들어가게 된 거죠?"

"네, 저는 있을 곳이 없어진 후부터 시내에 있는 사촌 누이의 집에서 살았습니다. 일자리를 찾으면서 괴로워서 술을 마셨어요. 이번 달에 특히 많이 마셨습니다. 예를 들어, 지난주에는 온종일 술을 마셔서 아무것도 기억이 나지 않을 정도예요. 그저께도 취해서… 한마디로, 끝장이 났습니다. 돌이킬 수 없이 끝장이 났어요!"

"어제 어떻게 숲에 갔는지 내게 말하려고 하셨던 건데…"

"네. 어제 아침에 저는 일찍 잠이 깼습니다, 네 시쯤요. 전날 마신 술 때문에 머리가 아프고 열이 나는 것처럼 온몸이 쑤셨어요. 침대에 누워 창밖으로 해가 뜨는 것을 보다가 여러 가지가… 기억이 나더군요. 힘이 들었어요. 갑자기 그녀가 보고 싶었어요. 한 번만, 어쩌면 마지막으로 보고 싶었습니다. 그리고 분노가 일었고 슬픔이…. 저는 백작이 제게 보낸 100루블을 주머니에서 꺼내 쳐다보다가 발로 짓밟기 시작했습니다. 밟고 또 밟은 후 그 적선의 돈을 그의 얼굴에 던지기로 결심했습니다. 아무리 배고프고 궁핍하지만 명예를 팔 수는 없으며 명예를 사려는 시도는 내 인격에 대한 모독입니다. 그래서 저는 올랴를 보고 그녀를 유혹한 인간의 상판대기에 돈을 던지고 싶었습니다. 그리고 그 갈망에 사로잡혀 거의 미칠 지경이었습니다. 여기까지 올 수 있는 돈이 제게는 없었죠. **그의** 100루블을 제가 쓸 수는 없었으니까요. 걸어서 출발했습니다. 가는 길에 운이 좋게도 아는 농부를 만났는데, 10코페이카를 받고 저를 18km쯤 태워 줬습니다. 그렇지 않았다면 지금까지 걷고 있었을 겁니다. 그 농부는 저를 테네보에 내려줬습니다. 거기서부터 여기까지 걸었고 4시쯤에 도착했습니다."

"그 시간에 당신을 본 사람이 있었나요?"

"네, 수위인 니콜라이가 대문에 앉아 있었는데 주인이 집에 없다고, 사냥하러 나갔다고 했습니다. 저는 지쳐서 거의 죽을 지경이었지만 아내를 보고 싶은 마음이 고통보다 컸습니다. 그들이 사냥하는 곳까지 잠시도 쉬지 않고 걸어가야 했죠. 저는 길로 가지 않고 숲을 통과했습니다. 모든 나무를 다 잘 알기 때문에 백작의 숲에서 길을 잃는 것은 우리 집에서 길을 잃는 것만큼이나 어려운 일입니다."

"하지만 도로가 아닌 숲으로 걸으면 사냥하는 사람들을 놓쳤을 수도 있는데요."

"아뇨, 저는 길을 계속 따라갔고 그들과 너무 가까이 있어서 총소리뿐만 아니라 대화하는 소리도 들릴 정도였습니다."

"그럼 숲에서 부인을 만날 것이라고 가정하지는 않았습니까?"

우르베닌은 놀란 표정으로 나를 쳐다봤고 잠시 생각한 후 대답했다.

"죄송합니다만 이상한 질문이네요. 늑대를 만날 것이라고 가정할 수는 없어요. 게다가 끔찍한 재앙을 가정하는 것은 훨씬 더 불가능합니다. 신께서는 예고 없이 불행을 주시니까요. 이 끔찍한 사건만 해도…. 저는 올호프스크 숲을 걷고 있었어요. 제게는 그렇지 않아도 괴로움이 넘쳐서 다른 어떤 괴로움도 예상하지 못했는데 갑자기 끔찍한 비명이 들렸습니다. 너무 날카로워서 누군가 제 귀를 자른 줄 알았습니다. 저는 비명이 난 곳을 향해 달려갔습니다."

우르베닌의 입이 옆으로 비틀어지고 턱이 떨렸다. 그는 눈을 깜박이며 흐느꼈다.

"비명이 난 쪽으로 달려가니 갑자기… 올랴가 쓰러져 있는 게 보였습니다. 그녀의 머리카락과 이마는 피투성이였고 얼굴은 끔찍했습니다. 저는 그녀의 이름을 부르며 소리를 지르기 시작했습니다. 그녀는 움직이지 않았어요. 저는 그녀에게 키스하고 그녀를 들어 올렸습니다."

우르베닌은 숨이 막혀 소매로 얼굴을 가렸다. 잠시 후 그는 계속해서 말했다.

"그 악당을 전 보지 못했습니다. 그녀를 향해 달려가는데 누군가의 다급한 발소리가 들렸습니다. 그가 도망치는 소리였을 겁니다."

"그 모든 걸 멋지게 생각해 냈군요, 표트르 예고리치." 내가 말했다. "하지만 아시다시피, 수사 담당 예심 판사는 당신이 우연히 걷다가 살인을 마주치는 것과 같은 그런 드문 경우를 믿지 않습니다. 나쁘지 않은 구상이지만 별로 설명되는 게 없어요."

"어떻게 구상했다는 거죠?" 우르베닌이 눈을 크게 뜨고 물었다. "저는 아무것도 지어내지 않았어요."

우르베닌은 갑자기 얼굴을 붉히고는 일어났다.

"당신은 마치 저를 의심하는 것 같군요." 그가 중얼거렸다. "물론, 모든 사람을 의심할 수 있죠. 하지만 세르게이 페트로비치, 당신은 저와 이미 오래전부터 알고 지냈는데… 제게 그런 혐의를 씌우는 건 죄악입니다. 저를 정말 잘 아시잖아요."

"잘 알죠, 맞습니다. 하지만 내 개인적인 견해는 여기서는 아무 소용이 없습니다. 법은 배심원에게만 개인적인 견해를 부여하고 있습니다. 수사관의 재량은 오직 증거에만 주어집니다. 증거가 많아요, 표트르 예고리치."

우르베닌은 겁먹은 눈빛으로 나를 쳐다보더니 어깨를 으쓱했다.

"증거가 무엇이든 간에," 그가 말했다. "당신은 깨달아야 합니다. 제가 정말… 살인을… 제가! 그리고 누구를요? 메추라기나 딱따구리는 죽일 수도 있겠지만, 사람을… 그것도 제 인생보다, 저 자신의 구원보다 더 소중한 사람, 생각만 해도 제 우울한 존재를 태양처럼 밝혀주는 사람을…. 그런데 당신이 느닷없이 저를 의심하다니요!"

우르베닌은 손을 내저으며 자리에 앉았다.

"여기서 이대로 죽고 싶은데, 당신은 저를 모독하기까지 하는군요! 모르는 공직자라면 충분히 저를 모독할지 모르지만, 세르게이 페트로비치, 당신이…. 저를 내보내 주세요!"

"그래도 되겠죠. 내일 다시 한번 조사하죠, 표트르 예고리치, 나는 당신을 구금해야만 합니다. 내일 신문 때는 당신이 자신에게 불리한 증거들의 중요성을 인식해서 공연히 시간을 끌지 말고 자백하기를 바랍니다. 올가 니콜라예브나는 당신이 죽였다고 나는 확신합니다. 오늘 할 말은 이게 전부입니다. 가도 됩니다."

나는 이렇게 말하고는 서류 쪽으로 고개를 숙였다. 우르베닌은 당황한 표정으로 나를 쳐다보더니 일어나서 양손을 이상하게 벌렸다.

"농담하는 건가요, 아니면… 진심입니까?" 그가 중얼거렸다.

"우리는 당신과 농담할 때가 아닙니다." 내가 말했다. "이제 가도 좋습니다."

우르베닌은 여전히 서 있었다. 나는 그를 바라봤다. 그는 창백해져서 혼란스러운 표정으로 내 서류에 시선을 던졌다.

"무엇 때문에 손에 피가 묻었습니까, 표트르 예고리치?" 내가 물었다.

그는 여전히 피투성이인 손을 바라보며 손가락을 떨었다.

"왜 피가…? 음… 이게 증거 중 하나라면 형편없는 증거입니다. 피 묻은 올가를 들어 올리면서 손에 피를 묻히지 않을 수가 없었습니다. 장갑을 끼고 있지 않았으니까요."

"부인을 봤을 때 도와달라고 외쳤다고 방금 내게 말했는데요. 그렇다면 왜 아무도 당신의 외침을 못 들었을까요?"

"모르겠어요. 올랴의 모습에 너무 놀라서 큰 소리로 외칠 수가 없었습니다. 글쎄요, 전 아무것도 모릅니다. 저는 자신을 방어할 일이 아무것도 없고, 그건 제 원칙도 아닙니다."

"당신은 거의 소리를 안 질렀던 겁니다. 아내를 죽인 후 도망치다가 공터에 있는 사람들을 보고 경악했던 거겠죠."

"전 당신네 사람들을 못 봤습니다. 전 사람들을 신경 쓸 상황이 아니었어요."

우르베닌에 대한 나의 신문은 그렇게 끝이 났다. 우르베닌은 경비에 의해 끌려가서 백작의 별채 중 한 곳에 구금되었다.

다음 날, 아니면 사흘째 되던 날, 검사보 폴루그라도프가 시내에서 마차를 몰고 왔다. 그는 떠올리기만 하면 기분이 잡쳐지는 인간이다. 양털처럼 곱슬곱슬한 머리에, 깔끔하게 면도를 하고 세련된 옷을 차려입은, 서른 살 정도의 키 크고 마른 남자를 상상해 보라. 이목구비는 반듯했지만 너무나 무미건조하고 머릿속에 든 것이 없어서 그 얄팍함과 허세를 짐작하기 어렵지 않은 사람 말이다. 그의 목소리는 조용하고 달콤했으며 역겨울 정도로 예의 발랐다.

그는 임대한 마차를 타고 두 개의 여행 가방을 들고 아침 일찍 도착했다. 그는 매우 불안한 얼굴로 피로를 호소하며 백작의 집에 자기를 위해 마련된 거처가 있는지를 제일 먼저 물었다. 나는 작지만 매우 안락하고 밝은 방을 그에게 마련해 주라고 지시했다. 그 방에는 대리석 세면대에서부터 성냥에 이르기까지 모든 것이 그를 위해 준비되어 있었다.

"이것 봐요! 따뜻한 물을 좀 가져와요!" 그는 방에 자리를 잡고 불쾌한 듯 냄새를 맡기 시작했다. "킁킁, 내가 당신에게 말하잖아요! 따뜻한 물을 좀 달라고…."

그리고 그는 일에 착수하기 전에 한참이나 옷을 입고, 세수를 하고, 머리를 다듬었다. 심지어 빨간색 분말로 이를 닦고 날카로운 분홍색 손톱을 깎느라고 3분 정도 시간을 보냈다.

"자 이제," 그가 마침내 우리의 조서를 뒤적거리며 일에 착수했다. "문제가 뭐죠?"

나는 세부 상황을 하나도 빠뜨리지 않고 사건을 설명했다.

"범죄 현장에 가보셨나요?"

"아뇨, 아직요."

검사보는 얼굴을 찡그리며 막 세수한 이마에 하얗고 여성스러운 손을 대고는 방 안을 서성거렸다.

"왜 아직 가보지 않았는지 이해할 수가 없군요!" 그가 중얼거렸다. "내 생각엔, 그게 제일 먼저 했어야 하는 일인데 말이죠. 잊은 건가요, 아니면 필요 없다고 생각했나요?"

"둘 다 아닙니다. 어제는 경찰을 기다렸고 오늘 갈 겁니다."

"거기엔 지금 아무것도 남아 있지 않죠. 온종일 비가 내리고 있어요. 그러니 당신은 범죄자에게 흔적을 은폐할 시간을 준 거예요. 최소한 거기 경비라도 배치했나요? 아니라고요? 이해가 안 되네요!"

그러면서 그 멋쟁이는 거만하게 어깨를 으쓱했다.

"차를 마시시죠. 식어가고 있습니다." 나는 무심한 말투로 말했다.

"난 차가운 게 좋습니다."

검사보는 서류 쪽으로 고개를 죽이더니 온 방에 들리도록 코를 훌쩍거리며 나지막한 소리로 읽기 시작했고, 가끔은 메모와 수정을 하기도 했다. 그는 두 번 정도 조롱하는 미소를 지으며 입을 비틀었다. 그 교활한 인간[xvi]은 어떤 이유에선지 내 조서도, 의사의 보고서도 마음에 들어 하지 않았다. 때 빼고 광낸 이 공직자는 자신의 중요성과 가치에 대한 의식으로 똘똘 뭉친 속물의 모습을 그대로 드러내고 있었다.

우리는 정오에 범죄 현장에 도착했다. 비가 쏟아지고 있었다. 우리는 당연히 자국도, 흔적도 발견하지 못했다. 모든 것이 비에 씻겨 내려갔던 것이다. 올가의 승마 재킷에서 뜯어진 단추 한 개는 어찌어찌해서 내가 발견했고, 나중에 담배 포장지로 밝혀진 빨간색 종이를 검사보가 주웠다. 처음에 우리는 나뭇가지 두 개가 부러져 있는 덤불을 발견했다. 검사보는 이 나뭇가지가 살인자가 부러뜨린 것일 수 있고, 그러면 살인자가 도망친 방향을 나타낼 수도 있다며 좋아했다. 그러나 그의 기쁨은 헛된 것이었다. 우리는 곧 부러진 가지와 갉아 먹은 잎들이 있는 덤불을 여러 개 발견하게 됐다. 알고 보니 소 떼가 범죄 현장을 지나간 것이었다.

우리는 그 지역의 약도를 그린 다음 함께 데려간 마부들에게 올가가 발견된 위치에 대해 질문한 후 아무런 소득도 없이 마차를 몰고 돌아왔다. 우리가 현장을 조사하는 동안 평범한 외부 관찰자라면 우리의 움직임이 느리고 무기력하다는 것을 감지했을 것이다. 범인이 이미 우리 수중에 들어와 있었기에 르코크[20]식 분석에 매진할 필요가 없었던 상황인지라 우리가 제대로 활동하지 않았을 수도 있었다.

폴루그라도프는 숲에서 돌아와서는 또다시 한참을 씻고 옷을

---

[20] 각주 5 참조

입었고, 또다시 따뜻한 물을 요구했다. 치장을 마치고 나서 그는 우르베닌을 다시 한번 신문하고 싶다는 의사를 밝혔다. 불쌍한 표트르 예고리치가 이 신문에서 새롭게 말한 것은 하나도 없었다. 그는 전과 마찬가지로 자신의 죄를 부인했고 우리의 증거에 대해 전혀 개의치 않았다.

"어떻게 저를 의심할 수 있는지, 전 궁금하기까지 합니다." 그는 어깨를 으쓱하며 말했다. "정말 이상합니다!"

"순진한 척하지 마세요." 폴루그라도프가 그에게 말했다. "누구라도 아무 이유도 없이 당신을 의심하지 않을 것이고 의심한다면 그럴 만한 이유가 있는 겁니다!"

"이유가 무엇이든, 증거가 아무리 강력하든, 당신들은 인간적으로 판단을 해야죠. 전 **살인은 못 해요.** 알겠어요? 못 한다고요. 그렇다면 당신들의 증거가 무슨 가치가 있나요?"

"글쎄요!" 검사보는 손을 흔들었다. "이런 지능적인 범죄자들이 문제란 말이죠. 사내들과는 대화를 할 수 있지만 이런 자와 한번 대화를 해보세요! **'못 해요'**… '인간적으로'… 이런 식으로 다들 심리전을 벌이려고 애쓴다니까!"

"저는 범죄자가 아닙니다." 우르베닌은 화가 났다. "표현을 좀 더 신중하게 해주시길 부탁드립니다."

"닥치시지, 늙은 양반! 우리는 당신에게 사과하고 당신 불만을 들을 시간이 없어요. 자백하고 싶지 않다면 하지 말고 우리가 당신을 거짓말쟁이로 간주하게 하면 됩니다."

"마음대로 하십시오." 우르베닌이 중얼거렸다. "당신은 지금 마음대로 저를 처분하실 수 있잖아요. 당신의 권한은….” 그는 손을 내젓고는 창밖을 내다보며 계속 말했다.

“어차피 상관없어요, 내 인생은 끝났으니까.”

“이봐요, 표트르 예고리치,” 내가 말했다. “어제와 그저께 당신은 너무 상심해서 제대로 서 있지도 못하고 대답도 간결하게 하지 못했어요. 반면에 오늘은, 물론 상대적이기는 하지만, 활짝 핀 것같이 즐거운 표정을 짓고 심지어 쓸데없는 말도 하기 시작하는군요. 일반적으로 슬픔에 빠진 사람들은 대화할 정신이 없는데, 당신은 말이 길어졌을 뿐만 아니라 이제는 사소한 불만도 토로하고 있어요. 이 급격한 변화는 어떻게 설명할 수 있을까요?”

“당신은 어떻게 설명하겠습니까?” 우르베닌이 비웃는 듯 실눈으로 나를 보며 물었다.

“나는 당신이 자기 역할을 잊었기 때문이라고 하겠습니다. 계속 연기를 하기는 어렵죠. 자기 역할을 잊어버리거나 지루해지거든요.”

“이건 수사 조작입니다.” 우르베닌이 웃으며 말했다. “그리고 그건 당신의 재간으로 해낸 일이죠. 네, 당신이 맞아요, 저에게는 큰 변화가 있었습니다.”

“설명해 주겠습니까?”

“당연히, 숨길 이유가 없습니다. 어제 저는 슬픔에 빠져서, 제 손으로 생을 마감하거나… 미쳐버릴지도 모른다고 생각했습니다. 하지만 어젯밤에 곰곰이 생각을 해봤더니… 죽음이 올가를 방탕한 삶에서 구원했고, 그 악당, 저를 파괴한 그 더러운 손에서 그녀를 구해냈다는 생각이 들었습니다. 저는 죽음을 질투하지는 않습니다. 올가는 백작의 손아귀보다 죽음의 손아귀에 들어가는 게 더 낫습니다. 이 생각이 저를 즐겁게 해줬고 힘을 줬습니다. 이제 제 마음은 더 이상 그렇게 무겁지 않습니다."

"교묘한 생각을 해냈군요!" 폴루그라도프는 다리를 흔들면서 이를 악물고 말했다. "쉽게 답을 찾아내고!"

"저는 제가 진심으로 말하고 있다고 느끼는데, 당신같이 교양 있는 사람이 진심과 가식을 구별하지 못한다는 게 놀랍습니다! 그러나 편견은 너무나 강한 감정이기 때문에 그 영향을 받으면 실수하지 않는 것이 어렵습니다. 저는 당신의 처지를 이해합니다. 사람들이 당신의 증거를 믿고 저를 심판할 때 어떤 일이 일어날지 상상이 됩니다. 그들은 제 험상궂은 얼굴과 술에 취한 상태에 관심을 쏟겠죠. 제 외모가 잔인하지는 않지만 편견은 제 나름대로 작용하니까요."

"좋아, 좋아, 그만하지." 폴루그라도프는 서류 쪽으로 고개를 숙이며 말했다. "나가봐요."

우르베닌이 나가자 우리는 백작을 신문하기 시작했다. 백작은 잠옷 가운을 입고 머리에 식초 찜질 붕대를 감은 채로 들어왔다. 폴루그라도프와 인사를 나눈 그는 안락의자에 널브러지듯 앉더니 진술을 시작했다.

"모든 걸 말씀드리죠, 처음부터요. 참, 당신네 리온스키 검사장은 요즘 어떻게 지내나요? 부인과는 아직도 이혼하지 않았어요? 저는 상트 페테르부르크에서 우연히 그를 알게 됐습니다. 신사분들, 뭐 좀 가져다 달라고 시키시죠? 코냑을 마시면 더 재미있게 이야기할 수 있는데요. 그런데 저는 우르베닌이 이 살인 사건의 범인이라는 걸 추호도 의심하지 않는답니다.”

그리고 백작은 이미 독자들이 알고 있는 모든 것을 우리에게 말해줬다. 검사보의 요청에 따라 그는 올가와 살면서 있었던 세세한 모든 사항을 우리에게 알려줬고 이 아름다운 여자와 사는 것의 매력을 설명하면서 너무 몰입한 나머지 입술을 여러 번 치고 윙크를 하기도 했다. 그의 증언을 통해 나는 독자에게 알려지지 않은 매우 중요한 구체적인 사실을 하나 알게 됐다. 우르베닌이 시내에 살면서 계속해서 백작에게 편지를 보냈다는 것이다. 어떤 편지에서는 저주를 퍼부었고 다른 편지에서는 모든 모욕과 불명예는 잊겠다고 약속하며 아내가 돌아오게 해달라고 간청하기도 했다. 그 불쌍한 남자는 지푸라기라도 잡는 심정으로 이런 편지들에 매달리고 있었다.

마부 두세 명을 신문한 후 검사보는 배불리 저녁을 먹고 내게 지시할 사항들을 열거한 후 떠났다. 그는 떠나기 전에 우르베닌이 구금된 별채로 가서 그의 유죄에 대한 우리의 의심은 확신으로 변했다고 알렸다. 우르베닌은 손을 내저으며 아내의 장례식에 참석할 수 있게 해달라고 요청했고 검사보는 그것을 허가했다.

폴루그라도프가 우르베닌에게 한 말은 거짓이 아니었다. 그랬다, 우리의 의심은 확신이 되었다. 우리는 살인자를 알고 있으며 그가 이미 우리 수중에 있다고 확신했다. 그러나 이 확신은 오래가지 못했다!

10

어느 화창한 아침, 내가 우르베닌과 함께 시내 감옥으로 보낼 그의 짐꾸러미를 봉인하고 있을 때 끔찍하게 시끄러운 소리가 들렸다. 창밖을 내다보니 건장한 젊은이 열댓 명이 애꾸눈 쿠지마를 하인들의 부엌에서 끌고 나오는 광경이 눈에 들어왔다.

창백하고 부스스한 몰골의 쿠지마는 발을 땅에 단단히 딛고서 손으로는 자신을 방어할 수 없었기 때문에 커다란 머리로 적들을 받아치고 있었다.

"나리, 저쪽으로 가세요!" 걱정스러운 표정의 일리야가 내게 말했다. "가려고 하질 않네요!"

"누구 말인가?"

"살인자죠."

"무슨 살인자?"

"쿠지마… 그가 죽였습니다, 나리. 표트르 예고리치는 아무 이유도 없이 고통받고 있는 거예요. 확실합니다."

나는 마당으로 나가서 하인들의 부엌으로 갔다. 쿠지마는 이미 그 사람들의 손을 뿌리치고 나와서 좌우를 마구 때리고 있었다.

"이게 무슨 일이지?" 내가 사람들에게 다가가 물었다.

그리고 예상치 못한 이상한 말을 들었다.

"나리, 쿠지마가 죽였다고요!"

"거짓말이야!" 쿠지마가 울부짖었다. "맹세코, 거짓말이야!"

"그렇다면 왜, 이 개자식아, 정말 양심이 깨끗하다면 왜 피를 씻어냈지? 잠깐 있어 봐, 나리께서 전부 해결하실 거니까!"

말 조련사인 트리폰이 강가를 지나가다가 쿠지마가 뭔가를 열심히 씻고 있는 것을 발견했다. 트리폰은 처음에는 그가 속옷을 빨고 있다고 생각했지만, 자세히 보니 반코트와 양복 조끼가 보였다. 이상하다는 생각이 들었다. 모직물은 빨지 않기 때문이었다.

"뭐 하고 있나?" 트리폰이 소리쳤다.

쿠지마는 허둥거렸다. 다시 한번 자세히 살펴보고서 트리폰은 반코트에 갈색 얼룩이 있는 것을 알아차렸다.

"저는 바로 피일 거로 추측했어요. 부엌에 가서 사람들에게 말했더니 밤에 정원에서 반코트를 말리는 걸 봤다고 하더군요. 다들 겁을 먹었죠. 그에게 죄가 없다면 왜 그걸 빨아야 하죠? 그가 숨기려고 했다면 정직하지 못한 일이 있는 거죠. 저희는 생각하고 또 생각하다가 나리께 끌고 왔어요. 끌려오면서도 그는 뒷걸음질 치고 우리 눈에 침을 뱉었습니다. 죄가 없다면 왜 뒷걸음질쳐야 하겠어요?"

이후 조사해 보니 쿠지마는 살인이 일어나기 직전에, 백작과 손님들이 숲 공터에서 차를 마시고 있을 때 숲으로 갔다는 것이 밝혀졌다. 올가를 옮길 때 그는 동참하지 않았기 때문에 몸에 피가 묻을 수가 없었다.

내 방으로 끌려온 쿠지마는 처음에는 흥분해서 한마디도 하지 못했다. 하나밖에 없는 눈의 흰자위를 굴리면서 그는 성호를 긋고 찬송가를 읊조렸다.

"진정하고 내게 말해. 그러면 자넬 풀어줄 테니까." 내가 그에게 말했다.

쿠지마는 내 발 앞에 엎드려 말을 더듬으며 신을 걸고 맹세하기 시작했다.

"제가 범인이면, 전 없어져야겠죠. 그렇다면 저는 애비도, 에미도 없는 놈이고…. 나리! 그렇다면 신이 제 영혼을 죽이실….'

"숲으로 들어갔었나?"

"제가 간 건 맞습니다. 신사분들께 코냑을 드리고 나서 죄송하지만 조금 마셨습니다. 그랬더니 머리가 아파서 눕고 싶었고, 가서 누워 잠이 들었어요. 하지만 누가 어떻게 죽였는지 저는 모릅니다, 전혀 몰라요. 전 진실을 말하는 겁니다!"

"그런데 왜 피를 씻어냈어?"

"사람들이 어떻게 생각할지… 저를 재판정에 세우지나 않을지 무서웠어요."

"그럼 자네 반코트에는 어디서 피가 묻은 건가?"

"모르겠습니다, 나리."

"어떻게 모를 수가 있나? 자네 코트가 맞나?"

"네, 제 것인 건 분명하지만 저는 알 수가 없습니다. 깨어났더니 피가 보였어요.'

"그러니까, 자다가 반코트가 피로 더럽혀졌다는 거군?"

"맞아요."

"자, 친구, 가서 다시 생각해 봐. 말도 안 되는 소리 하지 말고 생각해 보고 내일 와서 말해. 이제 가봐."

다음 날 잠에서 깼을 때 쿠지마가 나와 이야기하기를 원한다는 전갈을 받았다. 나는 그를 데려오라고 지시했다.

"잘 생각해 봤나?" 내가 물었다.

"네, 그랬습니다, 생각해 봤어요."

"그럼 어떻게 피가 반코트에 묻었지?"

"나리, 꿈인 것처럼 기억이 납니다. 안개 속에 있는 것처럼 무언가 기억이 나지만 그게 사실인지 아닌지 분별이 안 됩니다."

"뭘 기억하지?"

쿠지마는 한쪽 눈을 위로 들고 생각하더니 말했다.

"희한하게도… 마치 꿈속이나 안개 속인 것 같은데요. 저는 취한 채 잔디밭에 누워 졸고 있었죠. 조는 것도 아니고 완전히 잠든 것도 아니었어요. 누군가 지나가면서 발을 세게 두드리는 소리만 들려서… 눈을 뜨고 보니 마치 무의식 상태, 아니면 꿈인 것 같은데, 어떤 신사가 제게 다가와서 허리를 굽히고 제 반코트 앞자락 밑쪽에 손을 닦더니 그다음에는 양복 조끼에도 손을 문질렀어요. 그렇게 된 겁니다."

"그 신사는 어떤 사람이었지?"

"모르겠어요. 농부가 아니라 신사복을 입은 사람이었다는 것만 기억납니다. 하지만 누구였는지, 어떤 얼굴이었는지는 도저히 기억나지 않아요."

"양복은 무슨 색이었나?"

"제가 그걸 어떻게 알겠어요! 흰색이었을 수도 있고, 검은색이었을 수도 있고…. 그가 신사였다는 것만 기억할 뿐 다른 건 아무 것도 기억나지 않습니다. 아, 네, 이제 기억나요! 그가 허리를 굽히고 손을 닦으면서 '술 취한 돼지!'라고 했어요."

"꿈을 꾼 건가?"

"모르겠어요. 아마도 그랬을지도요. 하지만 그 피는 어디서 나온 거죠?"

"당신이 본 신사가 표트르 예고리치와 비슷했나?"

"그건 아닌 것 같은데… 어쩌면 그랬을지도요. 다만 그는 저를 돼지라고 욕하지는 않습니다."

"기억해 봐. 가서, 앉아서 기억해 내게. 언젠가는 기억이 날지도 몰라."

"알겠습니다."

애꾸눈 쿠지마가 예기치 않게 끼어듦으로써 이미 거의 완성된 치정극에 난감한 상황이 벌어졌다. 나는 결정적으로 길을 잃었고 쿠지마를 어떻게 이해해야 할지 몰랐다. 쿠지마는 단호히 죄를 부인했고 예비 조사 결과도 유죄에 반하는 것이었다. 의사들에 의하면 올가는 어떤 금전적 목적으로 살해된 것이 아니었다. 성적으로 욕보이려는 시도는 '아마도 없었을 것'이라고 했다. 쿠지마가 심하게 취해서 판단력을 상실했다는 이유만으로 살인을 저지르면서 이런 목적들 중 어느 것도 취하지 않았다고 과연 가정할 수 있을까? 아니면 그는 이런 것들이 살인의 정황과 엮이게 될까 봐 겁을 먹었던 것일까?

하지만 쿠지마에게 죄가 없다면 그는 왜 반코트에 피가 묻은 것을 설명하지 못하고 무엇 때문에 그런 꿈과 환상을 만들어 냈을까? 그는 자기가 보고 들었지만 옷 색깔조차 잊어버릴 정도로 기억하지 못하는 그 신사를 왜 끌어들인 걸까?

폴루그라도프가 또다시 날아왔다.

"자, 보세요!" 그가 말했다. "만약 당신이 범죄 현장을 곧바로 조사했다면 지금쯤 모든 것이 손바닥 보듯이 분명해졌을 겁니다! 하인들을 전부 곧바로 조사했다면 우리는 그때 벌써 누가 올가 니콜라예브나를 옮겼고 누가 그러지 않았는지 알았겠지만, 이제 우리는 이 주정뱅이가 범죄 현장에서 어느 정도 거리에 누워 있었는지조차 규명할 수가 없다고요!"

그는 두 시간 동안 쿠지마를 상대로 고군분투했지만 새로운 것은 아무것도 알아내지 못했다. 쿠지마는 꿈인지 생시인지 모르는 상태에서 어떤 신사를 봤고 그 신사가 자기 반코트 끝자락에 손을 닦으며 자기를 '술 취한 돼지'라고 했다는 말만 했을 뿐 그 신사가 누구인지, 얼굴과 옷차림은 어땠는지는 말하지 못했다.

"그래, 코냑을 얼마나 마신 거야?"

"반병 정도요."

"그럼 진짜 코냑이 아니었을 수도 있군?"

"아뇨, 진짜 핀샹파뉴 코냑이었어요."

"어이쿠, 술 이름도 아는군!" 검사보가 웃음을 터뜨렸다.

"어떻게 모르겠어요! 맙소사, 30년 동안 신사분들을 대접했으니 풍월을 읊을 때가 된 거죠."

검사보는 어떤 목적에서인지 우르베닌과 쿠지마를 대질시켜야겠다고 생각했다. 쿠지마는 한참 우르베닌을 바라보다가 고개를 저으며 말했다.

"아뇨, 기억이 안 납니다. 표트르 예고리치일 수도 있고 아닐 수도 있습니다. 누가 알겠어요!"

폴루그라도프는 손을 내젓고는 마차를 타고 떠났다. 내가 두 사람 중에서 진짜 살인자를 찾아야 했다.

수사는 지연되어갔다. 우르베닌과 쿠지마는 우리 집이 있는 마을의 구치소에 수감되었다. 불쌍한 표트르 예고리치는 완전히 실의에 빠져 있었다. 그는 얼굴이 몹시 상했고 백발이 성성해졌으며 종교에 마음을 의탁하고 있었다. 그는 형벌 규정을 보내달라는 요청을 두 번이나 내게 보냈다. 자신이 곧 받게 될 형량에 관심이 있는 것이 분명했다.

"제 아이들은 이제 어떻게 되는 거죠?" 한 번은 신문을 받던 중 그가 내게 물었다. "저 혼자였다면 당신의 잘못이 조금도 고통스럽지 않았겠지만 저는 살아야… 아이들을 위해서 살아야 해요! 그 애들은 제가 없으면 죽게 될 것이고 저는… 아이들과 헤어질 수 없습니다! 당신은 제게 무슨 짓을 하는 거냐고요?"

간수가 그에게 반말을 하기 시작하고, 지인들이 보는 앞에서 간수의 감시를 받으며 우리 마을에서 시내까지 걸어서 갔다가 돌아와야 했을 때 그는 절망에 빠졌고 신경과민 상태가 되었다.

"저들은 법조인이 아니야!" 그는 구치소 안의 모든 사람을 향해 큰 소리로 외쳤다. "저들은 인간도, 진실도 소중하게 여기지 않는 잔인하고 무정한 놈들이야! 내가 왜 여기 갇혀 있는지 알아, 안다고! 내게 죄를 뒤집어씌워 진범을 숨기려고 하는 거야! 백작이 살인을 저질렀어. 그게 아니라면 그가 고용한 사람이 죽인 거야!"

쿠지마가 체포된 사실을 알게 되었을 때 그는 처음에는 매우 기뻐했다.

"이제 청부 살인범을 찾았군요!" 그가 내게 말했다. "이제 찾았어!"

그러나 곧 자신을 석방하지 않는다는 것을 알게 되고 쿠지마의 증언을 전해 듣게 되었을 때 그는 다시 한번 침울해졌다.

"이제 저는 끝났어요." 그가 말했다. "완전히 끝난 거예요. 애꾸눈의 악마 쿠지마는 풀려나기 위해 조만간 저를 거명하며 그의 반코트 끝자락에 손을 닦은 사람이 저였다고 말할 겁니다. 하지만 당신은 제 손이 닦이지 않았다는 걸 직접 봤잖아요!"

우리의 의심을 조만간 해결되게 되어 있었다.

그해 11월 말, 창문 앞에 눈송이가 휘날리고 호수가 끝없이 펼쳐진 하얀 사막으로 보이던 때 쿠지마는 생각 끝에 마음먹었다며 간수를 보내 나를 만나고 싶다는 의사를 전했다. 나는 그를 내게 데려오라고 지시했다.

"드디어 마음을 정하게 되다니 무척 기쁘군." 내가 그를 맞으며 말했다. "이제 더는 속마음을 숨기면서 우리를 어린애처럼 바보로 만들 생각은 하지 말게. 그래, 어떻게 마음을 정했지?"

쿠지마는 대답하지 않았다. 그는 내 방 한가운데 서서 눈도 깜박이지 않고 말없이 나를 바라봤다. 그의 눈은 공포로 번득이고 있었다. 그랬다, 그는 정말 겁에 질린 사람처럼 보였다. 그의 얼굴은 창백했고 식은땀을 흘리면서 떨고 있었다.

"어떤 마음을 먹었는지 말해봐." 내가 다시 말했다.

"정말 기이해서 꾸며낼 수는 없는 그런 것인데요." 그가 입을 열었다. "어제 저는 그 신사가 어떤 넥타이를 매고 있었는지 기억이 났고, 밤에 곰곰이 생각했더니 바로 그 얼굴이 떠올랐어요."

"그래서, 누구였지?"

쿠지마는 힘겨운 미소를 지으며 이마에 흐르는 땀을 닦았다.

"나리, 말하기가 두렵습니다. 말하지 않게 해주세요. 너무나 기이하고 놀라워서 제가 꿈을 꾸거나 상상을 했다고 생각될 정도인걸요."

"그렇지만 대체 누구라고 상상했다는 건가?"

"아뇨, 말하지 않게 해주세요. 제가 말하면, 저를 기소하겠죠. 좀 생각해 보고 내일 말하게 해주세요. 무섭습니다."

"이런 젠장," 나는 화를 냈다. "말하지 않을 거면 왜 이렇게 귀찮게 했어? 여긴 왜 온 거야?"

"말하겠다고 생각했는데, 지금은 두려워요. 아니에요, 나리, 저를 가게 해주세요. 내일 말씀드리는 게 좋겠어요. 말씀드리면 격노하셔서 저를 시베리아보다 더 멀리 보내버리실 거예요, 재판에 기소하셔서…."

나는 화가 나서 쿠지마를 데려가라고 했다[xvii]. 그날 저녁, 시간을 허비하지 않고 이 지긋지긋한 '살인 사건'을 종결하기 위해 나는 구치소로 가서 우르베닌에게 쿠지마가 그를 살인범으로 지목했다고 속였다.

"그럴 줄 알았습니다." 우르베닌이 손을 내저으며 말했다. "전 이제 아무래도 상관없어요."

독방 감금은 곰처럼 튼튼했던 우르베닌의 건강에 큰 타격을 입혔다. 그는 얼굴이 누렇게 뜨고 체중이 거의 절반으로 줄었다. 나는 간수들에게 낮에는 물론 밤에도 복도를 걸을 수 있도록 지시하겠다고 약속했다.

"당신이 탈출할까 봐 염려할 필요는 없죠." 내가 말했다.

우르베닌은 내게 고마워했고 내가 나가자 벌써 복도를 걸어 다녔다. 그의 문은 더는 잠겨 있지 않았다.

그에게서 나와서 나는 쿠지마가 수감 중인 감방의 문을 두드렸다.

"그래, 마음을 정했나?" 내가 물었다.

"아뇨, 나리…." 희미한 목소리가 들렸다. "검사보님을 오게 해 주세요. 그분에게 알리겠습니다. 하지만 나리께는 말하지 않겠습니다."

"마음대로 하게."

다음 날 아침 모든 것이 해결되었다.

간수인 예고르가 달려오더니 애꾸눈 쿠지마가 침대에서 **숨진 채** 발견되었다고 알렸던 것이다. 나는 감방으로 가서 이 사실을 확인했다. 전날만 해도 건강하게 숨 쉬며 풀려나기 위해 온갖 이야기를 지어내던 그 건장한 사내는 돌처럼 아무런 움직임도 없이 차가웠다. 간수와 내가 얼마나 공포를 느꼈을지는 독자들이 이해할 테니 설명하지 않겠다. 쿠지마는 내게는 피고인이나 증인으로서 가치가 있었고 간수들에게는 죄수였기에 그가 죽거나 탈출하게 되면 그들이 책임을 지게 되어 있었던 것이다. 부검 결과 폭력에 의한 사망이 확인됨으로써 우리의 공포는 더욱 커졌다. 쿠지마는 질식사했다. 그가 교살당한 것을 확인한 나는 범인을 찾기 시작했고, 그 일은 그리 오래 걸리지 않았다. 그는 가까운 곳에 있었다.

나는 우르베닌의 감방으로 갔다. 나는 내가 수사 책임자라는 사실을 잊은 채 자제력을 잃고 최대한 신랄하고 가혹하게 그를 살인범으로 지목했다.

"이 망나니 같은 놈, 불쌍한 아내를 죽인 것만으로는 부족했나 보군." 내가 말했다. "당신은 자신의 범죄를 폭로한 사람을 죽여야 했던 거야! 그래 놓고도 그 더럽고 교활한 속임수를 계속 쓰려고 하다니!"

우르베닌은 끔찍하게 창백해져서 비틀거렸다.

"거짓말이야!" 그는 주먹으로 가슴을 치며 소리쳤다.

"거짓말이 아니야! 당신은 우리의 증거에 대해 악어의 눈물을 흘리며 조롱했어. 증거보다 당신을 더 믿고 싶었던 순간들이 있었지. 아, 당신은 정말 훌륭한 배우야! 하지만 이제 난 당신을 믿지 않아. 심지어 당신 눈에서 배우의 그 가짜 눈물 대신 피가 흐른다고 해도 믿지 않겠어! 말해, 당신이 쿠지마를 죽였지?"

"당신은 취했거나 아니면 날 놀리는 거야! 세르게이 페트로비치, 사람의 인내와 순종에는 한계가 있어! 이건 참을 수 없어!"

우르베닌은 눈을 번뜩거리며 주먹으로 탁자를 내리쳤다.

"어제 나는 신중하지 못하게 당신에게 자유를 주고 말았어."

내가 계속 말했다. "다른 수감자들에게는 허용되지 않는 걸 허용한 거지. 복도에서 걸을 수 있도록 한 것 말이야. 그런데 이제 감사를 표하기라도 하듯이 밤에 그 불운한 쿠지마의 방으로 가서 자는 사람의 목을 조르다니! 당신은 쿠지마 한 사람만 죽인 게 아니야. 당신 때문에 간수들은 나락에 떨어지게 됐어."

"하지만 대체 제가 어떤 짓을 했다는 거죠?" 우르베닌이 머리를 움켜쥐고 말했다.

"증거를 알고 싶다고? 그러지. 내 지시 때문에 당신 감방의 문은 열려 있었어. 멍청한 하인들이 문을 열고 열쇠를 간수하는 걸 깜빡했지. 모든 감방은 자물쇠가 다 같아. 당신은 밤에 열쇠를 가지고 복도로 나가서 이웃 감방 문을 열었어. 그를 목 졸라 죽인 후 문을 잠그고 열쇠를 다시 자물쇠에 꽂았어."

"하지만 제가 무슨 이유로 그를 목 졸라 죽이고 싶었다는 거죠? 뭣 때문에?"

"그가 당신을 살인범으로 지목했기 때문이지. 어제 내가 그 얘기를 하지 않았다면 그는 아직 살아 있을 텐데…. 부끄럽고 미안하다고, 표트르 예고리치!"

"세르게이 페트로비치, 젊은이!" 살인범이 갑자기 부드럽고 온화한 목소리로 내 손을 잡으며 말했다. "당신은 정직하고 반듯한 사람입니다. 부당한 의심과 성급한 비난으로 자신을 망치고 더럽히지 말아요! 당신은 아무 죄도 없는 제 영혼에 새로운 혐의를 씌움으로써 자신이 얼마나 잔인하고 고통스럽게 저를 모욕했는지 이해도 못 할 겁니다. 저는 순교자예요, 세르게이 페트로비치! 순교자를 모욕하는 것을 두려워하세요! 당신이 제게 사과해야 할 때가 올 것입니다. 그리고 그때가 멀지 않았습니다. 사람들은 실제로는 저를 비난하지 않을 겁니다! 하지만 이런 변명에 만족할 당신이 아니죠. 저를 공격하고 끔찍하게 모욕하는 대신 인간적으로 — 저는 친구로서 그러라고 말하지 않겠습니다. 당신은 이미 우리의 좋은 관계를 거부했으니까요. — 저를 자세히 신문하는 게 더 나을 텐데요. 공정한 재판을 위해 저는 피고인보다는 증인이자 당신의 조력자로서 당신에게 더 도움이 됐을 겁니다. 이 새로운 혐의 하나만 보더라도⋯. 전 당신에게 많은 걸 알려줄 수 있어요. 밤새도록 자지 않고 모든 걸 들었으니까요."

"뭘 들었어?"

"새벽 2시쯤이었는데⋯ 아주 어두웠어요. 누군가 복도를 조용히 걸어가면서 제 문을 만지는 소리가 들리더니⋯ 걷고 또 걷더군요. 그러고 나서 제 문을 열고 들어왔어요."

"누구였나?"

"모르겠어요. 너무 어두워서 잘 보이지 않았어요. 그는 제 감방에 잠시 서 있다가 나갔어요. 그리고 말씀하신 대로 제 문에서 열쇠를 꺼내서 옆방 문을 열었어요. 1, 2분 후에 쌕쌕거리는 소리가 들렸고, 그다음엔 소란스러운 소리가 들렸어요. 저는 간수가 볼일을 보러 다니는 걸로, 그리고 쌕쌕거리는 소리는 코 고는 소리로 생각했어요. 그렇지 않았다면 제가 소동을 일으켰을 거예요."

"잘도 꾸며냈군!" 내가 말했다. "쿠지마를 죽일 사람은 당신 말고는 아무도 없어. 근무 중이던 간수들은 잠들어 있었어. 밤새 자지 않은 그들의 아내 중 한 명은 세 명의 간수 모두 밤새 죽은 듯이 잠을 잤고 한순간도 침대에서 나가지 않았다고 증언했어. 그들은 이 비참한 감방에 그런 짐승이 돌아다닐 수 있다는 것을 전혀 몰랐단 말이야. 그들은 20년 넘게 이곳에 있었는데 그동안 살인과 같은 가증스러운 일은 말할 것도 없고 탈옥 사건 한번 없었어. 이제 그들의 인생은 당신 덕분에 뒤집어졌어. 그리고 당신을 주 감옥으로 보내지 않고 복도를 자유롭게 돌아다닐 수 있게 만든 나도 벌을 받게 될 거야. 고맙군!"

그게 내가 우르베닌과 나눈 마지막 대화였다. 나는 그와 더 이상은 한 번도 대화를 나누지 못했다. 재판정에 앉아서 그가 내게 던졌던 두세 가지 질문을 제외한다면 말이다.

나는 서두에서 내 소설을 '범죄' 소설이라고 했다. '올가 우르베니나 살인 사건'이 새로운 살인으로 복잡하게 얽혀서 많은 것이 이해되지 않고 의문투성이가 된 지금, 독자들은 이 소설의 가장 흥미롭고 박진감 넘치는 국면이 시작되는 것을 기대해도 좋을 것이다. 범죄자와 범죄 동기를 밝히는 것은 통찰력과 기민한 두뇌가 등장하기 위한 폭넓은 장이 된다. 여기서 사악한 의지와 교활함이 지식과 전쟁을, 모든 면에서 흥미진진한 전쟁을 벌이게 된다.

나는 전쟁을 벌였다. 독자들은 응당히 내가 어떻게 승리하게 됐는지 설명하기를 기대할 것이다. 그리고 아마도 가보리오와 우리의 쉬클랴레프스키의 소설[21]을 그토록 빛나게 해준 예리한 수

---

[21] 가보리오와 쉬클랴레프스키는 각주 3과 4를 참조할 것.

사를 기대할 것이다. 그리고 나는 독자의 기대에 부응할 준비가 되어 있다. 그러나… 주요 등장인물 중 한 명이 전투가 끝나기도 전에 전장을 떠나 — 그는 승리를 누리지 못하게 되고, 그가 이전에 한 모든 일은 헛일이 된다. — 관중들 속으로 들어간다. 이 등장인물은 화자인 '나'다. 나는 우르베닌과 위에 묘사한 대화를 나눈 다음 날 소환을, — 아니, 더 정확히 말하자면 — 사임하라는 명령을 받았다. 우리 현 수다쟁이들의 유언비어와 이야기들이 한몫한 것이었다. 또한 구치소 살인 사건, 검사보가 내 하인에게서 몰래 받아 간 진술서, 그리고 독자들이 아직 기억한다면 내가 예전의 야간 파티 중 한 번 어떤 농부의 머리를 노로 때린 것 등도 나의 해고를 도왔다. 그 농부가 사달을 낸 것이다. 모든 것이 온통 뒤죽박죽되었다. 어떻든 나는 이틀 후에 살인 사건을 중범죄 수사관에게 넘겨야만 했다.

소문과 신문 보도 덕분에 검찰청 전체가 움직이기 시작했다. 검사가 격일로 백작의 영지를 방문하여 신문에 참여했다. 우리 의사들의 보고서는 의료 위원회와 그보다 더 상급 기관으로 보내졌다. 심지어 시체를 발굴하여 부검을 다시 하자는 이야기도 있었지만, 그런 것은 아무 소용 없었을 것이다.

우르베닌은 정신 감정을 위해 두 번이나 현 소재지로 끌려갔는데 두 번 모두 정상으로 판명되었다. 나는 증인으로 출두하기 시작했다[xviii]. 새로운 수사관들은 너무 열성적이어서 심지어 나의 폴리카르프도 증인으로 출두했다.

사임한 지 1년이 지나 모스크바에 살고 있을 때 나는 우르베닌

사건의 심리에 출석하라는 소환장을 받았다. 그곳을 향해 출발하면서 나는 내가 습관적으로 이끌려 다니곤 했던 장소들을 다시 한번 볼 수 있는 기회가 생긴 것이 기뻤다. 당시 상트 페테르부르크에 살고 있던 백작은 직접 가는 대신 의사의 진단서를 보냈다.

이 사건의 심리는 우리 현의 지방 법원에서 이루어지고 있었다. 하루에 네 번씩 빨간색 분말로 이를 닦는 폴루그라도프가 검사였고, 변호인은 감상적인 표정과 길고 매끈한 머리카락의 소유자인 키 크고 마른 금발의 스미르냐예프라는 사람이었다. 배심원 전원은 상인과 농민으로 구성되어 있었다. 그중 글을 읽을 수 있는 사람은 네 명밖에 없었으므로 나머지 사람들은 우르베닌이 아내에게 보낸 편지가 검토용으로 주어지자 진땀을 흘리며 곤혹스러워했다. 배심원 대표는 죽은 내 앵무새가 이름을 딴 바로 그 상점 주인인 이반 데미야늬치였다.

법정에 들어섰을 때 나는 우르베닌을 알아보지 못했다. 그는 완전히 백발이 성성했고 20년은 더 늙어 있었다. 나는 그의 얼굴에서 자신의 운명에 대한 무관심과 체념을 읽을 수 있을 거로 예상했지만 나의 예상은 틀린 것이었다. 우르베닌은 열정적으로 재판에 임했다. 그는 배심원 세 명을 거부했고, 긴 설명을 하고 증인들에게 질문을 했다. 또한 자기 죄를 단호히 부인하며 자기에게 유리한 증언을 하지 않는 증인에게는 매번 매우 길게 질문을 했다.

증인 프셰호츠키는 재판에서 내가 고인이 된 올가와 같이 살았다고 증언했다.

"그건 거짓말입니다!" 우르베닌이 소리쳤다. "저 사람은 거짓말쟁이입니다! 나는 아내는 믿지 않지만 **그는** 믿습니다!"

내가 증언을 하게 되자 변호인은 내게 올가와의 관계가 어떤 것이었는지 물었고, 한때 내게 박수를 보냈던 프셰호츠키가 한 증언을 알려줬다. 진실을 말하면 피고에게 유리한 증언을 하는 셈이 됐을 것이다. 아내의 부정이 심할수록 배심원들은 오셀로 같은 남편에게 더 관대해지는 법이다. 나는 그 점을 잘 이해했다. 다른 한편, 내가 진실을 말하면 우르베닌은 깊은 상처를 받을 것이고… 그 말을 듣고 나면 우르베닌은 치유할 수 없는 고통을 느꼈을 것이다. 나는 거짓말을 하는 게 더 낫다고 생각했다.

"아닙니다!" 내가 말했다.

검사는 올가의 살인을 생생한 색채로 묘사하는 연설을 통해 살인자의 잔인함과 사악함에 특히 주의를 집중시켰다. "늙고 초라한 호색한이 젊고 아름다운 아가씨를 봅니다. 미친 아버지의 집에서 그녀가 느끼는 공포를 알고 그는 빵과 숙소, 밝게 장식된 방으로 그녀를 유혹합니다. 그녀는 동의합니다. 부유한 늙은 남편은 결국 미친 아버지와 가난보다 견디기 쉬운 것입니다. 그러나 그녀는 젊었고 젊음에는 양도할 수 없는 권리가 있습니다, 배심원 여러분. 소설을 읽으며 자연 속에서 자란 처자는 조만간 사랑에 빠질 수밖에 없습니다." 등과 비슷한 말들이었다. "그가 그녀에게 준 것은 늙은 자신과 색색 가지 넝마 같은 옷들밖에는 없습니다. 손에 넣은 것이 빠져나가는 것을 보면서 그는 뜨거운 인두에 덴 미친 짐승이 되어갑니다. 그는 짐승같이 사랑했기에 짐승같이 증오했을 겁니다." 기타 등등.

폴루그라도프는 우르베닌이 쿠지마를 살해했다고 고발하면서 "전날 그에게 불리한 증언을 했던 신중하지 못한 사람이 자고 있을 때 그를 살해한 교활한 방법, 이성적으로 생각해 낸 고의적인 방법"을 지적했다. 그리고 "쿠지마가 수사관에게 말하려 했던 것이 그에게 불리한 것이었다는 데는 의심의 여지가 없다고 생각한다"라고 했다.

변호인인 스미르냐예프는 우르베닌의 유죄를 부인하지는 않았다. 다만 우르베닌이 충동적으로 행동했다는 사실을 고려하여 선처해 달라고 요청했다. 그는 질투심이 얼마나 고통스러운 감정인지 설명하면서 셰익스피어의 오셀로를 증거로 들었다. 그가 다양한 비평가들의 말을 인용하면서 이 '보편적인 유형'을 모든 측면에서 두루 살펴보는 바람에 재판장이 "배심원에게 외국 문학에 대한 지식이 필요하지는 않다"라고 말하며 그의 발언을 제지해야 할 정도로 그는 미로를 헤매었다.

우르베닌은 최후 진술을 통해 자기 행동과 생각에 전혀 죄가 없다는 증거로 신을 소환했다.

"저는 개인적으로 어디에 있든 아무 상관이 없습니다. 아내를 떠올리게 하는 이 현에 있든, 유형지에 있든 제가 받은 애꿎은 불명예와 그 모든 것이 제게는 다 똑같습니다. 하지만 아이들의 운명 때문에 괴롭습니다."

그러고서 그는 청중을 향해 눈물을 흘리며 아이들을 돌봐달라고 간청했다.

"아이들을 거둬 주십시오. 물론 백작은 자기의 관대함을 과시할 기회를 놓치지 않을 테지만 저는 이미 아이들에게 경고했습니다. 그들은 백작에게서는 부스러기 하나도 받지 않을 것입니다."

그는 방청석에 있는 나를 발견하고는 애원하는 눈빛으로 나를 쳐다보며 말했다.

"백작의 자선을 받지 않도록 제 아이들을 보호해 주세요."

그는 곧 선고될 판결은 잊어버리고 온통 자식들 생각에 사로잡혀 있는 것 같았다. 그는 재판장이 제지할 때까지 계속 아이들 얘기를 했다.

얼마 지나지 않아 배심원단이 평결을 내렸다. 우르베닌은 당연히 유죄 판결을 받았으며 단 한 가지 혐의에 대해서도 선처는 이루어지지 않았다.

그는 모든 재산권을 박탈당하고 15년 노역형을 선고받았다.

5월의 어느 아침, 서정적인 '붉은 옷을 입은 아가씨'와의 만남으로 그는 그토록 값비싼 대가를 치른 것이었다.

————

그 사건이 있은 지 벌써 8년이 넘는 시간이 흘렀다. 드라마 속 등장인물 중 일부는 이미 세상을 떠나 흙으로 돌아갔고, 또 어떤 이들은 죄에 대한 형벌을 받고 있으며, 다른 일들은 지루한 일상에 시달리며 하루하루 죽음을 기다리면서 꾸역꾸역 살아가고 있다.

8년 동안 많은 것이 변했다. 그야말로 진심 어린 우정으로 나를 계속 대했던 카르네예프 백작은 술로 이미 완전히 만신창이가 됐다. 범죄의 현장이었던 그의 영지는 그의 손에서 프셰호츠키와 그의 아내 손으로 넘어갔다. 그는 이제 가난뱅이가 되어 나의 돈으로 살아가고 있다. 때때로 저녁이면 그는 우리 집 소파에 누워 옛 시절을 즐겨 회상하곤 한다.

"이제 집시들 말을 들어보면 좋을 텐데," 그가 중얼거린다. "세료자, 코냑 한잔하러 가자."

나 역시 변했다. 기력이 점점 떨어지고 있고 내 몸에서 건강과 젊음이 빠져나가는 것을 느낀다. 한때는 며칠 밤을 연달아 새며 지금은 들어 올리지도 못할 양의 술을 마시면서 과시했던 체력과 민첩성, 지구력은 더 이상 없다.

얼굴에는 하나둘씩 주름이 늘어나고 머리카락은 가늘어지고 목소리는 거칠고 약해져 간다. 인생이 다 지나갔다.

지난 일들이 어제 일처럼 생생하게 기억난다. 안개 속에 여러 장소와 사람들의 모습이 보인다. 내게는 초연하게 그들을 대할 힘이 없다. 나는 예전과 같은 강도로 그들을 사랑하고 증오한다. 그래서 분노나 증오에 사로잡혀 머리를 움켜쥐지 않는 날이 하루도 없다. 백작은 예전과 마찬가지로 추악하고 올가는 역겹고 칼리닌은 그 어리석은 자만심으로 우스꽝스럽다. 내게 악은 악이고, 죄악은 죄악이다.

그러나 내 책상 위에 놓인 사진을 바라보고 있으면 높다란 소나무의 웅성거리는 소리 속에서 '붉은 옷을 입은 아가씨'와 함께 숲속을 거닐고 싶은, 그리고 무슨 일이 있더라도 그녀를 내 가슴에 끌어안고 싶은 거부할 수 없는 충동을 느끼는 순간들이 종종 있다. 그런 순간이면 나는 과거의 한 순간이라도 다시 한번 반복될 수 있다면 그 거짓말도, 진흙 수렁에 빠진 것도 모두 용서할 태세가 되는 것이다. 지루한 도시에 지친 나는 다시 한번 거대한 호수의 포효를 듣고 조리카를 타고 호반을 질주하고 싶다. 테네보로 가는 길을 다시 한번 따라 걸으며 보드카 통과 기수 모자를 쓴 정원사 프란츠를 만날 수 있다면 나는 모든 것을 용서하고 잊을 것이다. 선량한 표트르 예고리치의 피투성이 손에 악수를 하고 그와 종교에 관해, 농작물 수확과 대중 교육에 관해 이야기할 준비가 된 순간들도 있다. '실눈뜨기'와 그의 나덴카가 보고 싶다.

삶은 8월 밤의 그 호수처럼 미쳐 날뛰고, 방탕하며, 불안하다. 많은 희생자가 그 어두운 물결 아래 영원히 숨겨져 있다. 바닥에는 두꺼운 퇴적물이 쌓여 있다.

하지만 무엇 때문에 나는 한 번씩 삶을 사랑하는 것일까? 무엇 때문에 나는 다정한 아들처럼, 새장에서 풀려난 새처럼 삶을 용서하고 온 마음을 다해 삶을 향해 달려가는 것일까?

지금 여관방의 창문을 통해 내 눈에 보이는 삶은 회색의 원을 떠올리게 한다. 그늘도, 빛도 없는 회색 말이다.

그러나 눈을 감고 과거를 떠올리면 태양의 스펙트럼으로 생긴 무지개가 보인다. 그렇다, 그곳은 폭풍우가 몰아친다. 하지만 그곳이 더 밝다.

S. 지노비예프

결말

원고 하단에는 다음과 같은 글이 적혀 있었다.

> 친애하는 편집장 귀하! 제가 드리는 소설(혹은, 원하신다면 중편 소설)을 가능한 한 축약과 삭제, 그리고 삽입되는 내용 없이 게재해 주실 것을 부탁드립니다. 다만, 저자와 합의하여 수정할 수는 있습니다. 만약 이 소설이 부적절하다면 원고를 보관했다가 돌려주시기를 바랍니다. 제 (임시) 거주지는 모스크바, 트베르스카야 거리, <영국> 여관입니다. 이반 페트로비치 카믜셰프.
>
> 추신: 원고료는 편집부의 재량에 따르겠습니다.
>
> 연도 및 날짜

———————

    이제 독자들에게 카믜셰프의 소설을 소개했으니 앞서 중단했던 독자들과의 대화를 계속하겠다. 무엇보다 먼저 소설의 시작 부분에서 내가 독자들에게 한 약속은 지켜지지 않았다는 것을 알려야만 한다. 카믜셰프의 소설은 내가 약속한 대로 빠지는 부분 없이, 즉 인 토토(빠뜨림 없이)가 아니라 상당히 축약되어 인쇄되었다. 사실, <사냥이 끝나고>는 이 소설의 첫 부분에 언급된 신문에는 실릴 수가 없었다. 원고가 인쇄에 들어갈 무렵에 그 신문은 폐간된 상태였기 때문이다. 카믜셰프의 소설에 지면을 허락한 현재의 편집부는 삭감 없이 인쇄하는 것은 불가능하다고 생각했다. 인쇄 과정에서 그들은 계속해서 내게 '수정' 요청과 함께 각 장의 교정본을 보냈다. 그러나 나는 내 글이 아닌 다른 사람의 작품을 변경하는 죄를 짓고 싶지 않았기 때문에 부적절한 부분을 수정하는 것보다는 아예 삭제하는 것이 더 낫고 유익하다고 생각했다. 편집부는 나의 동의에 따라 냉소적이고 장황하며 문학적 퇴고가 조잡한 많은 부분을 생략했다. 이러한 생략과 삭제에는 많은 시간과 세심한 주의가 필요했기 때문에 많은 장의 게재가 지연되었다. 말이 났으니 언급하자면, 우리가 삭제한 것은 야간 난교에 대한 묘사 두 부분이었다. 그중 하나는 백작의 집에서, 다른 하나는 호수에서 일어났다. 폴리카르프의 서가에 대한 설명과 독창적인 그의 독서 방식에 대한 설명도 생략했다. 그 구절들은 너무 과장되고 늘어졌던 것이다.

내가 다른 무엇보다도 옹호했던 반면 편집부가 가장 싫어했던 장은 백작의 하인들 사이에서 질펀하게 벌어지곤 했던 필사적인 카드 게임을 묘사한 부분이었다. 제일 열성적인 도박꾼은 정원사 프란츠와 '올빼미' 노파였다. 그들은 스투콜카[22]와 트리 리스티카[23]를 주로 했다. 수사 기간에 카믜셰프가 정자 중 한 곳을 지

---

[22] 각주 8번 참조.
[23] 스투콜카와 마찬가지로 당시에 인기를 끌던 카드 게임이다.

나가다가 안을 들여다봤더니 광란의 도박판이 벌어지고 있었다. 도박꾼들은 '올빼미'와 프란츠, 그리고… 프셰호츠키였다. 그들은 90코페이카의 판돈을 걸고 **자기 패도 보지 않는** 스투콜카를 하고 있었다. 패가 부족해서 낸 벌금이 30루블에 이르렀다. 카미셰프는 그들에게 합류하여 깨끗하게 그들의 돈을 '싹쓸이'했다. 돈을 전부 잃었음에도 도박을 계속하고 싶었던 프란츠는 돈을 숨겨둔 호수로 갔다. 카미셰프는 그의 뒤를 밟아서 돈을 숨긴 곳을 알아내어 정원사의 돈을 한 푼도 남기지 않고 다 **털었다.** 그는 그 돈을 어부 미헤이에게 줬다. 이 이상한 자선은 동에 번쩍 서에 번쩍하는 수사관이라는 훌륭한 인물 설정이기는 하지만 너무 건성으로 묘사되어 있고 도박꾼들의 대화는 편집부가 수정에도 동의하지 않을 정도로 외설스러웠다.

올가와 카미셰프가 만난 장면의 몇몇 묘사도 생략되었다. 나덴카 칼리니나를 그가 설명한 부분 하나도 빠졌고, 기타 등등이다. 하지만 나는 인쇄된 부분만으로도 나의 주인공의 성격이 충분히 드러난다고 생각한다. 사피엔티 사트(현명한 사람에게는 한마디면 충분하다.)이니 ….

정확히 석 달 뒤, 편집실의 수위인 안드레이가 '배지를 단 신사'가 왔다고 알렸다.

"들어오라고 해!" 내가 말했다.

카미셰프가 들어왔다. 석 달 전과 마찬가지로 장밋빛 뺨에 건강하고 잘생긴 모습이었다. 그의 발걸음은 여전히 조용했다. 모자를 창턱에 너무나 조심스럽게 내려놓아서 뭔가 무거운 것을 내려놓는다고 생각할 정도였다. 그의 파란 눈에는 예전과 마찬가지로 어린아이 같은, 한없이 선량한 뭔가가 빛나고 있었다.

"제가 또 방해했군요!" 그는 미소를 지으며 조심스럽게 자리에 앉았다. "부디 용서해 주시길! 어떻습니까? 제 원고에 대한 선고는 어떻게 내리셨나요?"

"유죄요. 하지만 선처할 만합니다." 내가 말했다.

카믜셰프는 웃음을 터뜨리며 향기 나는 손수건으로 코를 풀었다.

"그럼, 벽난로 불길 속으로 보내진다는 뜻인가요?" 그가 물었다.

"아뇨, 왜 그렇게 가혹하죠? 징벌적 조치를 받을 죄는 없고, 우리는 교정을 할 겁니다."

"교정이 필요하다고요?" 그가 물었다.

"네, 두세 군데… 상호 합의로…."

우리는 15분 정도 말없이 있었다. 나는 심장이 두근거리고 관자놀이가 뛰었지만 흥분한 기색을 드러내는 것은 내 계획에 들어 있지 않았다.

"서로 합의해서요." 나는 반복해서 말했다. "지난번에 선생은 실화를 바탕으로 소설을 썼다고 말씀하셨는데요."

"네, 지금도 저는 그렇다고 다시 말씀드리겠습니다. 제 소설을 읽으셨다면, 그렇다면… 제 소개를 하게 되어 영광입니다. 제가 지노비예프입니다."

"그럼, 올가 니콜라예브나의 결혼식 들러리였군요?"

"들러리이자 가족의 친구였죠. 이 원고에서 저는 호감 가는 인물 아니었나요?" 카미셰프는 얼굴이 빨개져서 웃으며 무릎을 쓰다듬었다. "착하고요. 좀 두들겨 맞아야 했는데 그렇게 할 사람이 없었죠."

"그렇긴… 하죠. 저는 당신 이야기가 마음에 듭니다. 요즘 나오는 대부분의 범죄 소설보다 훨씬 흥미롭고 좋습니다. 다만 당신과 우리는 서로 합의해서 아주 중요한 수정을 몇 부분 해야 합니다."

"그건 가능하죠. 뭘 수정해야 한다고 보시는지, 예를 들자면요?"

"소설의 하비투스(습속) 자체, 그 골격 말입니다. 이 작품에는 범죄 소설이 그렇듯이 범죄, 증거, 수사, 심지어 15년의 노역형까지 곁들여서 모든 게 다 있지만 가장 핵심적인 게 없습니다."

"그게 정확히 뭐죠?"

"진짜 악당이 없다는 거죠."

카미셰프는 눈을 크게 뜨고 벌떡 일어났다.

"솔직히 이해가 안 되네요." 잠시 멈칫한 후 그가 말했다. "칼로 찌르고 목을 졸라 죽인 사람을 진범으로 생각하지 않는다면… 누구를 진짜 범인으로 간주해야 하는지 모르겠습니다. 물론 범죄자를 만들어 낸 건 이 사회니까 사회가 유죄죠. 하지만 좀 더 고차원적인 사고에 들어가려면 소설을 쓸 게 아니라 논문을 써야겠죠."

"아, 여기서 고차원적인 사고라니! 우르베닌이 죽인 게 아니잖아요!"

"그게 무슨 말입니까?" 카믜셰프가 내게 다가오며 물었다.

"우르베닌이 아니었어요!"

"그럴지도 모르죠. 후마눔 에스트 에라레(인간이기에 실수하는 것이다.) — 수사관들은 완벽하지 않으니까요. 하늘 아래 심판의 오류는 아주 흔한 일입니다. 그럼 우리가 실수했다고 보십니까?"

"아뇨, 실수한 게 아니라 그렇게 하고 싶었던 거죠."

"죄송하지만, 다시 한번 이해가 안 됩니다." 카믜셰프가 웃으며 말했다. "수사가 실수로 이어졌고 — 심지어, 제가 제대로 이해하려고 노력해 보면 — 고의적인 실수로 이어졌다면 당신의 견해를 알고 싶군요. 당신 의견으로는 누가 죽였다는 겁니까?"

"당신!"

카믜셰프는 거의 공포에 질린 놀란 표정으로 나를 바라보다가 얼굴을 붉힌 채 한 발짝 뒤로 물러섰다. 그런 다음 그는 돌아서서 창문으로 가서 웃기 시작했다.

"대단하군요!" 그는 중얼거리며 창문에 입김을 불더니 신경질적으로 그 위에 글자들을 그렸다.

나는 그의 움직이는 손을 쳐다봤다. 잠든 쿠지마의 목을 한 번에 조르고 올가의 연약한 몸을 찢어 놓을 수 있는 그 철의 손, 근육질의 손이 보이는 것 같았다. 눈앞에서 살인자를 보고 있다는 생각이 들자 익숙지 않은 공포와 두려움이… 나 자신의 안위 때문이 아니라 — 아니다! — 이 잘생기고 우아한 거인을 생각하자… 아니, 인간이라는 것 자체를 생각하자 공포와 두려움이 내 영혼을 가득 채웠다.

"당신이 죽였어요!" 나는 거듭 말했다.

"농담이 아니라면, 발견하신 걸 축하드리죠." 카믜셰프는 여전히 나를 쳐다보지 않은 채 웃기 시작했다. "하지만 당신의 떨리는 목소리와 창백한 얼굴을 보면 농담으로 생각하기는 어렵군요. 이런, 잔뜩 긴장하셨군요!"

카믜셰프는 벌겋게 타오른 얼굴을 내게 돌리며 억지로 웃으려고 애썼다.

"어떻게 그런 생각이 당신 머릿속에 들어왔는지 궁금합니다! 제가 제 소설에 그런 내용을 뭐라도 썼던지, 그게 궁금하군요. 제발 말해주세요. 일생에 한 번은 살인자처럼 보이는 느낌을 경험하는 것도 괜찮군요."

"당신은 살인자입니다." 내가 말했다. "그리고 심지어 그걸 숨길 수도 없어요. 소설에서 꼬리가 밟혔는데, 이제 형편없이 연기를 하고 있군요."

"그거 정말 흥미롭네요. 솔직히 말해 들어보고 싶은 호기심이 생기는군요."

"궁금하다면, 들려주죠."

나는 펄쩍 뛰듯 일어나서 흥분한 상태로 방 안을 왔다 갔다 했다. 카믜셰프는 문 뒤를 힐끗 보고는 문을 굳게 닫았다. 이 조심스러운 행동은 자신을 폭로하는 것이었다.

"뭐가 두려운가요?" 내가 물었다.

카믜셰프는 소심하게 기침을 하며 손을 내저었다.

"두려운 건 아무것도 없지만 그냥… 문을 한번 본 겁니다. 이제 당신이 원하는 게 뭐죠? 어서 말해보세요."

"질문해도 될까요?"

"얼마든지요."

"미리 알려드리지만, 전 수사관도 아니고 반대 신문 전문가도 아닙니다. 어떤 순서와 체계를 기대하지 말고, 따라서 헷갈리거나 혼란스러워하지 마시길. 우선, 사냥을 마치고 사람들이 술을 마시고 놀던 숲 공터를 떠난 후 당신은 어디로 사라졌는지 말해주세요."

"소설에서 말했죠. 집에 갔다고요."

"소설에는 당신이 갔던 길에 대한 묘사가 세심하게 지워져 있습니다. 그 숲으로 걸어가지 않았나요?"

"그랬죠."

"그럼, 거기서 올가를 만났을 수도 있겠군요?"

"네, 그랬을 수도 있죠." 카믜셰프가 웃으며 말했다.

"그리고 그녀를 만났죠."

"아뇨, 못 만났어요."

"당신은 수사에서 매우 중요한 증인 한 사람을 신문하는 걸 잊었어요. 바로 자기 자신 말이죠. 당신은 피해자의 비명을 들었습니까?"

"아뇨. 참나, 이 양반아, 당신은 신문이 뭔지 전혀 모르는군요."

이 격의 없는 '이 양반'이라는 표현에 나는 움찔하고 말았다. 그것은 사과와 당혹감으로 시작된 우리의 대화와는 전혀 어울리지 않는 말이었다. 나는 곧 카믜셰프가 나를 도도하고 거만하게 내려다보고 있으며 내 마음을 동요하게 했던 수많은 질문에서 벗어나지 못하는 나의 무능력을 거의 감탄하듯 감상하고 있다는 것을 깨달았다.

"당신이 숲에서 올가를 만나지 못했다고 가정해 봅시다." 나는 계속해 나갔다. "우르베닌은 그녀가 숲에 있다는 것을 몰랐기 때문에 당신보다 그녀를 만나는 것이 더 어려웠고, 그러니까 그녀를 찾아다니지 않았습니다. 그러나 당신은 취해 있었고 분노에 가득 차 있었기 때문에 그녀를 찾을 수밖에 없었습니다. 당신은 분명 그녀를 찾았을 겁니다. 그렇지 않다면 도로가 아닌 숲을 통해 집으로 갈 이유가 없습니다. 하지만 그녀를 보지 못했다고 가정해 봅시다. 그 불행한 날 저녁에 당신의 침울하면서 거의 광란에 가까운 기분은 어떻게 설명할 수 있습니까? 남편이 아내를 죽였다고 꽥꽥거리는 앵무새를 죽이게 된 계기는 무엇입니까? 그 앵무새가 당신의 악행을 떠올리게 한 것이겠죠. 당신은 그날 밤 백작의 집으로 불려갔는데, 바로 일을 시작하는 대신 경찰이 올 때까지 거의 하루를 지연시켰어요. 아마 자신도 그걸 알아채지 못했을 겁니다. 이미 가해자를 아는 수사관들만이 그렇게 천천히 움직이죠. 당신은 그를 알고 있었던 겁니다. 다음으로, 올가는 살인자의 이름을 밝히지 않았습니다. 그가 그녀에게 소중했기 때문이죠. 만약 남편이 범인이었다면 그녀는 그를 지목했을 겁니다. 그녀는 그를 애인인 백작에게 고발할 정도였기에 그를 살인 혐의로 고소하는 걸 어려워하지 않았을 겁니다. 그녀는 그를 사랑하지 않았고 그는 그녀에게 조금도 소중하지 않았습니다. 그녀는 당신을 사랑했고, 그녀에게 소중한 사람은 당신이고… 그녀는 당신을 아꼈습니다. 또 묻겠습니다. 그녀가 잠시 의식을 되찾았을 때 왜 그녀에게 곧바로 질문하지 않고 질질 끌었습니까? 왜 사건과 전혀 상관없는 질문을 한 거죠? 그녀가 당신의 이름을 말하지 못하도록 시간을 끌려고 그 모든 일을 했다고 생각하게 됩니다. 그다음 올가는 죽어 갑니다. 소설에서 당신은 그녀의 죽음을 보고 당신이 받은 인상을 한 마디도 쓰지 않았어요. 여기서 난 어떤 조심성을 봅니다. 당신은 자기가 술을 몇 잔 마셨는지는 잊지 않고 쓰는데, 이 소설에서 '붉은 옷을 입은 아가씨'의 죽음이라는 중요한 사건은 흔적도 없이 지나가 버립니다. 왜죠?"

"계속하세요, 계속하십시오."

"당신은 형편없이 수사를 진행합니다. 당신처럼 영리하고 매우 교활한 사람이 일부러 그렇게 한 게 아니라고 하기는 어렵습니다. 당신의 수사 전체는 일부러 문법적 오류를 범하며 쓴 편지를 연상시킵니다. 이런 과장된 과정이 당신을 지목합니다. 왜 범죄 현장을 조사하지 않았나요? 잊어버렸거나 중요하지 않다고 생각해서가 아니라 비가 와서 흔적이 씻겨 내려가기를 기다렸기 때문이죠. 하인들을 신문한 것에 대해서는 별로 쓰지 않았더군요. 그러니까 쿠지마는 그 반코트를 빠는 것을 들킬 때까지 신문을 받지 않았다는 거죠. 당신은 그를 사건에 연루시킬 필요가 없었던 게 분명합니다. 숲 공터에서 함께 어울려 먹고 마셨던 손님들은 왜 신문하지 않았습니까? 그들은 피 묻은 우르베닌을 봤고 올가의 비명을 들었으니 당신은 그들을 신문했어야 합니다. 그러나 당신이 그렇게 하지 않은 것은 그들 중 한 명이라도 조사 중에 당신이 살인이 나기 얼마 전에 숲으로 들어가 사라졌다는 것을 기억했을 수도 있기 때문입니다. 그들은 아마 나중에 신문을 받았을 테지만 그때는 이미 그런 정황을 잊어버렸겠죠."

"아주 깔끔하군요!" 카믜셰프가 두 손을 비비며 중얼거렸다. "계속하시죠!"

"지금 말한 이 모든 것이면 충분하지 않나요? 올가가 당신 손에 살해당했다는 것을 최종적으로 증명하기 위해 나는 당신이 그녀의 애인이라는 것을, 당신이 경멸하는 남자로 대체되어 버린 애인이라는 것을 다시 상기시켜야 합니다! 남편이 질투로 살인할 수 있죠. 애인도 마찬가지라고 생각합니다. 이제 쿠지마로 넘어가 봅시다. 그가 죽기 전날 있었던 마지막 신문에서 그는 당신을 염두에 두고 있었습니다. 당신이 그의 코트에 손을 닦고 그를 '술 취한 돼지'라고 불렀죠. 당신이 아니라면 왜 가장 흥미로운 지점에서 신문을 중단했습니까? 쿠지마가 넥타이 색깔이 기억난다고 했을 때 왜 살인자의 넥타이 색깔을 묻지 않았습니까? 왜 당신은 쿠지마가 살인자의 이름을 이미 기억해 낸 바로 그때 우르베닌에게 자유를 준 거죠? 왜 더 일찍도, 더 늦게도 아니고? 분명 당신은 죄를 뒤집어씌울 사람, 밤에 복도를 걸어 다녔던 사람이 필요했던 겁니다. 그러니까, 쿠지마는 당신이 죽인 겁니다. 그가 당신의 이름을 불게 될까 봐 두려워서."

"이제 그만하세요!" 카믜셰프가 웃으며 말했다. "당신은 너무 흥분해서 얼굴이 창백한 게 금방이라도 기절할 것 같군요. 이제 됐습니다. 사실, 당신 말이 맞아요. 제가 죽였습니다."

침묵이 흘렀다. 나는 이 구석 저 구석 걸어 다녔다. 카믜셰프도 똑같이 했다.

"제가 죽였어요." 카믜셰프는 계속 말했다. "당신은 어렵사리 비밀을 알아냈어요. 행운이죠. 그렇게 성공하는 사람은 드물거든요. 대부분의 우리 독자들은 늙은 우르베닌을 욕하고 저의 탁월한 수사에 놀라겠죠."

직원 하나가 내 사무실로 들어오는 바람에 우리의 대화는 중단되었다. 내가 바쁘고 흥분한 상태라는 것을 알아차린 그 직원은 내 책상 주위에서 잠시 서성대면서 카믜셰프를 호기심 어린 눈빛으로 쳐다보고는 밖으로 나갔다. 그가 나가자 카믜셰프는 창문으로 가서 유리에 대고 숨을 쉬기 시작했다.

"그 후 8년이 지났습니다." 그는 잠시 침묵한 후 다시 말을 이었다. "8년 동안 저는 이 비밀을 간직한 채 지냈습니다. 그러나 비밀과 살아 있는 피가 유기체에 공존할 수는 없습니다. 나머지 사람들이 모르는 것을 알면서 아무런 벌도 받지 않을 수는 없다는 거죠. 저는 8년 내내 제가 순교자라고 느끼고 있었습니다. 아뇨, 저를 괴롭힌 것은 양심이 아니었습니다. 양심은 당연한 것이고… 게다가 그건 제가 관심을 두는 것이 아닙니다. 양심은 그 범위를 얼마나 확장해야 하느냐는 논쟁으로 잠재울 수 있으니까요. 합리적으로 잘 해결되지 않으면 저는 와인과 여자들을 통해 양심을 잠재우곤 하죠. 여자들과는 예전과 마찬가지로 잘 되고 있어요. 이건 다른 얘기군요. 정작 저는 다른 것 때문에 괴로웠습니다. 그동안 내내 사람들이 저를 평범한 사람으로 보는 것이 이상했어요. 8년 동안 단 한 사람도 저를 의심의 눈초리로 쳐다본 적이 없었죠. 제가 숨을 필요가 없다는 게 이상하게 여겨졌고, 제 안에 끔찍한 비밀이 있는데 갑자기 저는 길을 걷고, 저녁 식사나 파티에 가고, 여자들과 즐기고 있었어요! 범죄자에게 그런 상황은 부자연스럽고 괴롭습니다. 몸을 숨기고서 비밀을 지켜야 했다면 그렇게 고통스럽지 않았을 것입니다. 정신병인 거죠, 선생! 결국 저는 어떤 열정에 사로잡혔습니다. 갑자기 뭔가를 털어놓고 싶어졌어요. 모든 사람의 머리에 대고 재채기를 하고, 모든 사람에게 제 비밀을 털어놓고… 뭔가 특별한, 그런 걸 하고 싶었습니다. 그래서 이 이야기를 쓴 겁니다. 제가 비밀을 가진 사람이라는 것을 바보가 아니라면 모르기 어려운 이야기죠. 단 한 페이지도 단서가 없는 페이지가 없어요. 그렇지 않나요? 당신은, 십중팔구, 단번에 파악했을 겁니다. 저는 글을 쓰면서 평균적인 독자 수준을 생각했으니까요.”

우리는 다시 한번 대화를 중단해야 했다. 안드레이가 쟁반에 차 두 잔을 가지고 들어왔던 것이다. 나는 서둘러 그를 내보냈다.

“이제 모든 게 더 가벼워진 것 같습니다.” 카믜셰프가 웃으며 말했다. “당신은 지금 저를 평범하지 않은, 비밀이 있는 사람으로 보고 있습니다. 그리고 전 이런 상황에 있는 게 자연스럽게 느껴지고요. 그러나… 그렇지만, 벌써 3시군요. 마차가 저를 기다리고 있습니다.”

“잠깐만, 모자를 내려놓으시죠. 작가가 된 계기를 말씀하셨는데, 이제 어떻게 살인을 했는지 말해주시죠?"

"읽은 내용 외에 더 알고 싶은 게 있나요? 그렇다면…. 저는 격정에 휩싸여서 살인을 저질렀습니다. 요즘은 격정이 일면 담배를 피우고 차를 마시죠. 방금 당신은 너무 흥분해서 당신 잔이 아닌 내 잔을 집어 들었고, 평소보다 더 많이 담배를 피우고 있지요. 인생은 격정의 연속이죠, 제가 느끼기에는 말이에요. 숲으로 들어갔을 때 저는 살인 같은 건 전혀 생각하지 않고 있었습니다. 올가를 찾아서 그녀에게 계속 욕을 퍼붓겠다는 단 하나의 목적을 가지고 그곳에 갔죠. 술에 취하면 저는 항상 사람들을 비난하고 싶은 충동을 느낍니다. 저는 숲 공터에서 이백 보 정도 떨어진 곳에서 그녀를 만났습니다. 그녀는 나무 아래에 서서 멍하니 하늘을 바라보고 있었어요. 저는 그녀를 불렀죠. 그녀는 저를 보자 미소를 지으며 팔을 내밀었습니다.

'나한테 뭐라고 하지 마, 난 불행하단 말이야!' 그녀가 말했어요.

그날 저녁 그녀는 너무 예뻐서 술에 취한 저는 세상의 모든 일을 다 잊고 그녀를 품에 끌어안았습니다. 그녀는 저 말고는 누구도 사랑한 적이 없다고 맹세했고, 그건 사실이었어요. 그녀는 저를 사랑했어요. 그런데 맹세가 극에 달하면서 그녀가 갑자기 혐오스러운 말을 내뱉었습니다. '나는 너무 불행해! 우르베닌과 결혼하지 않았다면 지금쯤 백작과 결혼할 수도 있는데!' 그 말은 제게 물통을 들이붓는 격이었어요. 제 속에서 끓어오르던 모든 게 터져 나왔죠. 역겹고 혐오스러웠어요. 저는 그 작고 역겨운 생명체의 어깨를 붙잡고 공처럼 바닥에 꽂아버렸어요. 분노가 절정에 달했죠. 그래서… 그래서 죽여버렸어요. 집어 들고 죽여버렸습니다. 쿠지마에게 일어난 일은 다 아시겠죠."

나는 카미셰프를 힐끗 쳐다봤다. 나는 그의 얼굴에서 반성의 빛도, 후회도 읽을 수 없었다. "집어 들고 죽여버렸다"라는 말은 "집어 들고 담배를 피웠다"라는 말처럼 무심하게 들렸다. 분노와 혐오감이 한꺼번에 나를 사로잡았다. 나는 돌아섰다.

"우르베닌은 그곳에서 노역하고 있나요?" 나는 조용히 물었다.

"그렇겠죠. 가는 길에 죽었다고 말들을 하는데, 확인되지는 않았습니다. 왜요?"

"왜요? 한 사람이 무고하게 죽었는데 '왜?'라고 묻는 겁니까?"

"그럼 어떻게 해야 하나요? 가서 자백할까요?"

"그래야 한다고 생각합니다."

"좋아요, 그건 그렇다고 칩시다. 우르베닌을 대신하는 건 상관없지만 싸우지도 않고 포기하지는 않을 겁니다. 원한다면 데려가라고 해요. 하지만 제가 직접 가지는 않을 거예요. 제가 자기들의 수중에 있었을 때 왜 데려가지 않았죠? 올가의 장례식에서 저는 너무 심하게 울부짖고 히스테리를 일으켜서 장님이라도 진실을 볼 수 있었을 텐데 말이죠. 그들이… 멍청한 게 제 잘못은 아니죠."

"정말 추악하군."

"당연하죠. 저도 저 자신이 추악하게 느껴지는걸요."

침묵이 흘렀다. 나는 회계 장부를 열고 기계적으로 숫자를 읽기 시작했다. 카미셰프는 모자를 집어 들었다.

"저와 함께 있는 게 답답하신가 보군요." 그가 말했다. "그건 그렇고, 카르네예프 백작을 보고 싶지 않나요? 저게 그예요, 마부석에 앉아 있네요!"

나는 창문으로 가서 그에게 시선을 보냈다. 허름한 모자와 빛바랜 옷깃을 여민 작고 구부정한 인물이 우리를 등지고 마부석에 앉아 있었다. 그가 이 사건의 등장인물이라는 것을 알아보기는 어려웠다!

"여기, 모스크바의 안드레예프 여관에 우르베닌의 아들이 살고 있다는 것을 알게 되었어요." 카믜셰프가 말했다. "저는 백작이 그에게 동냥을 받을 수 있도록 기회를 마련하려고 합니다. 적어도 한 사람은 벌을 받게요! 하지만, 그럼에도 이제는, 아듀(안녕)!"

카믜셰프는 고개를 까딱하고는 재빨리 나갔다. 나는 책상에 앉아서 씁쓸한 생각에 빠져들었다.

숨이 막혀왔다.

경고 : 미주는 이 책을 다 읽고 난 후에 보시오.
　　미주의 내용은 미리 읽을 경우 '스포일러'가 될 수 있음 _ 출판사의 말

미주

i 이런 표현을 쓰는 것에 대해 독자에게 사과하는 바이다. 불운한 카믜셰프의 이야기에는 이런 표현들이 넘쳐나는데 내가 삭제하지 않은 부분들이 있다면 그것은 오직 저자를 독자에게 온전히 보여주기 위해서 그의 이야기를 인 토토(빠뜨림 없이) 출간할 필요가 있다고 생각했기 때문이다. ― A. Ch.

ii 카믜셰프의 원고는 이 부분에서 140줄이 줄을 그어 삭제되어 있다. ― A. Ch.

iii 원고의 이 지점에는 공포에 질려 얼굴이 일그러진 예쁜 여자의 머리가 잉크로 그려져 있다. 그 밑에 쓰인 모든 내용은 꼼꼼히 지워져 있다. 다음 페이지의 위쪽 절반 역시 지워져 있는데, 짙은 잉크 얼룩 사이로 해독이 되는 것은 '관자놀이'라는 단어 하나뿐이다. ― A. Ch.

iv 여기도 역시 지워져 있다. ― A. Ch.

v 여기는 거의 한 페이지 전체가 꼼꼼하게 지워져 있다. 줄이 그어진 내용을 해독하는 데 아무런 단서도 되지 않는 단어 몇 개만 남겨둔 상태다. ― A. Ch.

vi 유감스럽게도 여기는 또다시 지워진 부분이다. 눈에 띄는 점은 카믜셰프가 글을 쓸 당시가 아니라 나중에 이렇게 삭제를 했다는 것이다. 이 소설의 끝부분에서 나는 이러한 삭제에 **특별한** 주의를 기울일 것이다. ― A. Ch.

vii 이 마지막 구절은 지워 놓은 줄 위에 쓰여 있는데, 그 부분은 "나였으면 그의 머리를 뽑아버리고 창문을 다 깨부쉈을 것이다"인 것으로 분별할 수 있다. ― A. Ch.

viii 이다음에는 저자의 정신적 인내력에 대한 정형화된 가식적인 해석이 뒤따른다. 인간의 비참함, 피, 부검 등의 모습을 보고도 그는 어떤 감정의 동요도 느끼지 않은 것 같다. 이 부분 전체는 잘난 척하는 어리석음과 진실하지 못한 분위기를 풍긴다. 이 부분은 놀랍도록 조잡한 까닭에 내가 삭제했다. 카믜셰프의 성격을 보여주는 데서 중요하지 않은 부분이다. ― A. Ch.

ix 여기는 두 줄이 지워져 있다. ― A. Ch.

x 독자들이 한 가지 관심을 가져야 할 정황이 있다. 카믜셰프는 앞에서 폴리카르프와 충돌한 일을 묘사할 때조차 자신의 정신 상태에 관해 온갖 헛소리를 떠벌리는 것을 좋아하지만 죽어가는 올가를 보고 어떤 인상을 받았는지는 한마디

도 하지 않는다. 나는 이러한 생략이 사전에 의도한 것으로 생각한다. — A. Ch.

xi 독자들이 관심을 가져야 할 또 다른 매우 중요한 정황이 있다. 두세 시간 동안 카믜셰프는 이 방 저 방을 돌아다니며 의사들과 함께 하인들에게 화를 내고 그들의 따귀를 때리는 행동만 하고 있다. 수사 담당 예심 판사의 모습이 보이는가? 그는 서두르지 않고 뭔가로 시간을 죽이려고 애쓰고 있는 듯하다. '살인자가 누군지 그가 아는 것이' 분명하다. 그 뒤에는 뒤에 나오는 것처럼 '올빼미'의 방을 이유 없이 수색하고 신문이라기보다는 조롱에 가깝게 집시들을 신문하는데 이렇게 한 것은 오직 시간을 지체하기 위해서일 수 있다. — A. Ch.

xii 가장 중요한 질문을 피해 간 목적은 단 하나, 시간을 끌어서 올가가 의식을 잃기를, 더 이상 범인을 지목할 수 없게 되도록 하는 것이었다. 매우 특징적인 태도이며 의사들이 그걸 간파하지 못했다는 것이 놀랍다. — A. Ch.

xiii 이 모든 것은 언뜻 보기에는 순진해 보인다. 카믜셰프는 분명히 올가에게 그녀의 인식이 살인자에게 미칠 심각한 결과를 알게 해줄 필요가 있었음이 분명하다. 살인자가 그녀에게 소중하다면, 그런 까닭에 그녀는 침묵해야 하는 것이다. — A. Ch.

xiv 카믜셰프가 이 모든 것이 필요하다고 생각했다면 집시들을 태운 마부들에게 질문하는 것이 더 쉽지 않았을까? — A. Ch

xv 무엇 때문에? 이 모든 게 수사 담당 예심 판사가 술에 취했거나 반쯤 잠든 상태에서 한 일이라면 이런 걸 쓰는 이유는 뭘까? 이런 서투른 실수는 독자들에게 숨기는 게 더 낫지 않았을까? — A. Ch.

xvi 카믜셰프는 공연히 검사보를 비난하고 있다. 검사보에게 죄가 있다면 단지 그의 외모가 카믜셰프의 마음에 들지 않았다는 것뿐이다. 자기의 경험 부족과 고의적인 오류를 인정하는 것이 더 정직했을 것이다. — A. Ch.

xvii 훌륭한 수사관이다! 신문을 계속해서 유용한 증거를 끌어내는 대신 그는 **화를 냈다.** 이는 공직자의 의무에 해당하지 않는 행동이다. 게다가 나는 이 모든 것을 거의 신뢰하지 않는다. 카믜셰프 씨에게 공직자의 의무가 아무것도 아니라 할지라도 평범한 인간의 호기심 때문에라도 그는 신문을 계속했어야 할 것이다. — A. Ch.

xviii 수사관보다는 카믜셰프에게 분명 더 적합한 역할이다. 그는 우르베닌 사건에서 수사 담당 예심 판사일 수가 없었다. — A. Ch

옮긴이 최호정

서울대학교 미학과와 한국외국어대학교 통번역대학원 한노과를 졸업하고 뉴욕주립대학교 빙엄턴에서 번역학 박사과정을 수료했다. 옮긴 책으로는 『반투 스티브 비코』, 『도스또예프스키와 함께 한 나날들』, 『무엇을 할 것인가』, 『킬러스 와이프』, 『리슐리외 호텔 살인』, 『크림슨 레이크 로드』, 『샤론 저택의 비밀』, 『거울 자매』, 『린든 샌즈 미스터리』 등이 있다.

사냥이 끝나고
ⓒ 2024 키멜리움

초판 펴낸 날 2024년 1월 5일

지은이 안톤 체호프
옮긴이 최호정
디자인 이명아
편집 이경희
인쇄 프로메테우스미디어
펴낸이 김찬휘
펴낸곳 키멜리움
주소 04025 서울 마포구 월드컵로3길 39 합정빌딩 3층
전화 02) 544-9294
팩스 070) 7614-2454
전자우편 cimeliumbooks@gmail.com
등록 2021년 4월 23일 (제2019-000016호)
ISBN 979-11-983812-1-7(03890)